全圖解

韓國點餐超簡單

22類 美食╳**100**⁺餐廳

從 **點餐**╳**數位支付**╳**外送** & **代訂**

不懂韓文也能在地吃喝不踩雷

MOOK

目錄

特別企劃

展現物產風貌的韓式料理 P.70

滋滋作響的美味——燒烤 P.72

韓國八大

杆城○
○金川
開城○　○華川　○楊口　束草
○板門店　春川　　　　▲雪嶽山
京畿道　○加平
坡州○　　　　　江原道　　　　江陵
金浦○楊州
金浦國際機場✈　首爾　　　　　　東海
仁川國際機場✈　城南○楊平　　　　三陟市
仁川　○安山　龍仁○　○驪州○原州
水原　○利川　　　堤川　　　太白○
○唐津　　　忠清北道　　　忠洲○　太白山▲　　○蔚珍
泰安○　　　　　　　　　　　　奉化○
世宗特別自治市　○清洲　　醴泉○　安東　○英陽　○厚浦
忠清南道　　　　聞慶○　慶尚北道
○大田　　尚州○　○義城　　　　　盈德
　　　　　永同○　　○龜尾
錦山○　金泉○　　　　　　　○浦項
全州　茂朱○　　　大邱　○永川　○慶州
全羅北道　　鎮安○　　○慶山　○慶州
　　　　　慶尚南道　　昌寧○　　○蔚山
南原○咸陽○　　　　○密陽
靈光○　谷城○　　晉州○　昌原○　金海國際機場✈　釜山
咸平○光州○　　河東○
務安○　○和順
　　　順天○　　　統營○
全羅南道
寶城○　麗水○

全州 拌飯
비빔밥 (bi-bim-bam)
全州拌飯之所以出名，因它曾是朝鮮時代的進貢菜餚，皇帝嘗過都說讚！拌飯食材清淡簡單，就是黃豆芽、蕈菇和各式野菜，用辣椒醬隔開菜與飯，飯上放一顆生雞蛋，一併放在大碗裡，攪拌後就能享用。

濟州島 黑豬肉
흑돼지 (heuk-ttwae-ji)
黑豬肉是濟州島的特產，厚實又充滿油脂的肉片，在爐上直接烘烤，之後剪成小塊，加上芝麻油、味噌醬即可入口。若是醃好的豬肉，烤熟後包著生菜吃，又是一番風味。

濟州特別自治道

地方美食推薦

南北長達 500 公里的韓國，因為不同的風土民情，誕生了各式各樣的特產，這樣的特色也反映在食物上。前往各地旅行，除飽覽最美的風景外，當然也不能錯過品嚐在地料理的機會，來看看最具代表性的鄉土美食！

韓國觀光公社提供

春川 辣炒雞排
닭갈비(dak-kkal-bi)

在醬料內放入切塊雞肉醃製，再和高麗菜、大蔥、米糕、蕃薯條放進鍋中拌炒。鮮嫩雞肉配上甜辣醬汁，單吃或用葉菜包著都好吃，是道份量十足又均衡的美味料理。肉吃完可再加點飯、麵和蘸醬汁再炒一盤。

束草 魷魚米腸
오징어순대(o-jing-o-sun-dae)

血腸是韓國的國民美食，不過來到束草，搖身一變成了魷魚米腸。把加上碎肉、蔬菜等配料的米飯塞進魷魚裡，接著裹上蛋液，然後放到烤盤上煎至黃金焦香。香噴噴的蛋、帶嚼勁的魷魚和紮實的內餡，讓人一口接一口。

水原 排骨
갈비(gal-bi)

水原是烤排骨的發源地，據說朝鮮時代因為正祖大力推動水原市的牛隻畜產業，因此當地的牛肉肉質特別軟嫩。新鮮的生牛肉順著紋理切開，有原味、也有混合獨特調味料醃漬，放在火上烘烤，香氣四溢且軟嫩多汁。

安東 燉雞
찜닭(jjim-dak)

源自於慶尚北道安東市的燉雞，使用切塊的鮮嫩雞肉加入特調的香辣醬料，配料有切片馬鈴薯、紅蘿蔔以及寬冬粉等，煮得香 Q、甜、辣而不麻，風味十足且重口味的燉雞，也算是白飯小偷！

大邱 烤腸
막창구이(mak-chang-gu-i)

起源於大邱、曾獲選為韓國五大美食之一的烤腸，指的是大腸頭（막창），也可以點小腸（곱창），沾上加了蒜、蔥的醬料一起享用，更是美味。

釜山 豬肉湯飯
돼지국밥(dwae-ji-guk-ppap)

豬肉湯飯是釜山最具代表的美食之一，據說韓戰時期，釜山的難民撿了美軍部隊裡不要的豬骨、豬頭肉、豬內臟做成雜碎湯飯，結果意外的味道可口，便流傳至今……

韓國「餐桌」大解析

無論是透過韓國實境節目或是韓劇，經常可以看見用餐的畫面，當成主食的白飯、擺滿桌的小菜、必備的一碗湯……在韓國人的飲食文化中，什麼東西會出現在餐桌上？食物又和季節有什麼關係？該準備哪些餐具？又該如何使用？用餐、甚至上餐廳時必須注意哪些禮儀？現在就讓我們一一了解！

韓國的飲食文化

儘管因為身份地位不同，飯桌上的菜色或有差異，然而大約從高麗時代以來，無論富翁或窮人，用餐時都是吃飯配菜，因此韓國有著這麼一句話：「飯桌前人人平等」。

餐桌的基本成員

和我們一樣，韓國也以米飯為主食，因為沒有特別調味味道清淡，所以會搭配主菜和小菜一起吃，還有少不了的一碗湯。對韓國人來說，就算配菜再美味，沒有湯就是少一味，讓人沒有辦法好好吃飯。有時湯還會直接當成主菜，也因此對他們來說，基本的一餐必須包括白飯、配菜和湯。

辛奇與各色小菜

辛奇是最常出現的小菜，除此之外也有涼拌、燉煮、油炸、煎炒類的小菜。每個家庭至少都有 1~2 道拿手的家傳小菜，這些小菜通常也代表家的味道，因此媽媽常常為在外打拼的孩子準備小菜，一方面擔心他們餓肚子，一方面也希望這些熟悉的味道，能夠為他們帶來安慰。

同樣的，在餐廳用餐時，店家通常都會提供至少 2 樣小菜。對客人來說，小菜做得好可是有加分的效果，可以提高再訪機率，所以可別小看這些配菜呢！

五行五色的食療

你可能聽說過韓國人會在三伏天時吃蔘雞湯,在每年最熱的日子居然還吃熱呼呼的食物,實在有些不可思議!

那是因為韓國飲食文化注重節氣,由於食物本身就是藥,可以調理身體。根據《東醫寶鑑》中所說的「醫食同源」,就是以正確的飲食方式,來達到養生和治病的功效。

在韓國人的飲食觀念裡,人體內的小環境要順應自然界的大環境,才能有益健康。他們認為夏天炎熱,身體大量排汗會導致營養和能量被排出,所以喝蔘雞湯「以熱治熱」,能夠達到「涼補」的功效。

至於冬天則吃冷麵,因為製作冷麵的馬鈴薯和蕎麥屬於溫性食物,符合冬季溫補的原則。此外麵裡所加的醋,也有助於解油膩、分解脂肪。

不只如此,打從朝鮮時代開始,韓國人認為食物應該包含甜、辣、苦、鹹、酸五種味道,它們分別對應黃(金)、綠(木)、白(水)、黑(火)、紅(土)五個顏色,也因此為了達到健康和陰陽調和,應該盡量在一餐內吃到多種類型的食物。

韓國的食物本來就是辣的?

提起韓國料理,一般人會先和辣產生聯想。不果你知道嗎?其實韓國食物一開始並不是辣的,因為韓國原來並沒有生產辣椒,直到 16 世紀末才隨著日本人傳入朝鮮半島。

據說韓國食物之所以會開始大量使用辣椒,是因為從前鹽受到管制,不只價格較辣椒昂貴,有時更可能不易取得,再加上能調味的辣椒還有防腐的效果,成為醃漬辛奇的好幫手,因此變身韓國人餐桌上最常使用的調味料之一!

餐具介紹

在台灣，吃飯可能只需要一雙筷子就能解決。但是在韓國，筷子和湯匙是基本配備，這點和前面提到的餐桌上基本成員有關。另外，用來盛飯的飯碗，特別是餐廳裡使用的不鏽鋼碗，幾乎成為韓國食物的象徵。

筷子
젓가락（jot-kka-rak）

韓國今日使用的不銹鋼筷，扁平的筷身對許多外國人（即使是亞洲人）來說，並不容易上手。至於這樣的設計，一說是避免裝著食物的托盤搬動時滾落，另一說則是夾菜更快速，扁平的筷頭更容易切割食物。因為筷子在韓國主要是用來分菜和夾菜，不像我們直接拿來將食物送入口中。

湯匙
숟가락（sut-kka-rak）

既然筷子主要用來分食食物，那麼韓國用來將食物送入口中的餐具是湯匙。韓國的湯匙比較長，因為在韓國端起飯碗吃飯是不禮貌，所以湯匙用來舀飯和喝湯，這點也和韓國的食物中湯扮演很重要的角色有關。

飯碗
밥그릇（bap-kkeu-reut）

韓國人一樣以飯碗盛飯。1960 年代時，因為米供需不均，國家為了推動少吃米飯活動，出現了一種名為「**空器**」（공기，**gong-gi**）的制式規格飯碗，

雖然家中多半都用陶瓷碗，不過餐廳則使用不鏽鋼碗，也就是我們現在看到那種有著蓋子的飯碗，這也是為什麼在餐廳和店家點白飯時，說的是「**空器飯**」（공기밥，gong-gi- ppab）的原因。

常見醬料

各國料理都有自己的獨門配方，韓國也不例外。除了亞洲國家常見的醬油，其他常見的調味料還有哪些？另外經常出現在餐桌上的醬料又是什麼？該怎麼搭配餐點食用？

讓食物
提色提味

辣椒粉
고춧가루（go-chut-kka-ru）

韓國所有辣味食物中幾乎都添加了辣椒粉，一方面用來提味，另一方面也可用於提色。辣椒粉分為粗、細兩種，粗的比較不辣，主要用來增加食物香氣，細的辣椒粉可以更快入味，也比較辣。

韓式料理
靈魂

芝麻油
참기름（cham-gi-reum）

芝麻油是韓式料理的靈魂，無論是拌飯、海帶湯、小菜甚至拌炒料理，都不能少了這一味。它也稱它「香油」，但香油除了使用於大部分料理的芝麻油之外，還有添加於傳統菜色的**紫蘇香油（들기름，deul-gi-leum）**。

醬油
간장（gan-jang）

醬油也有很多選擇，一般直接用來沾食物食用的是略帶甜味的**釀造醬油（양조간장，yang-jo-gan-jang）**，煮湯則用鹹度較高的**湯醬油（국간장，guk-kkan-jang）**，至於燉肉或拌炒通常使用**陳年醬油（진간장，jin-gan-jang）**。

鹽
소금（so-geum）

如果細究起來，不同的鹽巴有不同用途：**海鹽（청소금，chong-so-geum）**適合醃漬辛奇或做成魚蝦醬，**花鹽（꽃소금，kkot-sso-geum）**適合為小菜和湯調味，**粗鹽（맛소금，mat-sso-geum）**通常用於蔬菜類的涼拌菜……

辣椒醬
고추장（go-chu-jang）

呈現深紅色的辣椒醬，是韓式料理中非常具有代表性的調味料，以辣椒粉、糯米粉、鹽巴、黃豆、大蒜等發酵而成，既可以拿來拌飯、拌麵，也能拿來炒年糕或肉類。

大醬
된장（dwen-jang）

大醬其實就是韓國味噌醬，以大豆發酵而成，味道和日本大醬不太一樣，除了煮大醬湯以外，也用於燉菜或火鍋中，帶有濃郁甘醇的豆香。

鯷魚魚露
멸치액젓
###（myol-chi-aek-jjot）

由於南海和韓國東南沿海盛產鯷魚，因此慶尚道和全羅道會拿牠來製作魚露。鯷魚以鹽醃漬、長時間發酵後就會產生魚露。魚露可以為食物提味，用於涼拌、燉東西或煮湯。

搭配烤肉很對味

包飯醬
쌈장（ssam-jang）

包飯醬是一種介於辣椒醬和大醬之間的醬料，融合辣椒醬的辣和大醬的濃醇，可說是一種辣味大醬，無論是以大蒜、辣椒或蔬菜直接沾著吃，或是包肉、搭配烤肉一起吃，都很對味。

增加食物鮮味

蝦醬
새우젓（sae-u-jot）

蝦醬鹽含量很高，相當鹹，因此只要一點點就夠了。雖然聞起來有點腥，不過煮過之後能讓食物增加鮮味。除此之外，它還是製作辛奇不可或缺的基本調味料之一。

韓國的餐桌禮儀

雖然韓國離我們不遠，歷史上也長期受到中國的影響，有些習性或許雷同，不過在飲食文化上還是和我們存在著不少差異，就讓我們來看看有那些必須注意的餐桌禮儀！

餐具放在紙巾上

在外用餐，韓國人習慣先拿一張紙巾放在桌上，再把筷子和湯匙從盒子裡拿出來放在上面，不但使用時方便，也可以避免直接接觸桌子，保持餐具衛生。另外湯匙在放的時候，記得要把凹面朝上。不只如此，連湯和飯也左右有序，湯放右邊，飯放左邊。

飯前飯後招呼語

和我們吃飯前會說**「開動」**一樣，韓國人吃飯前也會說：**「잘 먹겠습니다！」**（jal mok-kket-seeum-ni-da）， 有著「我會好好享用」的意思，謝謝對方為你準備食物。用完餐後也會說**「잘 먹었습니다！」**（jal mo-gost-sseum-ni-da），意思是「我好好享用了」，表示**自己已經吃飽**。

長輩優先

同桌共餐的人中，如果有長輩，不只要等長輩先入席，還要等對方先動筷子和湯匙，其他人才能開動。雖然台灣也有同樣的情況，不過非常重視輩分的韓國，在這方面執行得更加徹底。事實上不只等長輩先開動，通常也得等長輩用完餐後，其他人才能放下餐具，或者先放在碗上表示還沒吃完。

筷子湯匙各司其職

在台灣，我們習慣以筷子夾菜、將食物直接送入口中，湯匙通常只有在喝湯時才會使用。不過在韓國，筷子雖然用來夾菜，但並不用來將飯送入口中，而是以湯匙舀飯和喝湯，筷子的主要作用其實是用來分菜，例如將魚或肉的骨頭挑出，或是把大塊食物分成小塊，像是大片的辛奇等。

吃飯不端碗

在台灣用餐習慣將碗捧在手上，才合乎禮儀。但在韓國卻正好相反，對他們來說，吃飯必須以口就碗，而不是以碗就口。因為端著碗就像乞討一樣，只有乞丐或窮人才會這麼做，所以端碗吃飯是非常不禮貌的行為，絕對不可以這麼做。

此外，餐廳盛飯的器皿多為導熱性佳的不鏽鋼材質，端起來會燙手，而且碗底也比較寬，也不好端，或是有些像石鍋等非常重的餐具，因此韓

進食時不說話或擤鼻涕

吃東西時不要說話，這點和我們一樣，考量到衛生問題，還是先把嘴巴裡的食物吞下肚。另外，在餐桌上擤鼻涕也是不禮貌的行為，最好到廁所再擤，如果真的忍不住，也記得要側身不要正對他人。

國人都將碗平放在桌上，以湯匙舀飯或取湯來吃或喝。

不能把筷子或湯匙插在飯上

韓國餐桌上的大忌，除了將碗端起來之外，還有就是把筷子或湯匙插在碗上！因為只有在祭祀時，韓國人才會把筷子插在飯上，如果這麼做不但不禮貌，感覺也不太吉利。

共食文化

在韓國用餐，經常可以吃到馬鈴薯排骨湯、部隊鍋等大型鍋物，或是隨餐附上的一大鍋大醬湯。大家都很自然的拿起自己的湯匙，直接往鍋裡撈湯來喝，因為對韓國人來說，這樣的共食文化代表彼此感情很好，就像家人或朋友一般。只不過如果自己感冒，或罹患類似可能經由口水傳染病

毒的疾病時，還是先不要用自己的湯匙直接從湯鍋裡撈湯吧！

骨盆與骨桶

韓國肉類食物有時會伴隨骨頭一同上桌，或是海鮮中常見各式各樣的貝類，當你吃這些東西時，剩下的骨頭或貝殼該怎麼處理？千萬不要直接

放在桌上！店家通常會為你準備一個盆子或桶子，記得把它們丟在裡面。另外用完餐後，也記得維持桌面整潔，把餐具擺好，千萬不要亂丟。

誰來付錢？

和台灣不太一樣，韓國不流行各付各的，那麼在外聚餐場合時如果要結帳，該由誰來付錢呢？通常會依照年齡或身份來付錢，由年長者或身份較高的人請客，如果覺得不好意思，可以之後找機會回請甜點或飲料，表達感謝之意。即使是同輩之間，也通常由某一個人請客，續攤時再由另一人回請。在重情重義的韓國，如此一來一往的表現更具有人情味。

隨時都能喝酒

韓國人經常給人喜歡喝酒的印象，無論午餐或晚餐，都可以喝酒。因為對韓國人來說，聚在一起就是值得慶祝的場合，那麼何不喝酒助興呢？此外，韓國人也很喜歡乾杯，特別是公司聚餐時，經常會一邊乾杯一邊喊「為了……」的口號。

喝燒酒前先搖酒瓶

在韓國有個習慣，喝燒酒前會先搖一下酒瓶，直到出現小漩渦後才轉開瓶蓋。因為他們認為這樣可以讓靜置的酒上下重新混合，味道也會比較好。

不能自己倒酒

飲酒文化非常發達的韓國，也有一些禮儀必須遵守，首先不能自己倒酒。和韓國人一起喝酒時，通常會注意彼此的酒杯是否空了，如果對方的酒杯空了，就必須主動為對方斟滿，才合乎基本禮儀。

接酒禮儀

如果對方沒發現，可以稍微做出要拿酒瓶的動作提醒對方，如果自己拿酒瓶起來倒，雖然你不介意，但可能讓對方覺得自己沒禮貌。而別人為你倒酒，當然你也得為對方服務囉。還有一點必須注意的是，幫長輩或身份較高者倒酒時，一定要用右手，並且以左手扶著右手才算符合禮儀。

在韓國，接酒也有一定的禮儀。當別人幫你倒酒時，一定要把酒杯拿在手上。如果對方是平輩，可以用右手接、左手放在胸前，但如果對方是長輩或身份較高的人，就一定得用雙手，才能表現出敬意。

喝酒禮儀

好不容易拿到要喝了，且慢，還有需要注意的地方！看過韓劇的人都知道，在長輩或身份較高的人面前，你不能直接面對著他就喝起酒來，如果對方在你對面，你必須側身再喝，如果對方坐在你旁邊，就將上半身轉到另一邊再喝。

韓國的餐廳禮儀

在韓國用餐，除了餐桌禮儀之外，前往餐廳外食，同樣也有需要注意的地方，從用餐人數限制、如何點餐、餐具到哪找和怎麼呼喚店員，以及衣著上必不可缺的「配件」，一一報給你知。

用餐限制：1人行不行？

因為喜歡群體活動，韓國人很少一個人外出用餐，過去如果自己獨自在外吃飯，會被認 是沒有朋友。除了大多結伴同行之外，有些韓國食物的

份量比較大，例如辣炒雞排，或是像烤肉通常會要求 2 人以上才能點餐。但如果你吃的得下（或真的非常想吃），只要點兩人份，店家通常不會拒絕。

隨著時代改變，以及越來越多觀光客造訪，部分餐廳也有所改變，像是原本可能兩人才能點的烤肉或部隊鍋，有的也推出一人份的套餐。至於蔘雞湯、豆腐鍋、炸醬麵、紫菜飯捲等，基本上都可以 1 人用餐，所以就算一個人旅行也沒問題。

基本點餐份數

我們有時會在新聞中看到，一群遊客進了店家，結果只點 1~2 份食物共享，雖然能理解大家想嚐鮮、節省胃多吃幾種食物的心情，不過對店家來說，這麼做可是會影響翻桌率和生意的。

因為韓國餐廳通常沒有最低消費的限制，因此一人點一份餐（除了小朋友以外）是基本禮貌，也是當地人的習慣。如果真的吃不下，不妨先告知店家詢問狀況，最好也不要在用餐尖峰時刻前往。

價格標示

韓元幣值比較小，後面經常跟著好幾個零，遇上單價比較高的東西，猛一看可能得讓人一時有點眼花。為了一目瞭然，有些店家（特別是咖啡廳）會將價格標示為 4.3、10.8……初次看到的人可能一頭霧水。其實 4.3 就是 4,300 韓元，10.8 就是 10,800 韓元，這樣是不是更方便看呢！

呼喚店員

通常韓國餐廳的桌上或旁邊會有服務鈴，如果想點餐、續小菜、結帳……任何事需要找店員時，只要按服

關於 저기요

저기요其實是由「저기」（那裡）和「요」（敬語結尾）兩個部分組成，當你想呼喚店員，或是想找路人問路時，通常都會用這句話當作發語詞，吸引對方的注意。

至於沒有服務鈴的店家，可以揮手或直接呼喊店員。有些人看韓劇經常聽到人家說「**阿珠瑪**」（아줌마，a-jum-ma），請不要這樣叫店員，「阿珠瑪」的意思是「大嬸」。你可以以「**姨母**」（이모，i-mo）稱呼年紀看起來比較大的女性，或是使用一般的說法：「**저기요**」（jo-gi-yo），就像中文的「嘿」或「哈囉」。如果想更討喜，無論對方是不是社長，都可以「**社長**」（사장님，sa-jang-nim）呼喚對方。

務鈴就可以了。不過按的時候千萬不要連環奪命 call，按一下就好，除非等了一陣子後店員都沒出現，才再按一次。

消失的餐具！

有些餐廳，會將餐具直接放在桌上的收納盒裡，讓客人自行取用。如果你沒有看到餐具盒，店員也沒有送上餐具，那麼它們可能出現在一個地方——桌子側邊的抽屜裡。除了筷子和湯匙，這個暗格裡通常還有紙巾和牙籤，畢竟韓式料理很容易就擺滿一桌，放在抽屜裡的餐具還可以節省餐桌空間。

餐廳只提供冰水？

不管春夏秋天，韓國餐廳都只提供冰水，有些店家會直接送上，有些則由顧客自行前往冰箱拿取。至於為什麼只有冰水，有一說是韓國餐廳的杯子都是不鏽鋼材質，難以隔熱的情況下不方便飲用熱水。但是如果真的有需求，也可以詢問店家看看是否能提供溫水或熱水。

無限續加的小菜

在韓國餐廳用餐，店家通常至少會提供兩種小菜，最常見的是白菜辛奇和蘿蔔辛奇，這些小菜是可以不斷追加的。小菜追加的方式，有一種是請店員幫忙，你可以跟店員說：「**반찬 좀 더 주세요**」（ban-chan jom do ju-se-yo），意思是「**請再給我一些配菜**」，有些餐廳則是採自助式，你只需要拿著小菜盤前往配菜吧檯自己夾就可以了。不過切記：吃多少拿多少，以免浪費食物！

記得穿襪子

除非高級餐廳，韓國餐廳通常沒有服裝限制，但是最好穿上襪子！

因為有些餐廳是傳統韓屋，或是座位採用地席，遇到這種情況，就必須脫鞋子。這時如果沒有穿襪子，露出赤裸裸的腳丫，還真是讓人感到害羞，而且感覺也比較不衛生，因此外出用餐，記得穿上你的襪子。

吃不完可以外帶？

過去韓國餐廳並沒有打包的習慣，不過現在店家幾乎都能提供這樣

餐廳沒有免洗餐具？

台灣在餐廳用餐，有些店家除一般餐具外，也會提供免洗餐具。不過在韓國，如果你在餐廳內用餐，是沒有免洗餐具可以使用的，因為韓國法規明確禁止內用使用免洗餐具，所以除非外帶，你是看不到免洗餐具的。

服務。但如果你是在店裡用餐後才打包，由於小菜是贈送的，因此不會特別打包，有些店家可能還會加收幾百到一千韓元的包材費用。

餐廳裡的插座

餐廳裡的插座到底可不可以使用？如果店家沒有特別封起來，通常是可以的，不過更好的方式或許是先詢問店家：「**我可以使用插座嗎？**」（**소켓을 사용할 수 있을까요？, so-ke-seul sa-yong-hal ssu i-sseul-kka-yo**），先打聲招呼。

免費 Wifi

韓國有些比較新的餐廳、特別是咖啡廳或甜點店，通常會提供免費Wifi給客人使用，有些會直接將密碼貼在桌邊、櫃檯或牆上，有些則直接打在收據上，不妨找找看。

防髒、除味幫手

韓國有些食物氣味比較重，或者是像部隊鍋等湯湯水水，以烤肉為例，味道不但很容易附著在衣服上，一不小心油還可能就會噴到身上。因此店家通常會為客人準備圍裙，以及大塑膠袋或是空心的圓筒椅，讓你收納外套或包包，即使如此，身上穿的衣服離開時還是可能會有味道，因此有些餐廳還會準備去除異味的衣物噴霧，讓你噴完香香的離開。

飯後喝杯三合一咖啡

韓國人喜歡喝咖啡眾所皆知，在韓劇中也可以經常看見他們在咖啡機購買三合一咖啡的畫面。韓國有些餐廳的櫃檯或出入口旁邊，會擺放一台小型的咖啡機，讓客人用餐後能夠喝一杯甜甜的三合一咖啡。咖啡機上的數字是咖啡的價格，如果出現「000」，表示老闆招待、咖啡免費。

餐桌上的配角
辛奇與小菜

雖然是餐桌上的配角，不過卻扮演著舉足輕重且不可或缺的角色。如果說主菜是一餐中的靈魂，身為配菜的辛奇與小菜就是畫龍點睛之處，不但豐富了餐桌，也為食物增添更多風味。特別是辛奇，韓國人對它的熱愛到了每餐必吃的程度，韓國的醃製越冬辛奇文化以及醃製辛奇習俗，已經被列入非物質文化遺產代表名錄！

©韓國觀光公社

辛奇的誕生……

　　辛奇起源於高句麗、百濟和新羅三國鼎立的時代，最初單純用鹽水醃漬白菜，做成的酸菜沉放於水中，因此稱為「**沉菜**」（**침채，chim-chae**）。隨著時代不斷改變製作方式，材料也從最初的白菜、蘿蔔，擴展到黃瓜、各地蔬菜甚至水果，特別是在朝鮮王朝時代因為辣椒的傳入，讓它在味道和顏色上都獲得提升，終於演變出今日超過100種、令人眼花撩亂的辛奇。

形形色色的辛奇

白菜辛奇
배추 김치（bae-chu kim-chi）
　　白菜辛奇是最常見的辛奇，幾乎每間餐廳或每戶人家的餐桌上，一定都會看到它。把大白菜用鹽脫水，層層抹上混合蒜、洋蔥、辣椒粉、蘿蔔絲、蔥末、魚露等調味料的辣椒醬，然後密封貯存，放越久越入味。

白辛奇
백 김치 (baek kim-chi)

同樣以大白菜做成，加入蔥末、鹽、糖、大蒜、蘿蔔、水梨等配料製成，不過沒有加入辣椒粉，因此顏色呈現白色，這也是它稱為白辛奇的原因。由於不辣，口感溫和且鬆脆，因此兒童也可以吃。

蘿蔔塊辛奇
깍두기 (kkak-ttu-gi)

除了將小蘿蔔一整條做成辛奇之外，還有將白蘿蔔切成塊狀醃製的蘿蔔塊辛奇，它在餐桌上出現的機率，大概只有白菜辛奇贏得過，是韓國最受歡迎的辛奇之一，特別用來搭配湯料理。

小蘿蔔辛奇
총각 김치 (chong-gak kim-chi)

以一整根小蘿蔔下去醃漬，同樣以鹽脫水後，加入辣椒粉、蔥、蒜泥、蝦醬、糖、糯米糊、水梨或蘋果汁等一起攪拌均勻，冷藏一周後就可以食用，清脆的口感非常爽口。

蘿蔔片水辛奇
나박 김치 (na-bak kim-chi)

切塊之外，蘿蔔還能切成薄片做成水辛奇，加上大白菜、黃瓜、蔥、水芹等蔬菜，以及蒜、蔥、糖、鹽等調味料，蘿蔔片水辛奇可以做成辣或不辣兩種，如果想要做成辣味，就加入辣椒粉，因此可能是紅色或白色。

水蘿蔔辛奇
동 치미 （dong chi-mi）

有時人們會把水蘿蔔辛奇和和蘿蔔片水辛奇搞混，水蘿蔔辛奇會先把蘿蔔泡在鹽水裡發酵。它名稱中的「동」來自於漢字的「冬」，傳統上是在冬季時食用。味道乾淨且清爽，是一款不辣且老少閒宜的辛奇。

黃瓜夾心辛奇
오이소박이（o-i-so-ba-gi）

黃瓜辛奇也是韓國常見的醃製辛奇，它爽脆的口感特別適合春天和夏天，這種夾料式辛奇，先將黃瓜切成四大等分，接著每份劃出十字，以鹽水醃漬後，將餡料塞進其中，完成超解膩的美味。

©韓國觀光公社

蘿蔔葉辛奇
열무 김치（yol-mu kim-chi）

蘿蔔真是辛奇的好朋友，不但本身可以做成多種辛奇，就連葉子也可以。蘿蔔葉辛奇通常出現在夏天，切段的蘿蔔葉以鹽脫水，加入辣椒和蔥，拌勻以辣椒粉、蝦醬、蒜、薑、鹽等打成的醬汁，放個幾天就能享用這種帶點刺激辣味的辛奇。

©韓國觀光公社

蔥辛奇
파 김치（pa kim-chi）

看得到一整株蔥的蔥辛奇，必須先泡過魚露，然後用糯米糊加上辣椒粉、蒜做成的醬料，均勻塗抹於蔥上，接著捲起來放入保鮮盒冷藏，就能隨時想吃就吃。

國民小菜

豆腐辛奇

두부 김치 (du-bu kim-chi)

身為餐桌上完美的配角，辛奇還和豆腐聯手合作出一道深受大眾喜愛的小菜。豆腐具有很高的營養價值，不過單吃沒有什麼味道，這時辛奇就成為它最好的「調味料」。不只如此，為了讓辛奇的味道更加突出，還特別先炒過逼出酸味。這下搭配光是稍微用水熱過、撒上黑芝麻的豆腐，

就很美味，韓國人有時會把它當成下酒菜，搭配燒酒或馬格利一起吃。

從辛奇延伸的料理菜單

辛奇鍋
김치찌개 (kim-chi-jji-gae)

豆腐辛奇
두부 김치 (du-bu kim-chi)

辛奇炒飯
김치볶음밥
(kim-chi-bo-kkeum-bap)

辛奇（蔥）煎餅
김치 (파) 전
(kim-chi-(pa)-jon)

辣炒豬肉
제육볶음 (je-yuk-ppo-kkeum)

燉泡菜
김치찜 (kim-chi-jjim)

常見小菜

涼拌豆芽
콩나물무침
（kong-na-mul-mu-chim）

醬燒鵪鶉蛋
매추리알조림
（mae-chu-ri-al-jo-rim）

涼拌海帶芽
미역무침（mi-yong-mu-chim）

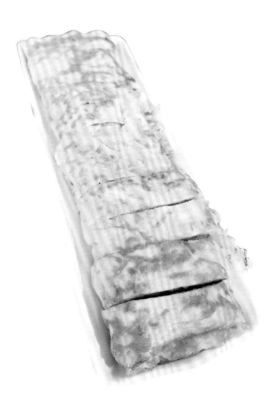

涼拌菠菜
시금치무침
（si-geum-chi-mu-chim）

煎蛋捲
계란말이（gye-ran-ma-ri）

炒魚板
어묵볶음
（o-muk-ppo-kkeum）

醬煮杏鮑菇
새송이버섯조림
（sae-song-i-bo-sot-jjo-lim）

涼拌橡實凍
도토리묵무침
（do-to-ri-mung-mu-chim）

鯖魚燉蘿蔔
고등어무조림
（go-deung-o-mu-jo-rim）

生醃章魚
오징어젓갈（o-jing-o-jot-kkal）

讓人心滿意足的
國民美食與小吃

牛肉麵、雞排、滷肉飯、小籠包、蚵仔煎、臭豆腐……這些台灣的國民美食，雖然都不是高檔的食材，也沒有華麗的擺盤，然而就是讓人百吃不厭。你知道韓國有哪些讓他們引以為傲且熱愛的國民美食？以及下次拜訪韓國絕對不能錯過的特色小吃！

必嚐國民美食

血腸
순대(sun-dae)

血腸是韓國人很喜歡的食物，然而對外國人來說，幾乎是壁壘分明的分成兩派，喜歡的很喜歡，不能接受的就是不能接受。

在豬的腸子裡灌進豬血、糯米或冬粉（現在一般多為冬粉）等食材，

看起來好像和我們的豬血糕成分差不多，但其實口感和味道大不相同！過去完全以豬的副產品做成的它，蒸熟後被庶民當成三餐和下酒菜，只要有市集就能發現它的蹤跡。

有趣的是，血腸其實源自於蒙古，遊牧民族為了方便攜帶，於是把內臟、肉和血灌進動物腸子裡保存，甚至它的名稱還是來自於滿語的「seggi」（血）和「duha」（腸）。

血腸在各地口味或許不同，沾醬也不太一樣，有的沾鹽吃、有的搭配大醬或辣椒醬。除了單吃之外，血腸也做成湯飯或拿來辣炒。

束草的魷魚米腸

오징어순대（o-jing-o-sun-dae）

除了用腸子做成的血腸之外，有些地方會以其他東西取代腸衣，其中最有名的莫過於束草的魷魚米腸。

韓戰期間，不少北方人南逃避難，在距離北韓最近的束草住了下來。由於無法取得大腸，因此利用當地盛產的魷魚，先去除內臟後，把魷魚鬚切碎，混合墨魚汁和蔬菜等食材，一起塞進魷魚肚子裡，先蒸熟後，再切片裹上蛋汁煎來吃，形成了這道獨具代表性的地方美食。

© 韓國觀光公社

與血腸相關的菜單

© 韓國觀光公社

© 韓國觀光公社

© 韓國觀光公社

血腸
순대（sun-dae）

血腸湯
순대국（sun-dae-guk）

血腸湯飯
순대국밥（sun-dae-guk-ppap）

糯米血腸
찹쌀순대（chap-ssal-sun-dae）

蔬菜血腸
야채순대（ya-chae-sun-dae）

綜合血腸
모듬순대（mo-deum-sun-dae）

魷魚米腸
오징어순대（o-jing-o-sun-dae）

辣炒血腸
순대볶음（sun-dae-bo-kkeum）

鐵板炒血腸
순대철판볶음
（sun-dae-ceol-pan-bo-kkeum）

白切肉
수육（su-yuk）

煎餅
전(jon)／부침개(bu-chim-gae)

煎餅是深受歡迎的韓國食物，因為口味多元，從蔬菜、海鮮、魚類甚至花朵都能入菜，百變樣貌可說是百吃不膩。

不過你知道嗎？雖然中文都稱為「煎餅」，韓文卻有兩種說法，分別是「전」和「부침개」，如果想更明確區分，可以分別翻譯為**「煎」（전）**和**「煎餅」（부침개）**。而這兩者有什麼差異呢？

首先，「전」是一種傳統的煎炸食物，會先將海鮮、肉類或蔬菜切成薄片或小塊，然後裹上麵粉和蛋液做成的麵糊，放入油中煎炸，通常搭配米飯或其他配菜來吃。

「전」的最大特色就是盡可能保持食材原本的型態，可以當成開胃菜、配菜或下酒菜。加入花朵的花煎餅，有時候還可以當成飯後甜點。在朝鮮王朝的宮廷料理中，就有將魚或肉切成薄片，沾上麵粉和蛋液後油煎而成的食物。

至於「부침개」的作法完全不同，它是將蔬菜、魚類或海鮮等食材先剁碎，混合麵糊後一同在平底鍋上煎炸而成，有點類似薄煎餅。不像「전」是單獨煎炸食材，「부침개」是把所有食材混合在一起後煎炸而成。

「부침개」過去是用來祭祀的食物，也出現在宴會上，因為需要較大的煎鍋且作法比較大費周章，因此一般人平常比較不會做。不過廣義的「부침개」，也包含「전」在內。

©韓國觀光公社

釜山名產

東萊蔥煎餅
동래파전 (dong-nae-pa-jon)

　　東萊是釜山的舊稱，西元 8 世紀的新羅時代，這裡就設立了東萊郡，過去釜山其實是附屬於它的一部分。

　　過往以盛產大蔥聞名，朝鮮時代時東萊府使就曾將當地最具代表性的鄉土美食獻給國王，這道御膳正是蔥煎餅，從此打響名號。以糯米粉和粳米粉做成的麵糊，加上大把整根未切的大蔥，並搭配魷魚、蝦、蛤蜊等多種海鮮，起鍋成打上雞蛋後蓋上蓋子燜熟，就完成這道香噴噴的美食。現在即使是平民百姓，也能品嚐國王的「貢品」囉！

為什麼下雨天要吃煎餅？

　　常看韓劇的人，一定對這樣的場景不陌生：遇到下雨天，劇中人物說著想吃煎餅……就像初雪那天，韓國人要吃炸雞配啤酒一樣。

　　然而究竟為什麼會有這樣的傳統？據說和過去農業社會有關，因為一旦下雨就無法下田工作，於是平日忙於農活而無法好好吃飯的人們，這下終於可以稍微忙裡偷閒，好好準備點吃的。於是，順手拿起家中的麵粉揉麵團、加入大蔥和辛奇等食材一同煎炸，就是一道簡單又美味的食物。

　　此外也有一說，因為煎煎餅時發出的滋滋聲，和滴滴答答的雨聲類似，也因此下雨天就會讓人想吃煎餅。至於什麼是煎餅的靈魂伴侶呢？答案是濁酒──**馬格利（막걸리 , mak-kkol-ri）**！

醋醬油

간장（cho-gan-jang）

雖然煎餅單吃就很美味，但是如果能夠來份沾醬，更能凸顯它的味道！

一般韓國人常用的煎餅沾醬是醋醬油，這款百搭沾醬主要由醬油、糖、水、白醋、蒜末和一點辣椒粉混合而成，滋味清淡且鹹中帶點微酸，讓你吃再多煎餅也不覺得膩。

獨樹一格的綠豆煎餅

빈대떡（bin-dae-ttok）

　　和其他煎餅不同，許多供應煎餅的餐廳通常不會只供應一種煎餅，然而綠豆煎餅卻通常是獨立的專賣店，或許因為它的材料和主要使用麵粉與雞蛋的其他煎餅不同，它的韓文名稱中也沒有「전」和「부침개」這兩個字，反而使用了「떡」（年糕）這個字。

　　綠豆煎餅過去是祭祀桌上用來當作肉類食物的襯底，主人吃完肉後，把它分送給傭人或窮人食用，因此也稱為「窮人的年糕」，它的名稱其中一項推測，原名可能來自漢字的「貧者糕」。無論如何，這個以綠豆泥為底，加入泡菜、豆芽、大蔥等食材做成的厚煎餅，成為受歡迎的平民小吃，單吃或沾醬各有風味。

　　至於韓國人為什麼這麼喜歡吃綠豆煎餅？因為它裡面富含胡蘿蔔素，不但是非常營養的食物，還具有解毒的功效，所以無論精神上或生理上感覺疲勞時，吃綠豆煎餅都能幫助補充所需營養，達到恢復的效果。

與煎餅相關的菜單

* 為了區隔韓文名稱中的「전」和「부침개」，這裡以「煎（餅）」（전）和「煎餅」（부침개）表現。

© 韓國觀光公社

肉煎（餅）
육전(yuk-jon)

蝦仁煎（餅）
새우전(sae-u-jon)

辛奇煎（餅）
김치전(kim-chi-jon)

蔥煎（餅）
파전(pa-jon)

海鮮蔥煎（餅）
해물파전(hae-mul-pa-jon)

馬鈴薯煎（餅）
감자전(gam-ja-jon)

櫛瓜煎（餅）
애호박전(ae-ho-bak-jjon)

辣椒煎（餅）
고추전(go-chu-jon)

南瓜煎（餅）
호박전(ho-bak-jjon)

花煎（餅）
화전(hwa-jon)

蕎麥煎（餅）
메밀전(me-mil-jon)

韭菜煎（餅）
부추전(bu-chu-jon)

紫蘇葉煎（餅）
깻잎전(kkaen-nip-jjon)

東萊蔥煎（餅）
동래파전(dong-nae-pa-jon)

魷魚蔥煎（餅）
오징어파전(o-jing-o-pa-jon)

綜合煎（餅）
모듬전(mo-deum-jon)

綠豆煎餅
빈대떡(bin-dae-ttok)

辛奇煎餅
김치부침개
（kim-chi-bu-chim-gae）

黃豆煎餅
콩부침개(kong-bu-chim-gae)

魷魚煎餅
오징어 부침개
（o-jing-o- bu-chim-gae）

紫菜飯捲
김밥（gim-ppap）

穿梭於韓國街頭巷尾，紫菜飯捲大概是最常見的食物。除了專賣店以外，許多餐廳、麵店、甚至路邊攤都會販售，方便攜帶、食用的特性，讓它成為韓國人最常吃的食物之一。

紫菜飯捲源自於日本的壽司捲。日本殖民韓半島時，在南部海岸設立了許多紫菜養殖場，乾燥後的紫菜不只送日本，也在韓國流傳開來，於是韓國人也跟著用紫菜包飯吃。

雖然同樣用紫菜包飯，不過韓國的紫菜飯捲和日本的壽司捲卻大異其趣。日本人使用醋飯，裡頭通常只包一種魚肉、漬物或蔬菜等，口感相對單純。韓國人則將白飯拌入芝麻油，裡頭包上紅蘿蔔、雞蛋、醃黃蘿蔔、小黃瓜，以及豬肉或牛肉，滿滿的餡料口感十足，不只如此，最後還會在飯捲的紫菜上抹上芝麻油。

值得一提的還有，紫菜飯捲之所以可以如此深入韓國人的日常生活，和早一輩的童年記憶有關：韓戰後，韓國陷入貧窮之中，當小孩要去戶外活動或郊遊時，無法準備豐盛餐點的媽媽們，就將多種食材包進飯捲裡，提供另類的「大餐」！

除了一般常見的紫菜飯捲之外，韓國的飯捲也有其他樣式，下面就來瞧瞧。

© 韓國觀光公社

煎蛋捲紫菜飯捲
계란말이 김밥
（gye-ran-ma-ri gim-ppap）

「계란말이」是韓國的「煎蛋捲」。煎蛋捲紫菜飯捲把一般的紫菜飯捲再升級，在紫菜飯捲外包上一層煎蛋捲，不但賣相看起來更加分，營養價值也更高。

麻藥飯捲

마약 김밥 (ma-yak gim-ppap)

麻藥飯捲的名稱聽起來很聳動，內餡卻非常「正常」且「平凡」。在紫菜上鋪著拌入芝麻油、鹽和白芝麻的白飯，依序放上醃黃蘿蔔，調味過的紅蘿蔔絲、魚板絲和蛋絲，捲起來後抹上芝麻油就完成了。吃的時候可以搭配黃芥末沾醬。

儘管如此，這種體積較小、呈細長形的飯捲因為非常好吃，讓人上癮般忍不住一口接一口，才讓它有麻藥飯捲的暱稱。在許多夜市和傳統市場都能發現它。

裸飯捲

누드김밥 (nu-deu- gim-ppap)

另一種名稱聽起來也很聳動的是裸飯捲，所謂的裸飯捲指的是把白飯包在最外層、反而把紫菜包在裡面的飯捲。在廣藏市場有間很有名的元祖**起司裸飯捲（원조누드치즈김밥）**，以白飯包裹內餡，最上面再堆疊鮪魚，受到韓國美食天王白種元的推薦。

忠武飯捲
충무김밥（chung-mu-gim-pap）

　　忠武飯捲是一種紫菜裡面只包著拌入芝麻油和鹽的白飯的小巧飯捲大概是一根拇指的大小，正好適合一口食用。吃的時候搭配辣拌魷魚和蘿蔔塊辛奇當配菜，店家通常會附上竹籤，讓你可以把它們插在一起吃。

　　之所以會誕生這樣的飯捲，是因為它的發源地統營（통영），是座位於韓國南部的城市。過去這裡是朝鮮王朝的重要海軍駐地，當地居民則多以捕魚為生。由於漁民出海常常無法好好吃飯，再加上長時間出門在外，在缺乏冷藏設備的情況下，食物很容易變質。因此這種將配菜和飯捲分開的分式飯捲出現，不但方便漁民食用，也比較不容易腐壞，成為它最大的特色。

與飯捲相關的單字

中文	韓文	發音
紫菜飯捲	김밥	gim-ppap
蔬菜	야채	ya-chae
辛奇	김치	kim-chi
鮪魚	참치	cham-chi
牛肉	소고기	so-go-gi
烤肉	불고기	bul-go-gi
辣味炒豬肉	매운제육	mae-un-je-yuk
炸豬排	돈까스	don-kka-seu
午餐肉	스팸	seu-paem
起司	치즈	chi-jeu

統營的忠武飯捲一條街

有人或許曾經在首爾吃過忠武飯捲。雖然忠武飯捲不只在統營能夠吃到，不過在統營的江口岸、靠近中央市場附近，有一條**忠武飯捲街（충무김밥거리）**，短短 100 多公尺的距離，聚集著好幾家飯捲店，其中不乏幾十年的老店。下次有機會去統營，也去嚐嚐最「原汁原味」的忠武飯捲吧！

雜菜
잡채(jap-chae)

　　今日以冬粉為主要食材的雜菜，過去可是菜如其名，以各式各樣的蔬菜做成。包括波菜、洋蔥、黑木耳、紅椒、黃椒、杏鮑菇、胡蘿蔔等切成絲，然後以香油加入鹽、糖、蒜末、蔥段等炒香，就成了這道韓國各種宴會或節日等慶祝場合的必備料理。

　　後來因為 1990 年代冬粉傳入韓半島，以地瓜粉做成的韓式冬粉，有著 Q 彈的口感而大受歡迎，從此反客為主成為雜菜中主角！

蒸蛋
계란찜(gye-ran-jjim)

　　每當看到整個蓬鬆柔軟的韓式蒸蛋，是不是覺得特別美味可口呢？這道吸睛又好吃的國民美食，把雞蛋和雞湯混合，加入蘿蔔丁、蔥花後一起放入陶鍋中用火慢慢加熱，直到完全凝固後蓋上高高的鍋蓋，就等著它膨脹，高高鼓起。

傳統便當

옛날도시락 (yen-nal-do-si-rak)

四方形的白口鐵或黃鋁飯盒，裡面裝著白飯、泡菜和蛋等配菜，吃之前必須先用力搖一搖，這是韓國充滿回憶的傳統便當，也出現在韓劇《魷魚遊戲》中。
至於為什麼要先搖一搖？有一說是過去學生帶便當去上學，因為只從底部加熱，造成飯盒受熱不均，搖過後才能吃到都是熱的飯菜，也有一說是把所有食材和白飯都混合均勻後再吃，才更美味。

全國性小吃

辣秒年糕
떡볶이 (ttoek-ppo-kki)

辣炒年糕是韓國人最愛的小吃，年糕口感Q且有嚼勁。

使用辣椒醬，辣炒年糕加上高麗菜、大蔥、洋蔥一起拌炒，有的店家還會加入拉麵、水煮蛋、豆皮或魚丸等，有些則加進起司片中和辣度，同時增添奶香。

糖餅
호떡 (ho-ttok)

糖餅是韓國街邊的傳統小吃，將揉好的麵皮放入熱油中半油炸，中間的黑糖預熱融化，起鍋後再將腰果、南瓜子等加入內餡，爆漿的甜蜜滋味以及堅果的香氣，讓人回味無窮。

魚板
오뎅 (o-deng)

絞碎的魚肉和麵粉混合，做成四方狀的魚板，可說是韓國街邊最常見的小吃。以竹籤串成捲曲狀，放在高湯中熬煮，隨時想吃就能來上一串，非常方便。特別是冬天冒著熱氣的模樣，更是讓人垂涎，店家還附贈高湯，邊吃邊喝，人都暖活了起來。

鯽魚餅
붕어빵（bung-o-ppang）

　　看到鯽魚餅，你會想到什麼？沒錯，日本的鯛魚燒。據說過去因為日本老百姓吃不起昂貴的鯛魚，因此就用紅豆和麵粉做出這種點心。傳到韓國後，對鯛魚感到陌生的韓國人，就把它改成日常生活中常見的鯽魚形狀。

　　鯽魚餅通常在秋冬比較有機會吃到，除了香甜的紅豆之外，也發展出奶油、地瓜等其他口味的內餡，

龍捲風馬鈴薯片
회오리감자（hwe-o-ri-gam-ja）

　　去過明洞的人，一定看過這種超浮誇的馬鈴薯片。把馬鈴薯以特別的螺旋方式切開，然後串在長竹籤上後油炸，再加上洋蔥或起司等調味。因為非常吸睛，即使只是炸馬鈴薯，還是讓人忍不住想買來吃吃看。

©韓國觀光公社提供

小熱狗年糕串
소떡소떡（so-ttok-so-ttek）

　　一個年糕、一個小香腸、一個年糕、一個小香腸……就這麼依序串成一串，然後放在火上烤，吃得到年糕的Q彈，以及小香腸咬下去爆開的口感，雖然有些邪惡，但很難不一口接著一口。

雞蛋麵包
계란빵 (gye-ran-ppang)

　　雖然稱為麵包，但其實是小蛋糕。把麵糊倒入橢圓形的模具中，然後打上一顆蛋，等烤熟後就是香噴噴的雞蛋糕。和我們的雞蛋糕不同，雞蛋麵包可以吃到一整顆蛋，可説是營養更升級。裝在紙杯中邊走邊吃，在冬天感覺特別溫暖。

奶油雞蛋糕
델리만쥬 (del-ri-man-jyu)

　　奶油雞蛋糕韓文名稱意思是「好吃的饅頭」，來自英文「delicious」和「饅頭」兩個字。它和我們的雞蛋糕有點像，不過內餡多了會爆漿的卡士達醬，有時會做成玉米或鯉魚的形狀。吃的時候記得小心，以免被燙傷嘴巴！

焦糖餅
달고나 (dal-go-na)

　　焦糖餅這款懷舊小吃，原本逐漸消失的它，因為韓劇《魷魚遊戲》而再度爆紅。還記得劇中人物小心翼翼拿著牙籤，努力將圖案完整挑出來的模樣？這也是它又稱為「뽑기」（ ppop-gi，「挑」的意思 ）的原因。

©韓國觀光公社 ©韓國觀光公社

菊花餅
국화빵 (guk-hwa-ppang)

　　外觀有著菊花的造型，裡頭包裹著紅豆泥，它和鯽魚餅最大的不同，是菊花餅除了麵糊之外，還多加了糯米，因此吃起來比較軟和Q彈，和鯽魚餅酥脆的外皮口感不太一樣。不過菊花餅近年來越來越少看到了呢！

考驗外國人膽試的小吃

蠶蛹

번데기（bon-de-gi）

近年來因為面臨未來糧食可能不足的情況，開始有人提倡吃昆蟲。這樣的情形也發生在韓戰後的韓國，由於當時缺乏食物，百廢待興的政府致力發展紡織業，蠶絲工廠如雨後春筍般出現，擁有優質蛋白質的「副產品」蠶蛹，正好可以在那個人人挨餓的年代提供一些營養……蠶蛹就這樣成為韓國人的小吃。如今在傳統市場或一些郊區景點，可以看見賣蠶蛹的攤販，在超市還可以看到蠶蛹罐頭呢！

一網打盡韓國熱門小吃——明洞夜市

明洞類似台北西門町、東京原宿，許多人初次前往首爾，一定會拜訪這個地方。在它密密麻麻的街道巷弄間，幾滿了服飾店、彩妝店、飾品店、餐廳，當然也是國際或各大連鎖品牌的聚集地。

入夜後，商圈變得更加熱鬧，許多路邊攤紛紛出籠，其中特別是國家劇團**明洞藝術劇場（국립극단 명동예술극장）**前方那條一路往樂天百貨方向延伸的路，各式各樣的攤販幾乎塞滿整條街道，可以看見辣炒年糕、烤雞肉串、鯽魚餅、雞蛋麵包、雜菜、熱狗、炸雞、烤龍蝦、龍捲風馬鈴薯片……等，一次搜集所有最具代表性的小吃。

地方特色小吃

除了全國都吃得到的小吃之外，韓國各地也有不少在地特色小吃，來看看國人也常拜訪的釜山和大邱，又有什麼必吃的地區限定小吃。

釜山 魚糕
어묵（o-muk）

我們前面介紹過以魚肉和麵粉做成的魚板，那麼魚糕又是什麼？魚糕其實也是魚板的一種，只不過還加入了其他配料，並且塑造成長條、塊狀或團狀後加以蒸熟而成。

魚板的韓文名稱源自於日文，魚糕的韓文名稱則是百分百韓國血統，並且為釜山當地特有。要被稱為釜山魚糕，必須使用超過70％的魚肉含量，畢竟魚肉含量越高、品質越好，價格也越貴。

至於釜山又是怎麼成為魚糕之

都？這一點和釜山的近代史密不可分：大約從江戶時期開始，包括魚漿食品在內的關東煮成為日本大眾食品。日本殖民韓國時期，許多日本人居住在釜山，不但將日本的飲食文化帶來當地，同時也設立了許多製作天婦羅的工廠，特別是這座四面環海的港口城市，能夠輕鬆取得主要食材——新鮮的海產。

韓國獨立後，這些工廠繼續生產魚漿製品，隨著時代改變，不斷精進、調整，最後誕生了更精緻且符合韓國人口味的魚糕！從它今日加入熱狗、年糕、花枝、整條蝦子、甚至鮑魚五花八門的口味，很難想像原本只是便宜的魚肉和麵粉組合的它，在韓戰後取代糧食，成為果腹和提供蛋白質的來源。

如今釜山不但有許多魚糕工廠，也提供製作魚糕的體驗課程，有興趣的人如果前往釜山，不妨動手做做看這種當地的代表性美食。

釜山知名魚糕店家介紹

*古來思 고래사

　　古來思是釜山知名的魚糕專賣店，儘管路邊都能發現魚糕店，不過這間連鎖魚糕店為什麼能在市場上占有一席之地，原因就在於它使用的材料。

　　一般來說，混合麵粉的魚糕如果魚漿使用比例越高，價格自然也越貴，但是吃起來無論口感或香氣也更佳。古來思以新鮮食材製作魚糕，並且沒有使用防腐劑，雖然價格較高，但確實好吃，此外口味也非常多樣，還能看見加入整顆鮑魚或起司與年糕的魚糕！而它位於海雲台的旗艦店，門口插著幾根超大的魚糕，已經成為當地地標之一。

*三進魚糕 삼진어묵

　　身為釜山的老牌魚糕店，創立於1953年的三進魚糕，是現存最悠久的釜山魚糕生產品牌。它在韓國擁有多家門市，就連首爾也有分店，位於釜山車站旁的廣藏店，看起來很像咖啡館或麵包店，店內也販售咖啡或紅茶，供客人搭配享用各種魚糕。魚糕選擇琳瑯滿目，從蔬菜、海鮮到熱狗……據說口味多達80種，很容易讓人選擇障礙。

魚糕可以帶回台灣嗎？

　　有些人到了釜山，可能想帶點特別的伴手禮回台灣，魚糕也是很好的選擇。無論是古來思或三進，你都可以發現位於冷藏櫃中有著新鮮魚糕和真空包裝，由於沒有使用防腐劑，因此魚糕冷藏期限大約只有5天，冷凍則可以保存將近半年。因此如果想帶回台灣，不妨選擇真空包裝並且先冷凍，只不過得注意：千萬別選到含有肉類成分（例如小香腸）的魚糕，否則可是會被罰款的！此外如果有保冷劑則必須托運。

釜山 堅果糖餅
씨앗호떡(ssi-at-o-ttok)

　　糖餅這種全國性小吃，來到釜山後有了進階版——堅果糖餅！

　　白胖胖麵團先煎後炸，變得金黃後撈起從中間劃開，塗抹上黑糖後再塞入大把堅果，是十足人氣街邊小吃，傳統市場和街邊經常可以看見它，攤位前經常都會大排長龍。與傳統黑糖餅比較之下，加了堅果的糖餅有了各式堅果中和了甜味，比較不會那麼死甜，更好入口！

釜山 奶奶油豆腐包
할매유부전골(hal-mae-yu-bu-jon-kkol)

　　富平罐頭市場內的奶奶油豆腐包，也是釜山必訪小吃之一！油豆腐包中間包裹著韓式冬粉，就像是韓國式的淡水阿給。碗裡裝上滿滿的魚糕、魚板和油豆腐包，還可以免費續湯，一碗吃下肚超滿足。

大邱 大邱扁餃子
납작만두(nap-jjang-man-du)

　　「扁餃子」是大邱特有的美食，這種煎過的薄薄餃子，有的會包入冬粉，有些則沒有內餡，吃起來像是煎得邊緣酥脆的水餃皮，每家店家吃法也有些許不同，像是配上辣炒年糕的醬汁一起伴著吃，有些則是直接吃原味、配醃蘿蔔或是醬油。

與小吃相關的菜單

辣炒年糕
떡볶이 (ttok-ppo-kki)

炸物
튀김 (twi-gim)

小熱狗年糕串
소떡소떡 (so-ttok-so-ttok)

小熱狗
소시지 (sso-si-ji)

大熱狗
핫도그 (hat-tto-geu)

龍捲風馬鈴薯片
회오리감자 (hwe-o-ri-gam-ja)

雞肉串
닭꼬치 (dak-kko-chi)

魚板
오뎅 (o-deng)

魚糕
어묵 (o-muk)

魚乾
어포 (o-po)

烤栗子
군밤 (gun-bam)

烤地瓜
군고구마 (gun-go-gu-ma)

烤年糕
떡구이 (ttok-kku-i)

烤玉米
군옥수수 (gu-nok-ssu-su)

麻藥玉米
마약옥수수
(ma-ya-gok-ssu-su)

糖餅
호떡 (ho-ttok)

堅果糖餅
씨앗호떡 (ssi-at-o-ttok)

鯽魚餅
붕어빵 (bung-o-ppang)

雞蛋麵包
계란빵 (gye-ran-ppang)

奶油雞蛋糕
델리만쥬 (del-ri-man-jyu)

焦糖餅
달고나 (dal-go-na)

菊花餅
국화빵 (guk-wa-ppang)

用餐數位小幫手

韓 國人使用信用卡和數位支付的頻率非常高，特別是疫情後，有些店家甚至只接受電子支付。對外國人來說，我們無法使用當地的數位支付，但又不想刷卡多付跨國手續費，這時不妨辦一張現金預付卡，不但能當信用卡使用，還可以當成 T-money 卡搭乘大眾交通工具。另外，沒有韓國認證手機門號的遊客，究竟有沒有辦法叫外送或預訂餐廳呢？

現金預付卡 ❶

WOWPASS

關注韓國消息的人，應該都聽說過 WOWPASS，這是一張什麼樣的卡片？又具備什麼樣的功能？

首先，WOWPASS 可以當作現金預付卡使用，只要你卡片的額度夠，前往店家就能像信用卡一樣直接刷。它還是一張提款卡，當你手邊沒有現金時，只要前往 WOWPASS 機台，就能從卡片裡提領現金，離境前，還能把餘額全數領出（以韓元千元為單位）。

不只如此，它還可以兌換外幣，

目前 WOWPASS 機台支援包括台幣、美金、日圓、港幣等 16 種常見貨幣，只要將外幣放入機器中，就能兌換成韓元直接充值。最後，它還具備 Tmoney 卡的功能（需另外儲值），實在非常好用。現在就讓我們看看該怎麼購買、儲值或外幣充值、提領現金……

預購機場超值組合

WOWPASS 推出結合 SIM 卡的預購超值組合，在 2024 年 6 月 30 日前，透過官方 APP 預定，可享有 WOPASS 卡八折、SKT SIM 卡（可選擇 3、5、10、20、30 天）九折、AREX 仁川機場直達列車八折優惠，並提前在 Tmoney 卡儲值 10,000 韓元的服務。領取地點為仁川機場和金浦機場的入境大廳 SK 電訊漫遊櫃檯。更多訊息：https://www.wowpass.io/

下載 WOWPASS APP 和註冊會員

Step 1
在 App store 或 Google Play 搜尋「WOWPASS」

Step 2
下載後,選擇「第一次使用」

Step 3
輸入信箱、密碼,選擇常用貨幣後,勾選「同意所有條款」,按下「會員註冊成功」鍵。

Step 4
APP 會請你再次確認電子信箱

Step 5
並要求開啟通知,你可以自行設定是否需要通知。

Step 6
進入這個畫面,就表示你的 APP 已經註冊成功。

WOWPASS APP 有哪些功用?

＊查詢匯率與換算幣值:
點選主頁上的「匯率」,可以看見 WOWPASS 支援的特種貨幣與韓幣的匯率基準,也可以換算兩者之間的幣值,非常方便。

＊查詢 Tmoney 餘額:
雖然是同一張卡片,WOWPASS 和 Tmoney 的儲值金額是分開的,分別屬於兩個帳戶。如果有儲值 Tmoney,可以點選主頁的「Tmoney」選項中查詢餘額,感應卡片後會顯示餘額。小編因為沒有儲值,所以餘額是 0。至於儲值 WOWPASS Tmoney 的方式,和一般 Tmoney 卡相同。

購買卡片和開卡

Step 1

尋找機台

Step 2

選擇語言

卡片本身需支付 5,000 韓元的費用

Step 3

選擇需要的服務 → 「WOWPASS 卡」

Step 4

選擇「開始」

Step 5

選擇「發行新卡」

Step 6

選擇想要的幣種

Step 7

將護照放入機器掃描

Step 8

同意 WOWPASS 會員條款 →「全部同意」

Step 9

螢幕說明相關儲值規定，選擇「是」。

Step 10

將想儲值的幣種和金額放入投幣／紙幣投入口

> WOWPASS 機台支援多國外幣，也可直接當成外幣兌換機使用喔！像小編出國常有用剩的外幣，這時不妨把它拿來儲值成韓幣！

Step 11

全部投入完畢後，確認銀幕顯示的金額，如果無誤 → 「發行卡」

Step 12

完成後，機器會問你是否需要領取現金。按下「不是」，準備領取卡片。

Step 13

拿取從機器中掉出的卡片

Step 14

把新卡插進插卡孔

Step 15

此時機器會把儲值的錢存入卡片中，接著機器或要求你取回卡片。

Step 16

螢幕會出現你的帳戶餘額。待看到「謝謝您使用我們的服務」，就完成所有手續。

在 WOWPASS APP 綁定卡片

WOWPASS 使用者只要註冊卡片後，就會有自己的邀請碼，到時候可以分享給身邊朋友。使用邀請碼的人可以享有 0.5% 的現金回饋，發出邀請碼的人則可以享有 1,000 韓元的回饋。如果想要享有優惠，必須在登錄卡片前先輸入優惠碼。

Step 1

在 APP 主頁面點選「註冊卡片」

Step 2-1

螢幕會跳出是否有 WOWPASS 邀請碼，有的選擇「是」。沒有的人就選擇「否」。

Step 2-2

有邀請碼的人會被要求輸入朋友提供的邀請碼，如邀請碼登錄成功，會出現「確認優惠」的按鈕。沒有邀請碼的人則略過此步驟。

Step 3

你可以選擇「掃描條碼」，螢幕會自動跳出是否同意「開啟相機」的視窗，如果相機是關閉的人，可以前往「設定」進行變更。選擇手動輸入方式，就點選下方「自行輸入卡號」。

Step 5

成功後，會出現「卡片已註冊成功」的頁面

Step 6

按下確認後，APP 主畫面就會出現你的卡片餘額。

\ 如何儲值 WOWPASS /

Step 1

在機台選擇語言後，選擇需要的服務→「WOWPASS卡」。

Step 2

選擇「儲值餘額」

Step 3

在 WOWPASS 機台的讀卡機處插入你的卡片

Step 4

螢幕會顯示你的卡號與餘額，按「繼續」進行下一步。

Step 5

接著機台會要求你取出卡片，並選擇想要儲值的幣種。

Step 6

投入你想加值的金額

Step 7

全數投入完成後，確認銀幕金額無誤，按下儲值即可。

Step 8

你可以選擇需不需要發票，儲值完成後會出現「儲值完畢」畫面，也可以在 APP 查詢餘額。

使用 WOWPASS 提領現金

Step 1
~
Step 4

步驟和如何儲值 WOWPASS 的 Step1~Step4 一樣，差別只在 Step2 時選擇「提領現金」。

Step 5

這時螢幕會出現一組密碼，要求你透過手機 APP 驗證。

9710 02** **** 0814

自動換錢機認證
儲值說明
提款說明
掛失卡說明
Tmoney 說明
你卡

Step 6

打開 APP，選擇右上角的「設定」圖示→「卡片管理」→「自動換錢機認證」。

未進行本人驗證，於自動換錢機畫面上輸入 PIN 碼。

1	2 ABC	3 DEF
4 GHI	5 JKL	6 MNO
7	8	9

Step 7

輸入銀幕上的密碼

Step 8

完成認證後，機台螢幕會出現「認證成功」畫面，確認 APP 帳號無誤後，進行「下一步」。

> 提領現金每次需支付 1,000 韓元手續費

Step 9

輸入你想提領的金額

Step 10

銀幕會再次確認金額，正確請按「繼續」。

Step 11

接著機器進行提款動作

Step 12

從下方出鈔處領取現金後，銀幕也會再次出現該次提領資訊。按「結束」即完成提款。

現金預付卡 ❷

NAMANE

除了 WOWPASS5 之外，韓國還有另一種外國人也能申請的現金預付卡 NAMANE。同樣不需要在銀行開戶，只要以現金或信用卡儲值，在額度範圍內就能前往店家刷卡消費。此外，卡片還結合 Rail + 交通卡，只要另外儲值，一樣可以搭乘大眾交通系統。

這張卡片還有一大特色，就是能夠客製化卡片圖案，擁有一張專屬於你的卡片。此外，還能綁定多張卡！

＼（事先）設計卡面 ／

Step 1

在 App store 或 Google Play 搜尋「NAMANE」。

目前手機認證只適合韓國門號

Step 2

下載後，前往「註冊會員」。以「電子郵件地址」認證方式完成註冊。

Step 3

輸入註冊的用戶名和密碼登錄

Step 4

進入主頁後，選擇「卡片設計（自動發卡機）」。

Step 5

點選畫面中深灰色區塊，會跳到手機相簿，從中選擇想要的照片。

Step 6 選擇好的照片，會出現在 APP 的模擬顯示卡片中。接下來可以以手動方式放大或旋轉圖案，點選下方深灰色文字框，還能輸入想要的文字（限英文）。

Step 7

都弄好後，模擬顯示卡片會出現最後的成果。如果你覺得卡片的「拍立得」模式（白底）太過樸素，也可以選擇「相框」。

Step 8

相框 wigglewiggle 和 cyworld 總共有 8 種模式。同樣可以輸入文字。

Step 9

確認想要的成果後，就前往下一步。

Step 10

確認同意卡片設計

Step 11

按下「保存二維碼」，或使用銀幕截圖，就完成卡片設計。二維碼效期為兩週，上方會顯示效期，超過時間就必須重新製作。

懶得設計卡片？

如果手邊沒有合適的圖片，或是懶得設計卡片，沒關係，NAMANE 也提供設計好的圖案。你只要直接前往機台，在銀幕上選擇「角色卡片」，從內建的圖案中選擇想要的樣式，同樣可以擁有一張自己喜歡的卡片！卡片依角色不同，價格在 7,000~10,000 韓元不等，後續付款方式或更多購買卡片步驟，可參考 P.55~56。

＼ 購買卡片 ／

Step 1

尋找機台。可以透過手機 APP 的「自助發卡機位置」，以城市搜尋地點，或是透過手機定位尋找周邊的發卡機。

Step 2

選擇語言，最右邊為「漢語」（中文）。

Step 3

點選銀幕上的「自製專屬卡片」

Step 4

掃描當初保存或銀幕截圖的設計卡面二維碼

Step 5

在銀幕上確認要製作的圖案

Step 6

選擇付款方式（這邊選擇使用現金）

Step 7

確認支付方式（如果選擇現金，必須確認有剛好的金額，機器不找零。）

Step 8

支付卡片費用 7,000 韓元

Step 9	Step 10	Step 11
等待卡片製作	卡片製作完成後，螢幕會提醒你下載 APP	取出卡片

儲值卡片

> NAMANE 機台可以充值支付帳戶（現金預付卡）或交通帳戶（交通卡）。你可以分兩次先後儲值這兩個帳戶，或是先儲值其中一個帳戶，再以 APP 將錢轉到另一個帳戶（見 P.58）。

> 注意：如果選擇信用卡加值，會收取 3% 手續費，也就是如果你儲值 10,000 韓元，總刷卡金額會變成 10,300 韓元。

Step 1	Step 2	Step 3	Step 4	Step 5
選擇語言→「卡片充值」	把卡片插在「Card for top-up」。	選擇儲值的帳戶、支付方式和金額，接著按下「支付並充值」。	按照支付方式支付正確金額	完成儲值，取回卡片。

線上儲值

除了機台儲值之外，NAMANE 也可以使用 APP 手機儲值，不過目前外國人只能使用海外信用卡儲值。除加值金額外，還必須支付 6% 手續費，實在有些不划算，因此除非必要，還是能免就免。線上儲值方式：「我的卡片」→「支付餘額充值」→「海外信用卡」→輸入充值金額→確認最後金額→輸入信用卡資訊→完成儲值。

＼ 在 APP 中登錄卡片 ／

Step 1

打開 APP，從主頁面點選「登記卡片」

Step 2

選擇認證方式。如果選擇「自動輸入卡號」，會跳出手機掃描視窗。選擇「直接輸入卡號」，會跳出輸入「卡號」、「有效期限」和「CVC」的欄位。

Step 3

接下來登錄卡片圖案，有「相機拍攝」、「從相冊中導入」或「導入卡片設計」三種方式。

Step 4

這裡以手機拍照。可以手指旋轉或放大圖案。

Step 5

完成登錄後，APP主頁面會出現這張卡片。點選後，螢幕會顯示卡片餘額。

在 APP 中互轉帳戶

Step 1	Step 2	Step 3
從 APP 主頁面點選「我的卡片」，點選「掃描方法」上面的紫底交叉符號。	成功感應卡片後，會出現滑bar，將它滑到將想要從支付餘額轉到交通餘額的金額，接著按下「轉換」。	再次感應卡片，成功轉換後，「我的卡片」會顯示兩個帳戶餘額。

WOWPASS 和 NAMANE 比一比

卡片名稱	WOWPASS	NAMANE
卡片費用	5,000韓元	7,000韓元
卡片效期	6年	發卡後55個月內
證件需求	護照	無
可申辦卡片數量	每人1卡	每人最多4卡
卡片儲值最高金額限制	現金卡＋交通卡上限100萬韓元	現金卡50萬韓元＋交通卡50萬韓元
機台佔有率	高，幾乎各大景點都能找到。	較少，首爾主要集中在明洞、建大、仁寺洞。
現金卡加值方式	僅限WOWPASS機台	除NAMANE機台外，也可以使用APP加值（海外信用卡6%手續費）。
	只能使用現金（但支援多國外幣）	可使用現金（每次上限4萬韓元）、海外信用卡（3%手續費）
交通卡加值方式	Tmoney機台、便利商店	NAMANE機台、Tmoney機台、便利商店，也可以用APP帳戶互轉
提領現金	可以WOWPASS機台提領現金，每次手續費1,000韓元，最多可提領10萬韓元。	不行
有現金回饋	有，合作店家。	無
其他特色	可以直接將外幣轉換成韓元儲值卡片	可以客製化卡面

外送

韓國神奇的外送文化

韓國的外送服務非常發達，幾乎已經到了無論你在哪裡，外送員都能使命必達的地步，在首爾等大城市，甚至約在哪座公園的某棵樹下都沒問題！再加上韓劇中各色外送美食催化下，讓許多人前往韓國都想體驗看看。

韓國有兩大外送平台，分別是「요기요」(yo-gi-yo)和「배달의 민족」(bae-dal-ui min-jok)，打開官網或APP，讓人為眼花撩亂的餐廳和美食選擇非常心動，不過，如果你沒有韓國實名制認證過的電話號碼，沒有辦法預訂，有的平台還限制只能網路刷卡，而且限定同樣經過認證的韓國信用卡……說到這裡，外國遊客就沒有辦法點外送了嗎！？

外國人該怎麼點外送？

事情沒有那麼絕望，首先韓國的住宿地點大多都能幫房客叫外賣，你可以前往櫃檯詢問，接待人員通常都樂意提供協助，有些還有附近配合的外送店家，甚至能夠直接提供菜單。

必須注意的是，有些外送會有最低金額限制，特別是比較便宜的餐點，或是有的也會酌收一點外送費。外送時間通常需要30分鐘，不過遇到尖峰時段或重大賽事時，可能會需要等更久的時間。

外送通常會使用拋棄式餐盒，但如果像炸醬麵這種以一般碗盤盛裝的，吃完後記得稍微沖洗一下，並詢問住處接待人員應該放置的回收地點（通常是住處大門外），方便外送人員日後回收。

Creatrip 代叫外送服務

　　雖然沒有韓國實名驗證手機的外國人無法親自叫外送，不過韓國旅遊平台 Creatrip 提供代叫外送服務，只要下載 Creatrip APP、註冊會員，就能使用你的手機，預約合作餐廳的外送餐點，最棒的是還能使用中文！

　　目前該網站合作店家將近 60 家，種類包括炸雞、豬腳、辣炒年糕、漢堡、紫菜飯捲、燉雞、蔘雞湯、醬蟹、泡菜鍋等鍋物。代叫外送時間為 14:00~22:00，配送地點有的全韓國、有的限首爾，預訂前記得先確認餐廳「詳細資料」中的「外送範圍」。如遇有最低消費限制的店家，消費金額不足會跳出「訂單金額須達 TWD XXX」，必須點餐超過這個額度才能代叫外送。此外，每筆訂單會收取 120 台幣的外送費。

\ 用 Creatrip APP /
預約代叫外送

Step 1	Step 2	Step 3	Step 4
在 App store 或 Google Play 搜尋「Creatrip」	下載後，完成會員註冊並登錄。	將頁面拉到底，從「LANGUAGE」將語言更改為繁體中文。	在頁面中選擇「外送服務」

Step 5

接著會出現合作店家，往右滑到底，可以「查看更多」。

Step 6

選擇想要的餐廳

Step 7

點進去後，先查看「詳細資訊」，了解「外送地點」和「外送時間」等注意事項。確認沒問題後，點選「選擇日期」。

Step 8

選擇想要的日期與時間

Step 9

選擇想要的餐點並確認價格，費用會加上外送費。

Step 10

接著填寫資料。「基本資料」通常在註冊會員時已登錄，重點是「附加資訊」，務必填寫正確的地址和聯絡資訊。

Step 11

所有注意事項都確認後，會跳出預約資訊，往下拉選結帳方式。（這邊選擇信用卡）

Step 12

結帳。填寫信用卡資訊，選擇支付的貨幣，並同意使用條款。

Step 13

完成結帳後，會收到預約受理通知。你也可以在「個人頁面」的「站內通知」收到這則訊息並查看詳情。

Step 14

加入 Creatrip 官方 Line 帳號，並上傳完成付款截圖。一旦 Creatrip 確認訂單就會回覆。

Step 15

Creatrip 訂餐後會通知你，並且在餐點快到時通知你在約定地點取餐。

外送相關會話

請問可以幫我叫外賣嗎？
배달 좀 시켜주실 수 있으세요?
（bae-dal jom si-kyeo-ju-sil ssu iss-eu-se-yo）

我想吃_____。
請問有推薦的餐廳嗎？
___（이 / 가）먹고 싶어요 .
（___（i / ga）mok-kko si-po-yo）

추천해줄 식당이 있나요?
（chu-chon-hae-jul sik-ttang-i in-na-yo）

請問有外送菜單嗎？
배달 메뉴가 있나요?
（bae-dal me-nyu-ga iss-na-yo）

總共多少錢？
총 얼마예요?
（chong ol-ma-e-yo）

可以刷卡嗎？
카드로 계산할 수 있나요?
（ka-deu-ro gye-san-hal ssu in-na-yo）

外送大約要等多久呢？
배달은 얼마나 기다려야 해요?
（bae-da-reun ol-ma-na gi-da-ryo-ya hae-yo）

我要在哪裡等呢？
어디서 기다려야 해요?
（o-di-so gi-da-ryo-ya hae-yo）

相關外送美食單字

中文	韓文	發音	更多相關單字
炸雞	치킨	chi-kin	P.112～113
炸醬麵	자장면	ja-jang-myon	P.190
糖醋肉	탕수육	tang-su-yuk	P.190
辣炒年糕	떡볶이	ttok-ppo-kki	
血腸	순대	sun-dae	P.29
豬腳	족발	jok-ppal	P.123
紫菜飯捲	김밥	gim-ppap	P.36

預訂餐廳

現在外國人也能用 NAVER 預訂餐廳！

去過韓國的外國人都知道，在韓國如果沒有當地的手機門號或是居留證（外國人登錄證），很多實名制的購票、購物、外送、預約餐廳平台都無法使用，也因此想在韓國預訂餐廳，確實存在著難度。不過幸好旗下擁有 LINE 和 Naver Map 等公司的韓國目前最大網際網路公司 NAVER，開放外國人以護照實名制登錄會員，如此一來，就能結合 Naver Map 在韓國預約餐廳！另外 Creatrip 也提供代訂餐廳服務，雖然必須支付手續費，但可以以中文溝通，也是另一個選擇。

╲ 申請 NAVER 會員 ╱

Step 1

前往 NAVER 官網首頁 https://www.naver.com/，點選「加入會員」。

Step 2

跳轉到下一頁使用條等訊息時，可以從上方地球圖示選擇想要的語言。勾選「全部同意」後按「確認」

Step 3

填寫個人資訊。第一行 NAVER ID 可以隨意填寫自己喜歡的名稱，如果已有人使用，系統會告知「此 ID 以存在」，就必須更換。姓名記得輸入和護照上一樣名字。手機門號去除第一個 0。完成後點選「獲取授權」。

Step 4

輸入手機簡訊中的驗證碼，完成註冊。

注意：如果沒有收到驗證碼，請查詢手機號碼是否正確？手機或電訊業者是否有設定阻擋廣告訊息？要不就是你同一支手機已經登錄過多 NAVER 帳號（最多以 3 個為上限），這時必須先刪除其他帳號。

護照實名制認證

Step 1

從 NAVER 官網首頁點選「登入」，填寫「帳號」、「密碼」→「登入」。

Step 2

這時原本首頁「登入」的區塊，會出現你的帳號資訊。點名稱旁邊的「ID」位置。

Step 3

畫面會跳轉到你的個人資訊頁。

Step 4

你可以直接使用 google 的韓翻中，或是往下拉，在左下角這個位置選擇「英文」。

Step 5

你會發現介面變成英文，接著點選「Verify」。

Step 6

點選「Inquiry」

Step 7

接著進入個人帳戶，系統會自動帶入 ID 和電子信箱。填寫和護照上一樣的姓名、性別（男性：male、女性：female、跨性別：transgender）、註冊時的手機號碼（+886-9XXX-XXX-XXX），並且在「同意更改為實名」處打勾。

Step 8

繼續往下，勾選「同意將暱稱 ID 更改為實名」，點選「Upload files」準備上傳護照檔案。

Step 9

點選「Upload files」，選取想要的檔案，然後按下「Confirm」確認。

Step 10

檔案上傳成功後，下方會出現檔名。接下來繼續填寫「證件類別」(Passport)、「發證國家」(REPUBLIC OF CHINA)、「發照機關」(MINISTRY OF FOREIGN AFFAIRS)，以及有效日期(護照上的效期截止日期)。

Step 11

接著往下，「Ask a Question」處隨意填寫一個問題。然後勾選同意收集個人資料後，按下「Inquiry」。

Step 12

如此就完成申請，接下來就等 NAVER 回覆。

Step 13

如果申請成功，會收到 NAVER 寄來的通知信，告訴你已經獲得實名認證。平日申請，大約半個工作天就能收到回覆。

Step 14

再次登入 NAVER 網站，一樣從 Step 2 的「ID」位置點進去，會發現「My Profile」下方的名字，已經變成和護照一樣。(小編申請前原本將姓氏放在後面，申請後變成姓氏在最前面。)

預約餐廳

Step 1

手機先下載 Naver Map APP，並登入會員。

Step 2

Naver Map 除韓文外，也支援簡體中文、英文和日文。想更換語言，點選 APP 首頁左上角的三條線圖示。

Step 3

接著點選個人資訊右上方的「設定」

Step 4

點選「語言」

要注意，並不是所有的餐廳都可以預約，如果在「電話」那欄下面沒有出現「預約」選項，就表示沒有提供這項服務。以土俗村蔘雞湯為例，就無法預約。

如果餐廳名稱旁有月曆圖示，表示可以預約。

Step 5

選擇想要的語言。雖然 Naver Map 支援簡體中文，不過大部分內容還是維持韓文，建議選擇英文，支援項目稍微多一些。

Step 6

更改語言後，系統會提醒必須再次執行 APP，點選「確定」。

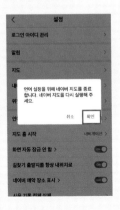

Step 7

再次打開 APP，介面就會以新的語言呈現。這時就可以開始預約餐廳。

Step 8

在主頁找到想要預約的餐廳後，點選餐廳名稱。

有些餐廳在這個步驟還會要求你數入預約人數中大人、小孩、嬰兒的人數。或是註明取消規則等限制，看不懂的人可以用 Papago 翻譯。

Step 9

點選「預約」

Step 10

有些餐廳會提供菜單選項。你可以直接預約（介面為韓文），不過選擇人數、日期和時間後，網頁會顯示「預約商品檢視」，然後跳回上一頁。因此建議從選擇想要的菜單開始預約（介面為英文）。

選擇「直接預約」，點擊人數、日期時間後會出現「預約商品檢視」

Step 11

選擇人數、日期、時間，點選「下一步」。

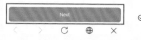

選擇預約人數中的大人、小孩數量

Please select the composition of visitors that totals 2 people

어른　大人

36개월-어린이　3歲以上兒童

36개월이하 유아　3歲以下幼兒

Please check before proceeding

Please ensure the following!
無法當日取消，請務必提前一天聯絡。

週末用餐時間為午餐1.5小時、晚餐2小時

Parking Information

Step 12

接著會出現你的個人資訊，以及同意使用個人資訊相關條款，按下「預約」之後，就完成預約。如果餐廳按鈕為「要求預約」，表示必須等待餐廳回覆。一旦完成預約，可以從右上方的「My」查詢預約內容，也可以從那裡將預約訊息分享給朋友，如果有所變動，請記得一定要修改或取消訂單！

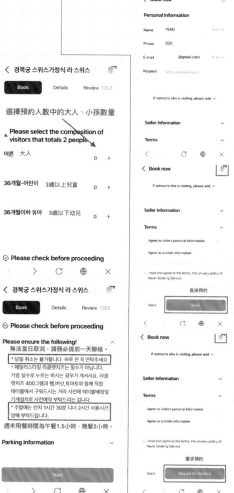

如何使用 Creatrip 提供的代訂餐廳服務

Step 1

打開 Creatrip APP、登錄會員後從點選「旅遊必備」

Step 2

接著選擇「美食推薦」

Step 3

頁面會出現所有合作的店家，其中除了餐廳，也包括外送等。

Step 4-1

代客訂位分成兩種。一種是直接合作的餐廳（旁邊不會標示「代客訂位」），這種餐廳不只能訂位，還能事先預訂餐點。

Step 4-2

另一種是只配合「代客訂位」的店家，像是真味食堂、土俗村等。Creatrip 的代客訂位店家不多，不過就算你想去的餐廳不在它的名單裡，還是可以選擇「韓國餐廳代客訂位」。

Step 5

無論是哪一種訂位服務，決定訂位時，都按下右下角的「快速訂位」。

注意事項：直接合作餐廳至少需要 3~60 天前預約，預訂將在 1~2 天內確認，如果想退改，必須在預約日前 3 天寫信告知。只有代客訂位的店家，必須提早在 5~30 天前訂位，如果想退改，要在訂單狀態顯示為「等待確認」且距離用餐日 3 天以上才可以，一旦訂單狀態顯示為「預約完成」或「使用完成」，就不能接受退改。

Step 6

選擇想要的日期與時間

Step 7-1

如果是直接合作的餐廳，會出現菜單讓你選擇。結帳時就是你點餐的費用。

Step 7-2

如果是只有代客訂位的餐廳，會讓你選擇訂位人數。Creatrip 收取代客訂位手續費，1~4 人用餐手續費為 237 台幣。

Step 8-1

如果是直接合作的餐廳，接下來只要確認你的基本資訊，通常登錄會員後會直接出現。並填寫「用餐人數」。

Step 8-2

如果是只有的代客訂位的店家，除確認「基本資訊」外，「附加資訊」中必須詳細填寫餐廳資訊等內容。

Step 9

最後刷卡結帳，等候餐廳確認是否訂位成功。如果預約成功，會在你個人頁面的「旅遊行程」看到相關預約記錄，到時前往餐廳出示紀錄即可。如果沒有成功，將會以信件通知，並且退回當初費用。

展現物產風貌的「韓式

從 大醬到辣椒醬等醬料、各種辛奇到生醃章魚等小菜、紫菜飯捲到辣炒年糕等國民美食、烤肉、炸雞、辛奇鍋到蔘雞湯等代表食物⋯⋯五花八門的韓式料理，為味覺、嗅覺和視覺提供了各種饗宴。現在讓我們一起進入美味的世界！

料理

滋滋作響的美味 **燒烤**

韓國燒烤歷史

燒烤是前往韓國必吃的美食之一，最常見的是烤肉，不過也有烤海鮮。**烤肉（고기구이，go-gi-gu-i）**由「肉」和「烤」兩個字組成，說明了這種料理的烹飪方式。

說起韓國的燒烤歷史，年代非常久遠，據說可回溯到高句麗（西元前37年～西元668年）的**「貊炙」（맥적，maek-jjok）**。有一說「貊」指的是東北的扶餘人和高句麗人，「貊炙」則是韓國北方狩獵生活時發展出的一種烤肉——直接以火炙燒未經醃漬的肉。而後到了高麗和朝鮮王朝，宮廷中出現貴族獨享的烤牛肉料理，直到近代，燒烤才成為民間流行的食物。

銅盤烤肉

옛날불고기（yen-nal-bul-go-gi）

除了將肉放在鐵網和鐵板上烤之外，韓國還有一種國人非常熟悉的銅盤烤肉。據說這種烤肉源自於蒙古人，昔日外出作戰的士兵哪來的鍋盆，於是直接把自己的頭盔或盾牌拿來烤肉，誕生了日後這種邊緣有著淺底回陷、可以承接肉汁和湯汁的特殊烤盤！值得一提的還有，韓國人將銅板烤肉稱為「옛날불고기」，也就是「古早味烤肉」的意思。

不能不知道的燒烤小常識

烤肉的良伴——生菜與配菜

吃烤肉時，店家會送上生菜用來包肉吃，最常見的生菜是**萵苣葉（상추，sang-chu）**和**紫蘇葉（깻잎，kkaen-nip）**，生菜和小菜一樣，吃完通常可以免費再續。

除了生菜以外，有時會看見一種醃漬的植物葉子，**茗荑葉（명이나물，myong-ni-na-mul）**來自一種名為寒蔥或茗蔥的植物，有些店家可能必須另外點，它有著微甜微鹹的味道，可以為烤肉提味，越嚼越香。

另外常見的配菜還有**涼拌蔥絲（파무침，pa-mu-chim）**和**醃洋蔥（양파절임，yang-pa-jo-rim）**，不但能豐富烤肉的口感，也是解油膩的大功臣。把這些配菜和沾醬用生菜全部包在一起，大口吃下，才能品嚐到最美味的烤肉。

烤肉究竟該點幾份？

去過韓國烤肉店的人都知道，店家通常會要求肉類至少得點兩份以上，有時兩個人還會要求點三份肉，因此可能遇到一個人無法開火的情形。

那是因為韓國很多餐廳的菜單，都設定至少兩人以上用餐，價格也是兩人以上，除了烤肉之外，辣炒雞排、火鍋也是這種情況。韓國餐廳沒有明定最低消費，對於店家來說他們也得保障自己的權利。

除非烤肉店拒絕一人用餐，不然有些店家只要你點兩人份的肉，通常願意通融。而且每份烤肉份量其實不大，一個人吃兩份肉通常不是難事。不過因為韓國現在有很多外國遊客，其中不少是

畫龍點睛的沾醬

原味很好吃，沾醬後更對味！韓式燒烤常見的沾醬有**包飯醬（쌈장，ssam-jang）**、**粗鹽（굵은 소금，gul-gen so-geum）**、**香油（참기름，cham-gi-reum）**，有些店家還會提供**芥末（와사비，wa-sa-bi）**。另外，**大蒜（마늘，ma-neul）**和**辣椒（고추，go-chu）**雖然不是沾醬，卻也是調味的好幫手。

제줏간 쫀득살 150g 16,900원
Jejugan Jjondeugsal (Back of neck) [11,266원/100g당]
済州島のもち肉 / 濟州筋道肉

특목살에서 일부 나오는 부위로써 마블링이 고르고
쫀득한 식감이 일품입니다. 삼겹살과 덜미와 함께
제공됩니다.

제줏간 꽃목살 150g 16,900원
Jejugan Kkokmoksal (Neck) [11,266원/100g당]
済州島の霜降り黑ロース / 濟州島花猪肉

목살부위에서 소량만 나오는 특수부위로써
쫀득함과 담백한 맛이 일품으로써
특목살과 함께 제공됩니다.

제줏간 흑
Jejugan Special Por
済州 特ギョブ○

제줏간 흑
済州黑豚皮付サムへ
済州黑豬皮五花○

제줏간 프
Jejugan French Ra
済州フレンチラッ

뱃삼겹과 고소한
최고의 식감을 저

*하루 10개 한정판매

一個人旅行,因此也有越來越多的餐廳推出一人份的烤肉套餐。

什麼是「生」肉?
什麼又是「花」肉?

　　打開烤肉店的菜單,有時候是不是感到疑惑?為什麼肉類旁邊會特別標上「生」(생,saeng)這個字?難道其他端上來是已經烤好的肉了嗎?其實這裡的生,指的不是生肉,而是**代表只經過冷藏、而非冷凍的溫體肉**,因此通常更新鮮。

　　那麼「花」(꽃,kkot)又是什麼意思?指的**是細密且均勻分布的油花**,擁有更軟嫩的口感。油花比例越高越是入口即化,通常售價和等級也較高。

大腸頭?皺胃?傻傻分不清!

　　雖然吃肉,但有時候還真很容易混淆牛或豬的部位。看中文都如此了,遇到韓文更加一頭霧水。此外,韓文中有些使用於豬和牛身上的單字,雖然是同一個字,指的卻是不同部位!其中最有名的例子是**「막창」(mak-chang)**,**它既是牛的第四個皺胃,也是豬的大腸頭**,因此如果不確定,點之前不妨先和店家確認一下。

大腸頭

牛肉燒烤

韓國打從遠古時代開始，就因農耕生活而養牛，牠們不只耕田，也負擔搬運物品的工作，對農人來說，辛勤工作的牛可說是家中珍貴的存在，也因此過去牛幾乎不會成為餐桌上的食物……時至今日，牛肉的價格依舊比豬肉還貴，特別是韓牛，可說是燒烤界的天王級美食。

韓國烤牛肉的始祖——雪下覓

설하멱（sol-ja-myok）

我們之前說過，韓國的烤肉歷史源自於高句麗時代的貊炙，那麼又是什麼時候開始出現烤牛肉的？根據文獻記載，有一道名為「雪下覓」的菜餚，是高麗宮廷貴族在下雪的夜晚品嚐的烤肉。

人們將牛肉切片、敲軟，串上竹籤後沾上油、鹽等調味料做成的醬料，待醬料入味後才放到炭火上炙燒。中間還必須多次浸水後再烤，一般認為這樣或許和避免烤焦有關。而後到了朝鮮王朝，出現了或稱為「朝鮮烤牛肉」的**烤牛肉（불고기，bul-go-gi）**料理，切薄的烤牛肉經過醃漬，放在爐火上燒烤，成為宮廷和貴族間獨享的美食。

韓國出產的牛就是韓牛？

在韓國出產的牛就是**韓牛**（한우，ha-nu）？答案是錯的！韓國出產的牛只能稱為「**國產牛**」（국산 소，guk-ssan so），韓牛不只是國產牛，還是純韓國本地品種的牛。

過去韓半島上生長著黃牛、黑牛、褐色牛等多種本土牛，日本殖民時期，發現這些韓國農耕社會中扮演重要角色的傳統牛隻，性格溫馴、容易飼養且環境適應力強，最重要的是肉質鮮美，於是在鼓勵飼養之下數量翻倍暴漲。如今保存下來的韓牛品種中，最普遍的是**黃牛**（황소，hwang-so），其他還有長著黑色條紋的褐色牛，以及肉質更軟的黑牛等。

牛肉中的貴族：韓牛與等級

韓國國產牛中，主要又分為**肉牛**（육우，yu-gu）、**乳牛**（젖소，jot-

sso）和**韓牛**三種。其中韓牛除特定品種外，飼養方式也不同，就連屠宰方法也有嚴格的標準，並且由官方委任的品質鑑定師加以評鑑、分級。

評鑑師根據韓牛的肉質色澤、脂肪比例、油花分布等條件，區分 1++（最頂級）、1+、1、2、3 級，再依實際可以使用的肉量百分比，分為 A、B、C 三個等級，也就是説 1++ A 是最高檔的等級。

韓牛肉比其他牛肉都要鮮嫩、膽固醇也較低，價格自然也高上許多！

高 CP 值的牛肉哪裡吃？馬場畜產品市場

比起國產牛、甚至進口牛，韓牛的價格可説是相當昂貴，因此一般韓國人大概只有在過年過節或特殊場合時才會吃，或是把它當成高檔禮物送給親朋好友。

不過來到韓國如果沒有品嚐過韓牛的滋味，可是相當可惜。如果想吃，難道就只能付出高額的代價？首爾有

這麼一個地方，可以讓你以便宜的價格吃到頂級牛肉！

位於城東區的馬場畜產品市場（或稱馬場洞畜產市場），是首爾擁有上萬個攤位的大型肉品市場，不時都有各地畜農送來或海外進口的新鮮畜產品，因為明確標示價格、等級與原產地，所以值得信賴。

有關畜產品市場內的餐廳

馬場畜產品市場內的韓牛攤位，大多有配合的餐廳。選購完牛肉後，店家會帶你前往餐廳，告知人數、選擇鐵網（炭火）或鐵盤後，就能入座。餐廳會為你準備小菜、生菜和各種沾醬，每個人頭酌收約 6,000~7,000 韓元的費用。不過餐廳不會幫忙烤，要自己動手。

說到它的名稱，這裡在過去是朝鮮時代的養馬場，後來轉型為牛豬畜牧場和屠宰場，最後因為都市發展成為今日的畜產品市場。市場提供品質優良且價格低廉的肉類，比外面一般市場行情便宜 2~3 成。

如果想要選購韓牛，建議從馬場畜產品市場的西門進入，販售韓牛的店家主要集中於此，除了買肉帶回家享用之外，這裡的攤商還有配合的餐廳，可以買完肉後直接前往現烤現吃，或是乾脆在市場裡供應韓牛的餐廳用餐。無論哪一種，價格往往比外面餐廳吃到的還要便宜 3~5 成！所以千萬別錯過到此大啖韓牛的機會。

Data

馬場畜產品市場

마장 축산물시장 (ma-jang chuk-ssan-mul-si-jang)

地址 서울특별시 성동구 마장로 33 길 53

電話 02-2281-4446

時間 依店家而異，市場攤商通常從上午營業到 23:00、韓牛烤肉餐廳通常從中午營業到 20:00。市場每個月第一、三個週日公休

交通 首爾地鐵 2 號線在龍頭站下，從 4 號出口離開後步行約 10 分鐘可以來到韓牛店家集中的西門。首爾地鐵 5 號線在馬場站下，從 2 號出口離開後步行約 10 分鐘可以抵達畜產品市場。

牛肉部位説明

❶牛頸肉
목살 (mok-ssal)

肩頸部位，經常活動所以脂肪較少的瘦肉，但較硬，適合燉湯。

❷牛里肌
등심 (deung-sim)

從脖子到腰部位的肉稱為里肌肉，包括肩胛骨上方筋多結實的**板腱肉 (살치살，sal-chi-sar)**，可以燒烤或香煎，也適合做成牛肉乾。另外**雪花里肌 (꽃등심，kkot-tteung)** 則油花豐富且細密分布，用來燒烤或當成火鍋肉片相當美味。

❸牛前腰脊肉
채끝 (chae-kkeut)

前腰脊肉是牛腰脊肉的前半部，這裡無論牛筋或脂肪都較少，肉質鮮嫩，適合做牛排或拿來燒烤。油花少且分布均勻的紐約客牛排，以及同樣油花少且口感偏紮實的沙朗，都是取自這個部位。

❹牛肩胛肉
앞다리살 (ap-tta-ri-sal)

這裡包括前胸肉和前腿腱，由於運動量大所以肉質較韌，需要多加咀嚼，適合拿來燉煮或紅燒。**翼板肉**韓文名稱為**扇子肉 (부채살，bu-chae-sal)** 的部分，表面脂肪紋路猶如扇子般分布，因而得名。

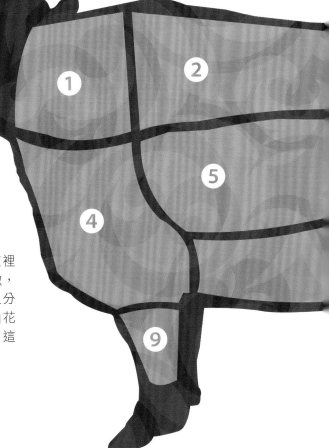

❺牛肋排
갈비 (gal-bi)

牛肋排大概是整隻牛中最有名的部位，肉質柔軟卻不失彈性，肉汁也相當豐富，不論用於燒烤、牛排或蒸煮都非常合適。**牛頸脊柳（제비추리，je-bi-chu-ri）**、**牛小排（갈비살，gal-bi-ssal）**、**肋條肉（참갈비，cham-gal-bi）** 等，都是屬於這個部位。另外，黏在肋骨和內臟旁的**牛肋間隔膜肉（토시살，to-si-sal）** 以及**牛橫隔膜肉（안창살，an-chang-sal）**，口感柔軟卻略帶韌性，都很適合燒烤。牛橫隔膜肉也有人直接取**韓文發音譯為「安昌肉」**。

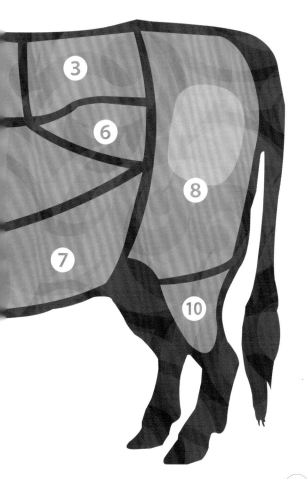

❻牛後腰脊肉
안심 (an-sim)

這裡是牛隻很少運動到的部位，也是整隻牛最軟嫩的部位，油花少且分布均勻，肉質細緻，適合用來燒烤或做成牛排，菲力牛排就是取自這裡。

❼牛腩
양지 (yang-ji)

是牛隻中脂肪較多的部位，包括**腹心肉（업진안살，op-jjin-an-sal）**、**牛五花（업진살，op-jjin-sal）**、**腹脅（치마양지，chi-ma-yang-ji）**、**腹脅兩側肉（치마살，chi-ma-sal）** 等，適合用來當成火鍋肉片或煮湯。

❽上牛臀肉
우둔 (u-dun)

牛腰與臀部之間的肉，脂肪少且呈長條狀，口感紮實且風味濃郁，適合燒烤、燉煮或做成肉乾。

❾下牛臀肉
설도 (sol-do)

肉質較粗且頗具嚼勁，包括後**上腿肉（보섭살，bo-sop-sal）**、**後三角側肉（삼각살，sam-gak-ssal）** 以及**牛膝（도가니，do-ga-ni）** 等，主要拿來做成肉串或肉片燒烤。

❿牛腱
사태 (sa-tae)

生長於牛腿上的肌肉，筋多且有嚼勁，適合燉煮或做成湯。

牛內臟部位說明

❶牛舌
소혀（so-hyo）

脂肪含量高，吃起來有彈性且軟韌多汁，非常適合燒烤。

❷牛心
소 염통（so yom-tong）

富含高品質蛋白質和多種營養素，一般多用來做成串燒燒烤。

❸牛瘤胃
양（yang）

牛的第一個胃，也是體積最大的一個，主要用來儲存食物，有著毛茸茸的外觀，也稱為「草胃」，適合燒烤或生吃。

❹牛蜂巢胃
벌집양（bol-jip-yang）

牛的第二個胃，外觀由許多六角形方格組成，它和瘤胃只隔著一層肌肉組織，也稱為「網胃」或「金錢肚」，適合燉煮或拌炒。

❺牛重瓣胃
갈비（gal-bi）

牛的第三個胃，呈現球狀的它因為層層疊疊，而有「牛百葉」的外號，也是我們說的「毛肚」，口感Q彈有嚼勁，適合燒烤或生吃。

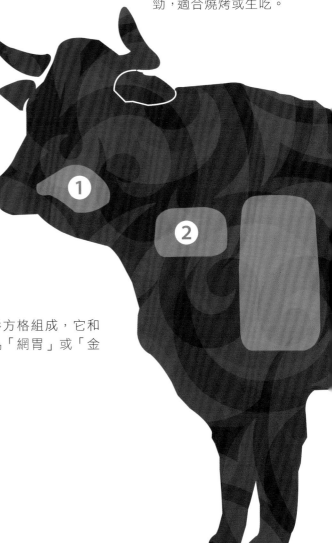

❻牛皺胃
소 막장（so mak-jang）

牛的第四個為，也是真正用來消化的胃，因為又被稱為「真胃」，和我們人類的胃類似，與小腸連接。口感柔軟Q彈，非常適合燒烤。

＊「막창」這個字用在豬身上時，指的是豬的直腸──大腸頭。

❼牛肝
소간（so-gan）

牛肝擁有大量的鐵質，有些韓國人會沾香油生吃牛肝。

❽牛小腸
소곱창（so-gop-chang）

牛小腸有著獨特的口感，再加上因為有消化液，所以牛小腸切開後會看見白色的東西，因此人們對它的喜好非常分明。通常整條放上去烤。

❾牛大腸
소대창（so-dae-chang）

又粗又厚的牛大腸富含油脂，咬起來很嚼勁。因為體積比較大，所以會先剪開後鋪平著烤，有時還會把過多的油脂先去除再烤，吃起來非常香！

展現物產風貌的韓式料理

牛肉燒烤相關單字和常見菜單

國產牛
국산 소 (guk-ssan so)

韓牛
한우 (ha-nu)

黃牛
황소 (hwang-so)

肉牛
육우 (yu-gu)

乳牛
젖소 (jot-sso)

牛肉
소고기 (so-go-git)

牛里肌
등심 (deung-sim)

牛板腱肉
살치살 (sal-chi-sar)

牛雪花里肌
꽃등심 (kkot-tteung)

牛翼板肉／扇子肉
부채살 (bu-chae-sal)

牛肋排
갈비 (gal-bi)

牛肋間隔膜肉
토시살 (to-si-sal)

牛橫隔膜肉
안창살 (an-chang-sal)
也稱「安昌肉」

牛五花
업진살 (op-jjin-sal)

牛頸脊柳
제비추리 (je-bi-chu-ri)

牛腹脅兩側肉
치마살 (chi-ma-sal)

牛前胸肉
차돌박이 (cha-dol-ba-gi)

韓牛拼盤
한우모듬 (han-u-mo-deum)

調味／洋釀
양념 (yang-nyom)

辣味
매운맛 (mae-un-mat)

84

光陽烤肉

광양불고기（gwang-yang-bul-go-gi）
光陽烤肉是韓國三大代表牛肉烤肉之一，
和首爾著重調味、彥陽將牛肉剁碎、調味
後做成類似牛肉煎餅不同，光陽吃的是牛
肉原本的味道。嚴選肉質鮮美軟嫩的牛
肉，切成薄片後放在銅烤網架上以炭火燒
烤，吃的時候簡單沾上加了粗鹽的香油，
呈現出全羅南道烤肉最獨樹一格的美味。

牛內臟燒烤常見菜單

牛舌
소혀（so-hyo）

牛心
소 염통（so yom-tong）

牛蜂巢胃
벌집양（bol-jip-yang）
也稱「網胃」或「金錢肚」

牛重瓣胃
천양（chon-yang）
也稱「牛百葉」或「毛肚」

牛皺胃
소막장（so-mak-jang）

牛小腸
소곱창（so-gop-chang）

牛大腸
소대창（so-dae-chang）

牛腸拼盤
곱창모듬（gop-chang-mo-deum）

豬肉燒烤

豬肉是燒烤店中最常見的肉類。不過過去韓國養豬的人其實不多,一直到日本統治時期,為了出口到日本才開始大規模飼養,並且改良了韓國的本土豬。後來因為出口滯銷,造成價格狂跌,以及國內豬肉消費量增加等原因,豬肉就這樣漸漸成為韓國的國民肉類。

人人都愛三層肉

在豬肉的所有部位中,最受歡迎的莫過於「**三層肉**」(**삼겹살,sam-gyop-ssal**)。

三層肉由肉和脂肪堆積而成,而它美味的秘密就在豐富的脂肪,不但燒烤時散發迷人的香氣,酥脆的外皮帶有炙燒的味道,在口中咀嚼時更有一種滑潤感,讓人大感滿足。

至於韓國人為什麼喜歡吃三層肉,在眾多說法中最廣為流傳的有:過往礦工認為吃油膩的食物,可以清除喉嚨裡的污垢和肺部裡的粉塵;豬肉價格比較低廉,特別是飽含油脂的三層肉最適合補充蛋白質;還有就是殖民時期日本人只出口里肌等肉質精實的部位,因此三層肉等就在國內銷售。

無論哪種原因,三層肉如今都是韓國烤肉中最受歡迎的選擇!

豬肉中的佼佼者——濟州島黑毛豬

說起**濟州島黑毛豬（제주도흑돼지，je-ju-do heuk-ttwae-ji）**，是前往濟州島除了品嚐海鮮之外，絕對不能錯過的美食。

據說，濟州島打從遠古時代開始，就有將豬當作供品獻給神的習俗，島上還有專門供奉豬的神堂。這裡的黑毛豬與韓國本土豬血統不同，加上當地合適的氣溫、水質純淨的火山岩水、清新的空氣……種種良好的自然生長環境，養出了脂肪量比一般豬肉少、肥瘦相間且肉質鮮嫩Q彈的濟州島名產。

在當地，有各種料理黑毛豬的方式：辣炒、白切、做成辛奇湯或紫菜飯捲等，不過最具代表性的還是直接拿來燒烤。也因此在濟州市市區的健入洞，形成了專門提供黑豬肉烤肉的**黑豬肉一條街（흑돼지거리，heuk-ttwae-ji-go-ri）**，雖然只是條大約50公尺長的街道，兩旁就聚集了10間左右的店家。

除了濟州島以外，在首爾、釜山等大城市也有機會找到提供濟州島黑毛豬的烤肉店。

展現物產風貌的韓式料理

海鷗肉

갈매기살（gal-mae-gi-sal）

打開韓國烤肉店的豬肉菜單，可能會驚見「海鷗肉」！甚至有些店家還主打這種肉！

不過別擔心，這不是真的海鷗肉，而是豬的護心肉。海鷗在韓文中就叫**「갈매기」（gal-mae-gi）**，兩者因為有著類似的發音，所以才會以此詼諧的方式命名。

豬肉部位説明

❶豬頰肉
가브리살 (ga-beu-ri-sal)

豬臉頰靠近嘴巴的部位，因為長得像菊花，所以又稱為「菊花肉」。這部分的肉因為經常運動，儘管肉質軟嫩卻彈性十足，常常以白切的方式當成小菜吃。

❷豬頸肉
항정살 (hang-jong-sal)

豬的頸部肉，一頭豬只有兩片，也稱為松阪豬。脂肪中有不少瘦肉，油花均勻，適合燒烤。

❸梅花肉
목　살 (mok-ssal)

梅花肉就是上肩肉，口感厚實中不失軟嫩，也是相當受歡迎的部位，適合燒烤或火鍋。

❹大里肌肉
등심 (deung-sim)

屬於豬的背脊肉，此部位油脂少、蛋白質豐富，肉質有嚼勁，適合油炸、燒烤或熱炒。

❺排骨
갈비 (gal-bi)

肉質 Q 彈耐嚼，也有豐富的肉汁。通常都會以醬料醃漬後再烤，也適合燉煮。

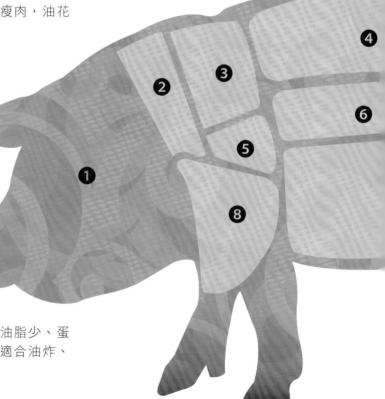

❻護心肉／海鷗肉
갈매기살 (gal-mae-gi-sal)
護心肉是橫隔膜和肝之間的肌肉肌腱部分，肉質柔軟，因為多筋所以口感有勁道，主要以燒烤方式料理。

❼小里肌肉
안심 (an-sim)
也稱為「腰內肉」，位於豬背到腹部中段的一塊肌肉，是整隻豬中肉質最軟、脂肪也較少的部位，最適合做成炸豬排。

❽前腿肉
앞다리살 (ap-tta-ri-sal)
前腿肉也稱為「胛心肉」或「下肩肉」，此部位脂肪較少，口感比梅花肉結實一些，但比後腿肉嫩，適合燉煮。

❾三層肉
삼결살 (sam-gyol-sal)
也就是我們常說的**「五花肉」（ 오겹살, o-gyop-ssal)**，位於豬的肚子部位，油脂非常多，非常適合拿來燒烤，是韓國人最喜歡的豬肉部位。

❿後腿肉
뒷다리살 (dwi-tta-ri-sal)
此部分皮厚、瘦肉多、脂肪少但筋多，擁有豐富的膠質，適合拿來做成紅燒豬腳，或加工成為肉乾。

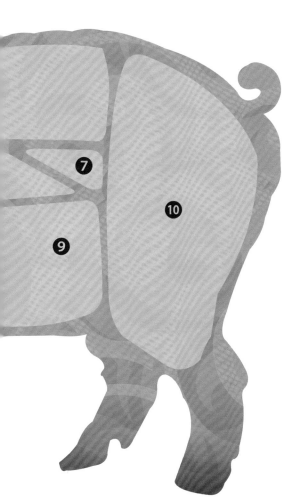

豬內臟部位說明

❶食道
식도 (sik-tto)

由平滑肌構成，口感軟，因此在台灣常稱為「軟管」。另外也因為顏色偏暗紅，也有「黑管」和「紅管」的別稱。

❷胃
위 (wi)

我們說的豬肚，其實就是豬的胃。和人一樣，豬也只有一個胃，連接食道和小腸，負責將食物消化。

❸小腸
소창 (so-chang) /
곱창 (gop-chang)

小腸分為三個部分：十二指腸、空腸和迴腸，主要用來消化和吸收養分，因此裡頭有許多**消化液 (곱，gop)**，這也是它在韓文中也被稱為「곱창」的原因。

❹大腸
대창 (dae-chang)

豬大腸脂肪含量豐富，因此有些店家供應時，可能會先去除過多的脂肪。或是燒烤時不妨烤熟一點，感覺就不會那麼油膩。

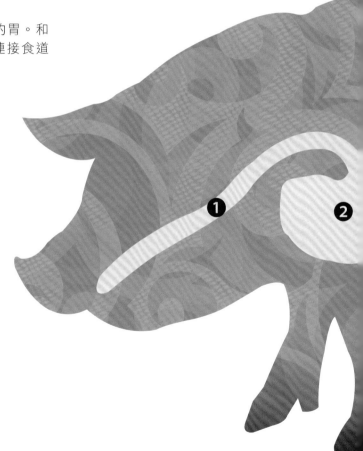

❺大腸頭
막창(mak-chang)

大腸頭就是豬的**直腸（직장, jik-jjang）**，是大腸最尾端與屁屁相連的部位。燒烤後帶點油脂的香氣，口感有嚼勁。

＊「막창」這個字用在牛身上時，指的是牛的第四個胃——牛皺胃。

❻豬皮
돼지껍데기
（dwae-ji-kkop-tte-gi）

富含膠質的豬皮，有著 Q 彈的口感。

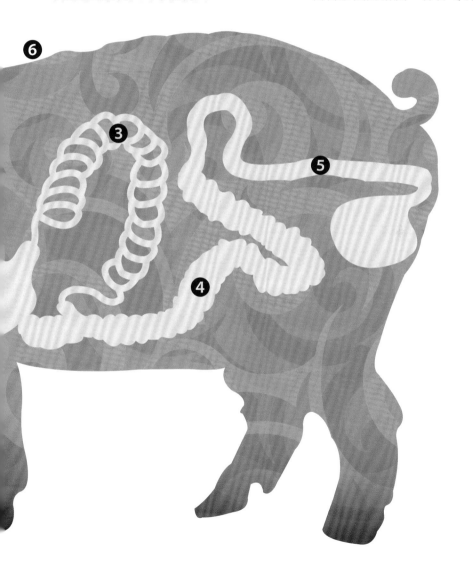

烤腸

막창구이 (mak-chang-gu-i)

曾經獲選為韓國五大美食之一的烤腸，可說是下酒良伴。起源於大邱的烤腸，與**大邱辣牛肉湯 (대구육개장 , dae-gu-yuk-jjae-jang)**、**東仁洞燉排骨 (동인동찜갈비 , dong-in-dong-jjim-gal-bi)**、**扁餃子 (납작만두 , nap-jjang-man-du)** 等並列「大邱十味」。而它受歡迎的程度，和濟州黑毛豬一樣，在當地也形成烤腸一條街，地點就在大邱地鐵 1 號線安吉郎站 (안지랑역) 附近。

安吉郎烤腸街 (안지랑곱창골목) 上的每間店家招牌格式都一樣，菜單都貼在外面，價格幾乎是統一公定價，店家從中午開始營業到深夜，可說是韓國版深夜食堂的聚集地，而且通常越晚越熱鬧。這裡比較特別的是，將小腸用鐵盆裝滿，搭配年糕，有種老式風味。除小腸外大

腸頭也很受歡迎，沾上加了蒜、蔥的醬料一起享用，非常美味。

Data

安吉郎烤腸街

안지랑 곱창골목 (an-ji-rang gop-chang-kkol-mok)

[地址] 대구 남구 안지랑로 16 길 67　[電話] 0507-1336-4119　[時間] 視店家而異，通常從 12:00~2:00。　[交通] 大邱地鐵 1 號線安吉郎站 3 號出口，出站後步行約 5 分鐘。　[網址] blog.naver.com/mscase

---

豬肉燒烤相關單字和常見菜單

豬肉
돼지고기 (dwae-ji-go-gi)

白豬
백돼지 (baek-ttwae-ji)

黑豬
흑돼지 (heuk-ttwae-ji)

濟州島黑毛豬
제주도흑돼지
(je-ju-do heuk-ttwae-ji)

豬頰肉
가브리살 (ga-beu-ri-sal)

豬頸肉
항정살 (hang-jong-sal)

梅花肉
목살 (mok-ssal)

大里肌肉
등심 (deung-sim)

돼지모듬(ttwae-ji-mo-deum)

小里肌肉
안심(an-sim)

護心肉／海鷗肉
갈매기살(gal-mae-gi-sal)

排骨
갈비(gal-bi)

三層肉
삼결살(sam-gyol-sal)

豬肉拼盤

蜂窩三層肉
벌집 삼겹살
(bol-jjip sam-gyop-ssal)

薄片三層肉
대패삼겹살
(dae-pae-sam-gyop-ssal)

調味／洋釀
양념(yang-nyom)

辣味
매운맛(mae-un-mat)

豬內臟燒烤相關單字和常見菜單

小腸
소창(so-chang)／
곱창(gop-chang)

大腸
대창(dae-chang)

大腸頭／直腸
막창(mak-chang)／
직장(jik-jjang)

豬皮
돼지껍데기(dwae-ji-kkop-tte-gi)

鹽烤（原味）
소금구이(so-geum-gu-i)

調味／洋釀
양념(yang-nyom)

辣味
매운맛(mae-un-mat)

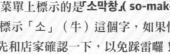

막창，究竟是豬大腸頭？還是牛皺胃？

部分烤腸店不只提供豬腸和內臟，也提供牛腸和內臟。
雖然「막창」通常指的是豬的大腸頭，但如果菜單上標示的是**소막창（so-mak-jang）**，
就是「**牛皺胃**」。有時店家或許未必會特別標示「소」（牛）這個字，如果怕吃錯，
在兩種內臟都提供的烤腸店或烤肉店，不妨先和店家確認一下，以免踩雷囉！

海鮮燒烤

韓國三面環海，自然盛產海鮮，魚、蝦、蟹、貝、蚵、章魚、花枝……還有許多我們看都沒看過的海產。這些來自大海的美味，通常被做成鍋物或湯，除了生吃以外，也經常拿來清蒸或燉煮，有些地方也會以燒烤方式料理，像是釜山，就有專門的烤貝店或烤小章魚餐廳，同樣靠海的統營，有些烤肉店提供三層肉或海鷗肉加海鮮的海陸雙拼菜單。

海鮮燒烤中的常客

海鮮燒烤中最常見的應該是**貝類**（조개，jo-gae），體積較大的**文蛤**（문합，mun-hap）和**大蛤**（대합，dae-hap），外殼近乎直角三角形的**牛角蛤**（키조개，ki-jo-gae），以及又被稱為元貝的**扇貝**（가리비，ga-ri-bi）等，都非常適合拿來燒烤。

同樣帶殼的**生蠔**（굴，gul）除生吃外，和也住在殼中的**鮑魚**（전복，jon-bok），都是海鮮燒烤的常客。至於**頭足類**（두족류，du-jong-nyu）動物中，又稱為「中卷」的**透抽**（한치，han-chi），以及章魚中體型最小的**小章魚**（쭈꾸미，jju-kku-mi），也很常見，甚至於還有專賣小章魚的燒烤店。

蚵？生蠔？牡蠣？

你知道蚵、生蠔、牡蠣的差別是什麼？它們其實是同一類東西。
比較小且從殼中取出來的叫「蚵」，比較大的叫「生蠔」，至於牡蠣則是比較正式的名稱，且通常稱整個帶殼的為牡蠣。至於這一家人則全都屬於「牡蠣科」，它們在韓文中也都稱為「굴」（gul）。

©新村大叔烤貝店

海鮮燒烤相關單字和常見菜單

烤貝
조개구이（jo-gae-gu-i）

蚵／生蠔／牡蠣
굴（gul）

貝類
조개（jo-gae）

鮑魚
전복（jon-bok）

文蛤
문합（mun-hap）

透抽
한치（han-chi）

大蛤
대합（dae-hap）

小章魚
쭈꾸미（jju-kku-mi）

牛角蛤
키조개（ki-jo-gae）

蝦子
새우（sae-u）

扇貝
가리비（ga-ri-bi）

大蝦
대하（dae-ha）

各種貝類
각종 조개들
（gak-jjong jo-gae-deul）

起司
치즈（chi-jeu）

燒烤配餐

雖然肉類和海鮮是燒烤的主角，不過光靠這些東西可能很難吃飽，或是得花上一大筆錢才能真的「吃到飽」，這時配餐就很重要。看過韓劇的人都知道，吃完燒烤主菜後，習慣吃米食的韓國人通常會以炒飯或水冷麵收尾，有了澱粉的加持，才有飽足感。至於席間還有哪些配菜？吃燒烤又搭配什麼飲料呢？

燒烤不可或缺的配餐

大醬湯
된장찌개（dwen-jang-jji-gae）

經常出現在韓國家庭餐桌的大醬湯，可說是平民代表料理。以豆類發酵的大醬為主要材料，加入豆腐、櫛瓜、香菇等蔬菜和海鮮或肉片一同燉煮，就完成這道香噴噴的湯品。燒烤店家通常會提供一小鍋免費的大醬湯，如果沒有，也可以加點。

蒸蛋
계란찜（gye-ran-jjim）

　　膨脹得高高的韓式蒸蛋，讓人特別食指大動，尤其端上桌時還會「ㄅㄨㄞ ㄅㄨㄞ」的左右搖晃，光看就很美味。加入蘿蔔丁、蔥花後一起放入陶鍋中用火慢慢加熱做成的蒸蛋，口感滑嫩還能解油膩，吃燒烤時一定要點上一份的啊！

炒飯
볶음밥（bo-kkeum-bap）

　　燒烤吃完後，如果還不過癮或沒吃飽，可以加點炒飯。店家會稍微整理烤盤後，把加入黃豆芽、海帶芽或海苔、蔬菜和辛奇等配料的白飯倒在烤盤上，接著用兩根湯匙不斷翻炒，直到變成香噴噴的炒飯為止。有些店家還會把炒飯弄成兔子或愛心等形狀，最棒的是還可以吃到帶點焦香味道的鍋巴！

拉麵
라면（ra-myon）

　　拉麵也是燒烤主食吃完後想填飽肚子（或只是想滿足口腹之慾！？）的另一項選擇。韓國人喜歡吃拉麵的程度，幾乎可以以「靈魂伴侶」來形容，光看超市令人眼花撩亂的拉麵選擇，就不難得知韓國泡麵消費量為什麼穩坐世界拉麵消費量之冠。所以吃完燒烤後，能不來碗拉麵嗎？

水冷麵
물냉면（mul-raeng-myon）

　　有些人吃完燒烤後會覺得有點燥，因此會選擇水冷麵來平衡一下身體的感覺。漂浮著碎冰，加入水梨、黃瓜、白菜辛奇、水煮蛋等食材的蕎麥麵，嚐起來帶種冰冷、微酸的口感，大口吃下後給人非常清爽的感覺，而且對於解油膩特別有效。

為燒烤畫龍點睛的飲料

汽水
사이다 (sa-i-da)

在韓國汽水稱為「사이다」，這個詞來自於英文的「cider」（雖然 cider 英文中指的是「蘋果酒」），說的是像雪碧一樣透明的汽水，韓國有自己的品牌，最知名的是**七星汽水（질성 사이다，Jil-ssong sai-da）**。除非你特別指名要**雪碧（스프라이트，seu-peu-ra-i-teu）**，否則通常會店家都會給你七星汽水。其他類型的汽水還有**可樂（콜라，kol-ra）**）和**芬達（환타，hwan-ta）**。

燒酒
소주 (so-ju)

綠色瓶身的燒酒，可說是韓國最多人飲用的酒類。這種主要以稻米，或是小麥、大麥等植物釀造的傳統酒，蒸餾後有著水般透明的顏色，酒精濃度大約在 17% 左右，喝起來口感清新、不嗆辣，搭配燒烤非常對味，也能解油膩。（更多內容見 P222）

啤酒
맥주 (maek-jju)

韓國啤酒品牌眾多，其中市占率最高的是 CASS 和 hite，每個品牌的啤酒各有特色，也各有擁護者（更多內容見 P228）。在爐火邊吃燒烤，被爐火烤得熱烘烘時，來杯冰涼的啤酒，實在是非常爽快，讓人不知不覺一口接一口的大口開吃與開喝。

燒啤
소맥 (so-maek)

燒啤就是燒酒加啤酒，它的名稱也是由這兩種酒類的第一個字組合而成。有些人覺得燒酒酒精味很重，有些人覺得啤酒喝多了容易脹，燒啤的出現完美的改善了兩者的缺點，而且出乎意料的居然帶點甜甜的味道。因為非常好喝，所以常讓人忍不住多喝幾杯！

酒 後 不 開 車

燒烤配餐和飲料常見菜單

白飯
공기밥 (gong-gi-ppap)

大醬湯
된장찌개 (dwen-jang-jji-gae)

蒸蛋
계란찜 (gye-ran-jjim)

炒飯
볶음밥 (bo-kkeum-bap)

拉麵
라면 (ra-myon)

水冷麵
물냉면 (mul-raeng-myon)

汽水
사이다 (sa-i-da)

七星汽水
질성 사이다 (Jil-ssong sai-da)

雪碧
스프라이트 (seu-peu-ra-i-teu)

可樂
콜라 (kol-ra)

芬達
환타 (hwan-ta)

燒酒
소주 (so-ju)

啤酒
맥주 (maek-jju)

燒啤
소맥 (so-maek)

果汁
주스 (ju-sseu)

展現物產風貌的韓式料理

讓人允指回味的 炸雞

韓式炸雞的誕生

在近期公布的外國人最愛韓國食物票選中，**韓式炸雞（치킨，chi-kin）** 超越烤肉、辣炒年糕、辛奇等食物，成為美食榜的冠軍，究竟韓式炸雞有著什麼樣的魔力？

韓式炸雞的名稱來自英文的「雞」（chicken），據說它最初起源於韓戰期間：當時駐紮韓國的美國大兵想吃炸雞，因此告訴當地人作法請對方做給他吃。就這樣，過去原本大多採用燉煮或蒸食方式料理雞肉的韓國，1960~1970 年代起街頭巷尾開始出現供應烤雞和炸雞的店家。

不過最初的烤雞和炸雞都是一整雞拿去電烤或油炸，直到 1977 年韓國最早的炸雞連鎖店 **Lims 炸雞（림스 치킨，rim-seu-chi-kin）** 出現，才為韓式炸雞的歷史正式拉開序幕。然而真正讓韓式炸先走出自己的路的是**調味炸雞（양념 치킨，yang-nyom chi-kin）** 的發明，有人也直接將它英譯為「洋釀炸雞」。

有一說調味炸雞的發明者其實另有其人，但可以確定的是，1982 年以辣椒醬和草莓醬做成獨門醬料的**百力佳納（페리카나，pe-ri-ka-na）**，將調味炸雞發揚光大，如今各家炸雞店更是各擁自家秘方，**調味炸雞和原味炸雞（오리지널 치킨，ori-ji-nol chi-kin）** 無疑是菜單上的兩大山頭。

隨著時間發展，韓式炸雞口味越來越多元，還出現**醬油（간장，gan-jang）**、**蒜頭（마늘、ma-neul）**、**蜂蜜（허니，ho-ni）**、**起司（치즈，chi-jeu）** 等口味，甚至還有**蔥絲炸雞（파닭치킨，pa-dak-chi-kin）**……選擇多樣讓炸雞大受歡迎，特別是這幾年在韓劇的推波助瀾下，百家爭鳴的韓式炸雞可說是競爭激烈！

展現物產風貌的韓式料理

不能不知道的炸雞小常識

一份炸雞的份量

不像台灣可以以塊數的方式來點炸雞，在韓國通常一份就是一隻全雞，裡頭大約會有 10~12 塊肉，適合 2~3 人吃。除了全雞炸雞之外，有的店家還會提供**無骨炸雞（순살치킨，sun-sal-chi-kin）**，或是特定部位，像是只有雞翅的**炸雞翅（핫윙，had-wing）**，除非有特別推出小份量或個人餐，不然通常也需要 2~3 人共享。

什麼是半半？

如同前面介紹，韓式炸雞口味多元，而一份炸雞通常又是 2~3 人份量，這時人不夠多、卻又想試試不同口味怎麼辦？不妨點份**「半半」（반반，ban-ban）**。

半半的意思是兩種口味的炸雞各一半，有些店家會限定以原味炸雞搭配另一種口味，有的則可以任選兩種、即使兩種都是調味炸雞也沒關係。不過有些比較特殊的口味可能會需要另外加價！

炸雞神隊友

醃蘿蔔

치킨무（chi-kin-mu）

炸雞吃多了，難免感覺膩，這時需要請出神隊友幫忙。醃蘿蔔的韓文名稱由「炸雞」和「白蘿蔔」組成，直接說明這是搭配炸雞吃的蘿蔔。它的做法非常簡單，將白蘿蔔去皮切塊後放進保存罐中，待水、糖、醋、鹽一同攪拌煮沸後，直接倒進白蘿蔔的容器中蓋上蓋子，接著室溫冷卻後放進冰箱冷藏，隔天就能吃到這道酸甜爽脆又解膩的小菜。

一般炸雞店都會免費提供醃蘿蔔，通常也能夠免費再續，不過有些店家也可能必須另外加購。如果光吃蘿蔔塊還是感覺嘴巴裡有著揮之不去的油膩感，也可以喝點醃漬它的汁液。

黃金組合「雞啤」

你有沒有聽過身旁韓劇迷的朋友說要去炸雞店吃雞啤？如果你以為他說的是「雞皮」，可就誤會大了，他說的其實是「雞啤」。

雞啤（치맥, chi-maek）是韓文「炸雞」與「**啤酒**」（**맥주, maek-jju**）的第一個縮寫，就像吃煎餅要配馬格利，吃炸雞就要配啤酒，這對黃金組合甚至於因為韓劇的「洗腦」效應，讓很多人看到初雪的那天，就成了吃雞啤的日子。

為什麼韓國到處都是炸雞店？

炸雞店大概是韓國街道上最常看見的餐廳之一，不只韓劇中許多想要重新開始的人，會選擇開炸雞店，《雞不可失》中埋伏的警察，也選擇以炸雞店做為掩護，這難道只是巧合？其實不是的，開炸雞店因為所需資金較少且門檻較低，因此成為許多人投資創業的首選。

特別是 1997 年爆發亞洲金融風暴時，資產泡沫化的韓國深受重創，國家幾近破產之時，許多人沒了工作，為了求生，因此紛紛開起一家家的炸雞店，讓韓國炸雞店的數量持續增加，根據 2022 年韓國公正交易委員會公布的數據，韓國所有炸雞店的數量高達 8 萬間，這數字比麥當勞在全世界的分店總數加起來還多上許多！

展現物產風貌的韓式料理

炸雞界的盛事

大邱炸雞啤酒節

대구치맥페스티벌
（dae-gu-chi-maek-pe-seu-ti-bol）
打從 2013 年初次舉辦，短短幾年間，大邱炸雞啤酒節已經成為大邱最具代表性的慶典之一。每年 7、8 月在頭流公園（두류공원）登場，期間許多知名炸雞連鎖品牌都會參與，一次就能品嚐到多種美味炸雞，加上歌手和 DJ 炒熱氣氛，讓人High 翻天，晚上 9:09 還有大家一起乾杯的 99 乾杯時間。

©韓國觀光公社

形形色色的炸雞店

連鎖品牌炸雞店

打從 1977 年 Lims 炸雞創立了韓國首個連鎖炸雞品牌開始，韓國目前連鎖炸雞品牌可說是多到讓人眼花撩亂，其中光是進軍台灣的就有起家雞、NENE、bb.q、橋村，以及即將登場的BHC，看得出韓式炸雞的戰場不只在韓國，火熱的情形也延燒到海外。

根 據《Business Korea》2023 年11 月的統計，目前韓國三大炸雞品牌為 Goobne、MOM's Touch 和 bb.q，三者加起來的總店數，已占韓國市場的三成。為了在這麼競爭的市場吸引消費者的目光，連鎖炸雞品牌無不使出渾身解數，就算花重金也在所不惜，代言人一個比一個大咖，劉在錫、李敏鎬、全智賢等都曾或正擔任代言人，除了老顧客也抓住粉絲的胃。

獨立炸雞店或傳統炸雞店

除了連鎖品牌之外，也有不少獨立的炸雞店，顧客主要是社區裡的左右鄰居，為大家提供一處可以想吃炸雞就能吃到的方便地點。

另外還有一種傳統炸雞店，它們通常為位於傳統市場裡或附近，沒有現代漂亮的裝潢，桌椅可能也很陽春，甚至於你會在門口的攤位或對外的櫥窗，看到一隻隻整齊排列或堆疊在一起的炸全雞，因為對店家來說，這些散發金黃色澤的炸雞，就是最好的攬客「招牌」。

不過在這種傳統炸雞店裡，除了炸雞以外，還可以吃到連鎖炸雞店裡很難看到的炸雞胗，有些還會提供雞粥、燉雞等其他雞肉料理，所以或許炸雞的口味沒有那麼多選擇，但相對的食物卻更多元。

街邊或地鐵站裡的外帶炸雞店

　　有時在街邊、夜市或是地鐵站，可以看到一些主要提供外帶的炸雞店或炸雞攤。和一般炸雞店以全雞為一份不同，這些店家也提供小份量的炸雞，從 1 人份的隨手杯，到全家人也可以共享的盒裝炸雞，份量選擇非常多元，讓你不用擔心一個人吃不完，而且還可以隨時解饞。

　　這些炸雞店通常也會有多種口味可以選擇，像是原味、調味、醬油、蜂蜜等，至於炸雞則大多屬於小塊的無骨炸雞，方便邊走邊吃。值得一提的還有，店家通常還會準備炸年糕，有些會隨炸雞附贈，有些可以選擇炸雞加年糕，非常推薦。

不小心就反客為主的炸年糕

如果有機會在炸雞店看到**炸年糕（떡튀김，ttok-twi-gim）**，記得一定要買來嚐嚐。Q彈的年糕炸過後，外皮帶點酥脆的口感，沾上炸雞的調味醬，相當美味，獨特的口感可能會讓你一口接一口，忘了自己本來其實買的是炸雞。

超方便的遊樂園炸雞隨手杯！

外帶炸雞店的隨手杯，是用一個大紙杯來裝炸雞，讓你可以一邊走一邊以竹籤插著吃。不過遊樂園中的炸雞隨手杯，上層裝炸雞、下層裝飲料，你只需要一隻手就可以同時拿飲料和炸雞，插上吸管後，一邊喝飲料、一邊吃吃炸雞自己兩手搞定，根本太方便。

韓國知名連鎖炸雞品牌

想吃炸雞，滿街都是炸雞店不知道該如何選擇？要不考慮看看韓國連鎖炸雞品牌？它們不但有自己的獨家口味和明星商品，除全雞外，還能選擇無骨、或是翅膀等部位，滿足不同人的需求。下面就來介紹韓國最受歡迎的連鎖炸雞店，以及店內的招牌美食！

韓國第一個連鎖炸雞品牌

Lims 炸雞

림스치킨（rim-seu-chi-kin）

1977 年，在首爾的新世紀百貨出現了韓國首間炸雞連鎖店「Lims Chicken」，當時這種外表酥脆的炸雞稱為「**후라이드 치킨**」(hu-ra-i-deu chi-kin)，名稱正是來自於英文「fried chicken」的英譯。

肯德基在 1984 年才進入韓國，Lims 炸雞比它足足搶先了 7 年的商機。店內推出的原味炸雞深受好評，於是分店一家一家開，全盛時期曾擁有多達 400 家的分店。不過在後來興起的調味炸雞風潮中，Lims 炸雞沒有跟上這股趨勢，使得它失去在市場上占有一席之地的機會，如今全國大約維持 50 家分店左右的規模，繼續提供 40 多年老字號炸雞的味道。

值得一提的還有，Lims 炸雞是少數可以吃到**炸雞胗（근위튀김，geun-wi-twi-gim）**的連鎖炸雞店。

橋村炸雞

교촌치킨（gyo-chon-chi-kin）

曾經請來男神李敏鎬代言的橋村炸雞，創立於 1991 年。原本名稱應該是「校村」的它，因為最初沒有特別使用漢字，久而久之在大家口耳相傳下成了「橋村」。

該品牌不只在韓國市占率高，連美國、泰國、印尼等地都有分店，最近也插旗台灣，目前在全世界共擁有超過 1,300 家分店。店內主要分為四大口味系列，分別是：

招牌	교촌（gyo-chon）	經典大蒜醬油口味
蜂蜜	허니（ho-ni）	以香甜蜂蜜醃製
辣味	레드（re-deu）	使用青陽辣椒、蒜頭和蜂蜜做成醬料
黑色系列	블랙시리즈（beul-rae-k-ssi-ri-jeu）	以醬油、黑芝麻、胡椒和多種香料調味

店內還有一種**米炸雞（살살후라이드，sal-sa- hu-rai-deu）**，以雞胸肉或雞腿肉做成的雞柳條，加上米粒油炸，附上辣味、蜂蜜芥末等三種沾醬。另外還有**青蔥米炸雞（파채소이살살，pa-chae-so-i-sal-sal）**，喜歡蔥的人千萬別錯過。

展現物產風貌的韓式料理

NENE 炸雞

네네치킨(ne-ne-chi-kin)

名稱來自韓文中「好、好」（네네）的意思，NENE 炸雞希望當有人問你要不要吃炸雞時，能一口就答應！

創立於 1999 年的 NENE 炸雞，如今光是在韓國就擁有 1,800 家門市。而它之所以能成為韓國最具代表性的炸雞品牌之一，「國民 MC」劉在錫長達 10 多年的代言功不可沒！另一大功臣則是店內的起司炸雞，酥脆的炸雞撒上充滿奶香和甜味的特製起司粉，看起來就像下雪一般，因此有個非常詩情畫意的名字「**初雪起司**」（**스노윙치즈**, **seu-no-wing-chi-jeu**）。

其他特殊口味還包括：

青陽美乃滋炸雞	청양마요치킨 (chong-yang-mayo-chi-kin)	美乃滋加上青陽辣椒做成的醬料，搭配新鮮的洋蔥。
蜂蜜蒜脆薯炸雞	소이크런치치킨 (so-i-keu-ron-chi-chi-kin)	醬料結合蜂蜜與蒜香，搭配薯條一起吃。
奶油優格炸雞	크리미언치킨 (keu-ri-mi-on-chi-kin)	炸雞撒上爽脆洋蔥、淋上酸甜的優格醬
辣炒年糕風味炸雞	핫떡치킨 (hat-ttok-chi-kin)	外酥內軟的炸年糕和裹上辣炒年糕醬汁炸雞的組合

另外 NENE 炸雞還提供**半半半口味炸雞**（**반반반치킨**, **ban-ban-ban-chi-kin**），讓選擇障礙的人可以一次吃到三種不同口味的炸雞。（部分口味需另外加價）

bhc 炸雞

bhc 치킨
（bi-ei-chi-ssi-chi-kin）

因為韓劇《來自星星的你》、在千頌伊（全智賢飾）的加持下，就算沒去過韓國，大概也都知道 bhc 炸雞，這部韓劇也在世界各地掀起一陣「雞啤風」！

創立於 2004 年，品牌名稱來自「better」（更好）、「happier」（更愉快）和「choice」（選擇），bhc 選擇對身體有益、比一般葵花籽油不飽和脂肪酸含量高出三倍的高油酸葵花籽油，除了蘊含堅果和葵花籽的香氣外，也幾乎不會產生反式脂肪。

以推出各式各樣的新產品引人注目，炸雞口味超過 10 種，其中最具代表性的是**起司炸雞（뿌링클，ppu-ring-keul）**，灑滿加入洋蔥、蒜頭調味的香濃切達起司粉之外，再搭配獨特的優格沾醬，口味鹹甜交織，是韓國人公認最好吃的脆皮起司炸雞。

Bhc 與眾不同的獨家口味還有：

Golden King	골드킹（gol-deu-king）	陳年醬油和蜂蜜以黃金比例調成的鹹甜口味
咖哩皇后	커리퀸（ko-rik-win）	印度咖哩粉遇上大蒜帶來的異國風情
馬鈴薯王	포테킹（po-te-king）	裹上切成絲的馬鈴薯和雞腿、翅膀一起炸
中式炸雞	맛초킹（ma-cho-king）	醬料由蔥、蒜、醬油等調製而成，結合鹹味與辣味。

bb.q 炸雞

BBQ 치킨 (bi-bi-kyu-chi-kin)

曾經出現在韓劇《鬼怪》中，也邀請過 BTS 防彈少年團代言，創立於 1995 年的 bb.q 炸雞，不但是韓國分店最多的連鎖炸雞品牌，還進軍海外 25 個國家，全球總點數來到 4,075 家！

名 稱 來 自 於「Best of the Best Quality」（最好的品質），這裡的雞肉會先去除軟骨和多餘的油脂，以獨家醬料醃製後進行 2 小時以上的低溫靜置，才裹粉以橄欖油油炸。至於它的經典招牌炸雞是**黃金炸雞（황금 후라이드 치킨, hwang-geum hu-rai-deu chi-kin）**，加入特製辛香料酥炸，外皮有著鱗片般的立體紋路，吃起來酥脆不油膩。

如果想試試其他口味還有：

辣味炸雞	매운양념치킨 (mae-unn-yang-nyom-chi-kin)	官網標上五根辣椒，挑戰極限辣度。
辣味燒肉風味炸雞	극한매운왕갈비치킨 (Geuk-an-maeu-nwang-gal-bi-chi-kin)	採用韓式燒肉醬料，滋味鹹香微辣。

Goobne 炸雞

굽네치킨（gum-ne-chi-kin）

炸雞在韓國雖然大受歡迎，不過這幾年來烤雞有著異軍突起的趨勢，標榜更健康、低熱量的同時美味也不打折，再加上前陣子因為韓劇《社內相親》而人氣暴漲，讓主打烤雞的 Goobne 炸雞，成為韓國前三大炸雞品牌之一。

雖然也有**甜辣鹹炸雞（맵단짠 칩킨，maep-ttan-jjan chip-kin）**和**香脆麻辣辣椒炸雞（마라 고추 바사삭，ma-ra go-chu ba-sa-sak）**等口味的炸雞，但 Goobne 炸雞人氣更高的是各種烤雞，下面幾個口味特別受歡迎：

Goobne 最近還推出**香脆南海大蒜（남해마늘바사삭，nam-hae-ma-neul-ba-sa-sak）**口味的烤雞，香噴噴的烤大蒜加上蒜香奶油醬，嗜蒜一族說什麼也得嚐嚐！

另外除了辣炒年糕和雞蛋捲這類韓國配餐，Goobne 還有**披薩（피자，pi-ja）**、**義大利麵（파스타，pa-seu-ta）**等義大利食物。

香脆辣椒	고추바사삭 （go-chu-ba-sa-sak）	號稱每秒賣出一隻，口感香脆且辣。
香脆起司	치즈바사삭 （chi-jeu-ba-sa-sak）	先加起司烤過後，再撒上一層起司，豐富多重的起司口味。
火山	볼케이노 （bol-kei-no）	散發出火山般的火烤香氣，加上令人上癮的辣味。

雞肉與內臟部位說明

❶雞脖子
닭 목(dang mok)
肉很少，適合滷製或熬湯。

❷雞胸肉
닭가슴살
(dak-kka-seum-sal)
脂肪比較少，雖然口感細嫩，但烹調時容易流失肉汁而變得乾澀。包括位於雞胸內側、又稱為「雞柳」的雞里肌。

❸雞翅
닭 날개(dak nal-gaw)
/윙(wing)
因有沒有包含棒棒腿而分為兩節翅或三節翅，這個部位的肉結實，但因為會吃到比較多皮，脂肪也比較高。適合燒烤、油炸和香煎。

❹小腿翅
닭봉(dak-bong)
又稱為「棒棒腿」或「翅小腿」，其實是翅膀前端連接身體的地方，肉質扎實Q彈。

❺雞腿排
닭다리정육
(dak-tta-ri-jong-yuk)
大腿排肉或稱為「上腿肉」，它和小腿合起來的整根大雞腿，稱為L型雞腿，是雞運動量最大的部位，口感結實但肉質滑嫩。

❻雞腿
닭다리(dak-tta-ri)
雞的小腿，也稱為「棒腿」，和雞腿排一樣是整隻雞肉最多的部位，適合多種料理方式。

❼雞屁股
닭 엉덩이(dak ong-dong-i)
俗稱「七里香」，但韓國人普遍不吃這個部位。

❽雞爪
닭발(dak-ppal)
富含膠質的雞爪，很少拿來炸，都做成 **辣雞爪（매운닭발，mae-un-dak-ppal）**，或拿去炭烤。

❾雞心
닭 염통(dak yom-tong)
含有較多脂肪的雞心，在韓國較常出現在燒烤店而不是炸雞店。

❿雞胗
닭똥집(dak-ttong-jip)
雞珍其實是雞的胃，用來磨碎和消化食物，脂肪量低但有嚼勁，在傳統炸雞店比較可能出現，另外大邱有專賣雞胗的餐廳。

炸雞相關單字和常見菜單

雞
닭(dak)

炸雞
치킨(chi-kin)

原味
오리지널(o-ri-ji-nol)

調味／洋釀
양념(yang-nyom)

辣味
레드(re-deu)/
매운 맛(mae-unn mat)

辣椒
고추(go-chu)

蜂蜜
허니(ho-ni)

醬油
간장(gang-jang)

大蒜
마늘(ma-neul)

起司
치즈(chi-jeu)

一隻
한 마리(han ma-ri)

半半
반반(ban-ban)

去骨
순살(sun-sal)

雞翅
날개(dak nal-gaw)/윙(wing)

雞腿
다리(tta-ri)

雞腿＋雞翅（Combo）
콤보(kom-bo)

炸雞配餐

沙拉
샐러드(ssael-ro-deu)

吃油炸的東西難免容易感到膩，這時吃點沙拉，可以帶來清爽的感覺，也不會都是吃肉，均衡一下飲食。除了一般的沙拉之外，有的店家還會推出升級版的**烤雞沙拉（그릴 치킨 샐러드，geu-ril chi-kin ssael-ro-deu）**，如果不想只是吃炸雞，也可以換個口味。

拳頭飯
주먹밥(ju-mok-ppap)

上桌時是一盆或一盤平鋪的飯和海苔，店家會同時送上手套，讓你可以自己捏成喜歡的大小，直接享用。飯裡拌有麻油和芝麻，加入一點點鹽巴，雖然看似很普通的食物，卻有著讓人胃口大開的撲鼻香氣。

炸薯條
후렌치 후라이(hu-ren-chi hu-rai) / 감자튀김(gam-ja-twi-gim)

有炸雞，當然就有薯條！薯條在韓文中的傳統說法是「감자튀김」，但是有有店家會把英文的「french fries」直接應翻成韓文「후렌치 후라이」。除了馬鈴薯薯條以外，有些店家還會提供**地瓜薯條（고구마 스틱，go-gu-ma seu-tik）**。

起司球
치즈볼(chi-jeu-bol)

香脆Q彈的外皮，搭配濃郁的莫札瑞拉起司內餡，邪惡且充滿誘惑的起司球，幾乎出現在所有連鎖炸雞店的菜單上，有的還不止是單純的起司球，甚至撒上自家獨特調味粉，增添更濃郁的起司味道。

炸雞配餐和飲料常見菜單

炸薯條
후렌치 후라이(hu-ren-chi hu-rai) /
감자튀김(gam-ja-twi-gim)

地瓜薯條
고구마 스틱(go-gu-ma seu-tik)

起司球
치즈볼(chi - jeu - bol)

炸起司條
치즈스틱(chi-jeu-seu-tik)

洋蔥圈
어니언링(o-ni-ol-ring)

炸年糕
떡튀김(ttok-twi-gim)

辣炒年糕
떡볶이(ttok-ppo-kki)

拳頭飯
주먹밥(ju-mok-ppap)

辛奇煎餅
김치전(kim-chi-jon)

海鮮蔥煎餅
해물파전(hae-mul-pa-jon)

小熱狗年糕串
소떡소떡(so-ttok-so-ttok)

糖餅
호떡(ho-ttok)

鯽魚餅
붕어빵(bung-o-ppang)

蛋塔
에그타르트(e-geu-ta-reu-teu)

沙拉
샐러드(ssael-ro-deu)

披薩
피자(pi-ja)

義大利麵
파스타(pa-seu-ta)

汽水
사이다(sa-i-da)

七星汽水
질성 사이다(Jil-ssong sai-da)

雪碧
스프라이트(seu-peu-ra-i-teu)

可樂
콜라(kol-ra)

芬達
환타(hwan-ta)

燒酒
소주(so-ju)

燒啤
소맥(so-maek)

啤酒
맥주(maek-jju)

果汁
주스(ju-sseu)

延伸的美味——炸雞胗

똥집튀김（ttong-jip-twi-gim）

　　韓國有不少下酒菜，不過只有在大邱可以吃到炸雞胗，甚至形成炸雞胗一條街，成為遊客的必訪地點之一！

　　這條街就位於**平和市場（ 평화시장 , pyong-hwa-si-jang ）**。平和市場原本以販售雞肉為主，雞胗是雞肉的「廢料」，有天攤商靈機一動，將炸過的雞胗當作禮物送給顧客食用，沒想到大獲好評，逐漸變成在地美食，也在市場附近形成了**雞胗街（ 닭똥집골목 , dak-ttong-jip-kkol-mok ）**。

　　至今歷史超過 40 年的雞胗街，雖然所有店家賣的都是雞胗，但是各家調味不同，提供的小菜也不同，有些店家還提供搭配魷魚、章魚或蝦子的升級組合，可以根據個人喜好，多參考幾家菜單再決定。

Data

平和市場雞胗街

평화 시장 닭 똥 집 골 목 (pyong-hwa-si-jang-dak-ttong-jip-kkol-mok)

地址 대구광역시 동구 아양로 9 길 10

電話 053-662-4072

時間 視店家而異，通常從中午營業至深夜。

交通 大邱地鐵 1 號線東大邱站 3 號出口，出站後步行約 20~25 分鐘。或是從東大邱火車站外搭乘 401、524 等號公車，在「평화시장」站下（車程約 5 分鐘），再步行約 3 分鐘。

網址 www.ddongzip.com

雞胗究竟是哪個部位？

在台灣，雞胗非常常見，不論是滷味攤或鹹酥雞攤，都能發現這一味。不過你知道雞胗到底那個部位嗎？相信很多人都一知半解。

韓文中的雞胗由「똥」和「집」兩個字組成，它們分別代表「糞」和「家」，看到這裡你可能感到很驚慌，從此再也不敢吃雞胗！不過別怕，雞胗其實是雞的胃，而且比起雞心或雞腿等其他部位，它擁有更高的蛋白質、較低的熱量與脂肪。

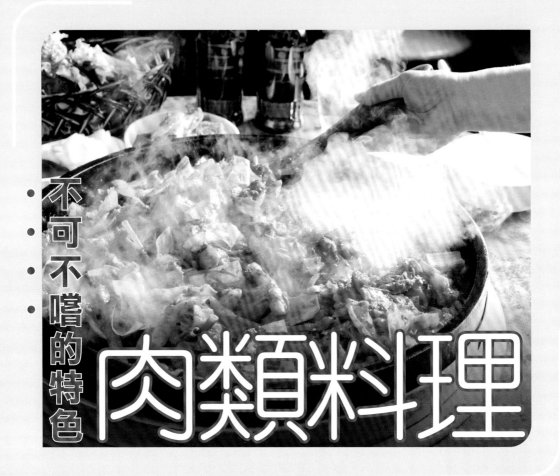

不可不嚐的特色

肉類料理

牛肉

雖 然比起豬肉和雞肉，牛肉的價格較高，不過美味的肉質和富含多種蛋白質與營養素，不只好吃也有益健康。在韓國，除了最常見的燒烤和燉湯以外，另有拿排骨做成的燉排骨，或是先打成牛肉餅後再拿去烤，都是很有特色的地方料理。

展現物產風貌的韓式料理

生拌牛肉

육회 (yuk-we)

「육회」在韓文中的意思是「肉膾」，「膾」是「生吃（的肉）」，如果沒有特別說明，這個詞通常指的是生拌牛肉。

將牛身上腰部到腹股間的肉切成絲，搭配同樣切成絲的梨子一起吃，梨子的清甜凸顯了生牛肉的鮮嫩，非常美味。有時還會加上一顆生雞蛋，或是撒上些許胡椒鹽、白芝麻，均勻攪拌後一同入口，當然也能沾著香油吃。喜歡重口味的人，還可以在香油中加入辣椒和大蒜，調製進階版沾醬。

生拌牛肉相關單字

牛肉
쇠고기
（swe-go-gi）

生肉
생고기（saeng-swe-go-gi）

生拌牛肉
육회（yuk-we）

生牛肉片
육사시미（yuk-ssa-si-mi）

生牛肉拌飯
육회비빔밥
（yuk-we bi-bim-ppap）

活章魚
산낙지（san-nak-jji）

牛肝
간（gang）

牛重瓣胃（牛百葉）
천엽（chon-yop）

燉排骨

갈비찜 (gal-bi-jjim)

　　燉排骨是大邱的名菜，這道以牛排骨加入蒜末、糖、黑胡椒、醬油等調味料燉煮而成的料理，有著讓人瞬間嗑完一整碗飯的魅力，因此也被稱為「偷飯賊」。

　　燉排骨最初發跡於大邱的東仁洞（동인동），大約出現在 1960~1970 年代，口味重鹹香且重，肉燉得能輕易骨肉分離，受歡迎的程度讓它一家接著一家開，如今在東仁洞形成了一條辣燉排骨街。當地有不少老店，另外位於半月堂地鐵站附近的巨松燉排骨（거송갈비찜）也很有人氣。

　　值得一提的還有，燉排骨除牛肉外，有些店家也提供豬肉且價格通常比較便宜。另外雖然台灣常稱辣燉排骨，但其實燉排骨也有不辣的喔！

Info

東仁洞燉排骨街
동인동찜가비골목 (dong-in-dong-jjim-ga-bi-kkol-mok)
🚇大邱地鐵 1 號線七星市場站 3 號出口，出站後步行約 12 分鐘。

巨松燉排骨
거송갈비찜 (go-song-gal-bi-jjim)
📍 대구 중구 남성로 40
☎ 053-424-3335
🕐 11:00 ～ 16:00、17:00~21:00
🚇大邱地鐵 1、2 號線半月堂站 18 號出口，出站後步行約 3 分鐘。

燉排骨相關單字

燉排骨
갈비찜 (gal-bi-jjim)

燉牛排骨
소갈비찜 (so-gal-bi-jjim)

燉豬排骨
돼지갈비찜
（dwae-ji-gal-bi-jjim）

不辣（醬油口味）
0 단계 (gong-dan-gye)

小辣
1 단계 (i-ttan-gye)

中辣
2 단계 (i-dan-gye)

大辣
3 단계 (sam-ttan-gye)

白飯
공기밥 (gong-gi-ppap)

水冷麵
물냉면 (mul-raeng-myon)

牛肉餅／年糕排骨

떡갈비（ttok-kkal-bi）

看起來就像一張或圓或方的扁平肉餅，也有點像放大版的漢堡排，牛肉餅的作法是取牛小排的肉剁碎，調味後再裹上一層碎肉，接著放在烤網上烤熟。由於排骨的肉比較少，因此雖然應該採用牛肉的牛肉餅，有時候也會加入一點豬肉，讓後者豐富的油脂增添更軟嫩的口感，現在也有不少完全以豬肉、甚至鴨肉做成的烤肉餅。

牛肉餅的韓文名稱直接翻譯過來是「年糕排骨」，也因此許多人誤以為這道料理裡頭有年糕！至於為什麼會有這樣的命名，有一說是敲剁碎肉的聲音和年糕的發音「떡」（ttok）很像，也有一說是它的口感吃起來像年糕一樣有嚼勁。值得一提的還有，這道在韓國各地都能吃到的美食，如今成為光州的代表美食「光州五味」之一，當地還有一條年糕排骨街呢！

©韓國觀光公社

©韓國觀光公社

展現物產風貌的韓式料理

Info

光州松汀年糕排骨街
광주송정떡갈비골목（gwang-ju-song-jong-ttok-kkalbi-kkol-mok）

交通 光州地鐵 1 號線光州松汀站站 1 號出口，出站後步行約 5 分鐘。

豬肉

豬肉是最常出現在韓國餐桌上的肉類，全身上下許多部位、包括豬皮和腸子都被拿來食用，除了是燒烤菜單上的常客以外，韓國的豬腳也非常有名，是必嚐不可的美食！其他像是水煮、辣炒或辣燉，豬肉都能搖身一變成為讓人垂涎的美味。

豬腳

족발（jok-ppal）

提起豬腳，一般人可能會和油膩產生聯想，不過韓式豬腳不像台式豬腳滷的油亮亮，大多使用瘦肉長時間燉煮，煮熟後去骨、切片，吃起來香滑嫩Q，皮肉筋韌中帶脆，可能會顛覆你對豬腳的想像！

一般常見的五香口味，以醬油加上八角、丁香、黑胡椒等香料一同滷製，有時還會加入人蔘、味噌或水果，增加香甜口感。沾上味噌或蝦醬等獨特沾醬包進生菜中，或者單吃都能吃到滿滿的膠原蛋白。

雖然韓國過去就有吃豬腳的習慣，不過據說今日的韓式豬腳，是一位北韓難民戰後所發明。他在今日首爾的獎忠洞開了一家小吃店，為了提供便宜的下酒菜，將兒時記憶中吃過的豬腳，研發成新菜色……沒想到豬腳在

1970~1980 年代越來越受歡迎，最後演變成今日獎忠洞開滿豬腳店的情形，形成了一條豬腳街。

無獨有偶，釜山也有一條豬腳街，就位於扎嘎其地鐵站附近的富平洞。除了一般的原味豬腳以外，豬腳在釜山還有特別的吃法，是以涼拌的方式呈現，搭配海蜇皮、小黃瓜、辛奇、蘇子葉等小菜享用，稱為「冷菜豬腳」（냉채족발，naeng-chae-jok-ppal），沾上以芥末調味、各家不同的沾醬，有點辣、帶點微甜，更有畫龍點睛之妙。

Info

獎忠洞豬腳街
장충동 족발 골목 (jang-chung-dong jo-kppal gol-mok)
交通 首爾地鐵 3 號線東大入口站 3 號出口，出站後步行約 2 分鐘。

富平洞豬腳街
부평동 족발 골목 (bu-pyon-gdongg jo-kppal gol-mok)
交通 釜山地鐵 1 號線扎嘎其站 3 號出口，出站後步行約 5 分鐘。

豬腳相關單字

豬腳
족발 (jok-ppal)

冷菜豬腳
냉채족발
（naeng-chae-jok-ppal）

辣味豬腳
불족발 (bul-jok-ppal)

帶骨豬腳
오돌족발 (o-dol-jok-ppal)

半半豬腳
반반족발 (ban-ban-jok-ppal)

蒜味豬腳
마늘족발
（ma-neul-ban-ban-jok-ppal）

菜包肉
쌈 (ssam)

菜包白切肉
보쌈 (bo-ssam)

蔥煎餅
파전 (pa-jon)

綠豆煎餅
빈대떡 (bin-dae-ttok)

菜包肉

쌈（ssam）

菜包肉是韓國的傳統菜色之一，「쌈」這個字在韓文中有「用生菜、白菜等蔬菜包飯」的意思，通常指用菜葉將煮熟的豬肉與泡菜、大蒜等其他食材包在一起，加上包飯醬或蝦醬吃。

菜包肉有許多不同的呈現方式，最常見的是**菜包白切肉（보쌈，bo-ssam）**，以醃白菜或紫萵苣將**白切肉**（也就是我們所說的**水煮肉**）**「수육」（su-yuk）**，加上辣蘿蔔絲一起吃，豬肉軟嫩的口感搭配白菜的鹹味和蘿蔔絲的辣味，非但不油膩且非常美味，而且擁有極高的營養價值。有的還會加上豆腐或生蚵仔，讓口感更加升級！

據說菜包飯的歷史非常悠久，在李氏朝鮮時已經是一道時令菜色。現在除了是常見的下酒菜，當韓國人在製作大量**越冬辛奇（김장，gim-jang）**時，經常會將製作辛奇的材料辣蘿蔔絲和醃好的白菜，加上煮熟的切片五花肉一起吃。

菜包肉相關單字

菜包肉
쌈（ssam）

菜包白切肉
보쌈（bo-ssam）

白切肉／水煮肉
수육（su-yuk）

豆腐菜包白切肉
두부보쌈（du-bu-bo-ssam）

蚵仔菜包白切肉
굴보쌈（gul-bo-ssam）

豬腳
족발（jok-ppal）

馬鈴薯排骨湯
감자탕（gam-ja-tang）

辣炒豬肉

제육볶음 (je-yuk-ppo-kkeum)

韓國國民美食辣炒豬肉，是一道在韓國餐廳常見的料理，一般多採用切成薄片的豬五花肉，用醬油、蒜末、洋蔥泥等佐料醃製後，與洋蔥、辣椒醬一同翻炒，就誕生這道香噴噴且超級下飯的食物。

據說在 1950 年以前，辣炒豬肉原本沒有加辣椒醬，只有醬油、胡椒等調味料，就像它的韓文名稱其實只有「炒豬肉」而沒有「辣」的意思。不過想不到加了辣椒醬以後，反而大受歡迎，也因此我們今日吃到的都是甜鹹香辣的口味。除了配飯之外，辣炒

©韓國觀光公社

豬肉也很適合搭配生菜一起吃。

值得一提的還有，幾年前車勝元在韓綜《三時三餐》裡，以這道菜成為韓國料理界的熱門食譜，而他沒有使用辣椒醬，反而是以辣椒粉加上醬油、料理酒、芝麻油、蒜末等調味料做成醬汁，結果少了辣椒醬的黏稠感，呈現出一種更清爽的美味。

辛奇燉肉

김치찜 (gim-chi-jjim)

和辣炒豬肉同樣下飯的還有辛奇燉肉，大塊豬五花肉上面鋪著整坨、有時可能半顆甚至整顆辛奇，加入醬油先燉煮約半小時，然後加入蒜末、蔥段和辣椒粉等再繼續燉個半小時，就誕生這一鍋紅通通、光看就讓人食指大動的美食。

吃的時候用剪刀把辛奇剪成小塊，至於它的好搭檔是誰呢？正是加上海苔的白飯。酸辣鹹香的滋味，在冬天可是特別令人想念！

雞肉

韓 國人吃雞很豪氣，往往都是以整隻雞入菜，不只炸雞如此，包括蔘雞湯（見 P.147）在內的很多雞肉料理也不例外，甚至連「一隻雞」都成為菜名！其他像是辣炒雞排、安東燉雞，都是極具代表性的特色雞肉美食，去韓國一定要呼朋引伴吃一輪。

春川辣炒雞排

춘천 닭갈비
(chun-chon dak-kkal-bi)

源自於江原道春川的辣炒雞排，同樣是為了解決戰後民生問題而出現。1960 年代韓國經濟蕭條，在通膨嚴重且失業率極高的情況下，許多家庭都難以取得糧食。春川市及其近郊當時有許多養雞場，於是就以雞肉取代牛肉和豬肉，醃製後像豬排般以炭火料理，誕生了這道價格便宜且份量十足的「庶民排骨」，還在當地形成了一條辣炒雞排街，至今這條短短 150 公尺的巷弄，依舊坐落許多店家。

在醬料中放入切塊雞肉醃製，再和高麗菜、大蔥、年糕、蕃薯條放進鍋中拌炒。鮮嫩雞肉配上甜辣醬汁，單吃或用菜葉包著吃都很美味。雖然份量十足，肉吃完後一定要加點飯或麵，利用剩下的醬汁炒上一輪，把所有精華都吃下肚！

安東燉雞

안동찜닭 (an-dong-jjim-dak)

關於安東燉雞的由來有很多說法，比較常見的是源自於慶尚北道的安東市，當地市場為了與興起的炸雞風潮抗衡，把馬鈴薯、蘿蔔等和雞肉一起燉煮，發明了今日的安東燉雞。

還有另一個普遍流傳的說法和安東的諧音有關，據說這種燉雞是朝鮮時代士大夫在特殊日子吃的食物，不同於住在城外的平民百姓，士大夫居住在城牆內，「城牆」和「安東」在韓文中的寫法相同，所以有了這樣的名字……

這道使用切塊的鮮嫩雞肉，加入特調的香辣醬料，搭配切片馬鈴薯、紅蘿蔔、寬冬粉煮成的料理，煮得香Q、甜辣而不麻，除了雞肉以外，吸滿湯汁的冬粉更是一絕！

雞肉料理相關單字

春川辣炒雞排
춘천 닭갈비
（chun-chon dak-kkal-bi）

安東燉雞
안동찜닭（an-dong-jjim-dak）

一隻雞
닭한마리（dal-kan-ma-ri）

半隻雞
닭반마리（dak-ppan-ma-ri）

馬鈴薯
감자（gam-ja）

條狀年糕
가래떡（ga-rae-ttok）

刀削麵
칼국수（kal-guk-ssu）

雞粥
닭죽（dak-jjuk）

蔘雞湯
삼계탕（sam-gye-tang）

一隻雞

닭한마리（dal-kan-ma-ri）

「一隻雞」顧名思義就是將一整隻雞放進鍋子裡煮，也是戰後的牛豬料理替代品。起源於首爾的東大門一帶，如今在東大門市場和廣藏市場之間有條一隻雞街，聚集著包括陳玉華奶奶一隻雞在內的許多一隻雞美食店。

將幼雞稍微蒸煮後，丟入以大盆盛裝的原味雞湯中，和蔥、蒜煮到沸騰。雞湯內除了薄鹽不添加化學調味料，就由蔥蒜讓口感層次分明。極其細嫩卻帶有彈牙嚼勁的雞肉可以單吃，或是加上自行以醋、醬油、辣椒醬等調成的沾醬增添風味，搭配泡菜滋味更是十足。一隻雞的配料有條狀年糕和馬鈴薯，吃完後如果意猶未盡，也可以加點刀削麵，別浪費鮮美的湯汁。

活跳跳的 大海滋味

水產市場逛起來

想 吃新鮮且便宜的海產，除了海邊、海港以外，海鮮市場也是最佳選擇之一。特別是像首爾這樣與海有些距離的城市，不必舟車勞頓就能以實惠的價格大啖鮮美海味，是不是很吸引人呢？韓國有三大知名海鮮市場，成為當地的代表景點，也是遊客美食版圖上的必訪之處！

韓國知名水產市場

展現物產風貌的韓式料理

首爾 鷺梁津水產市場
노량진수산시장（no-ryang-jin-su-san-si-jang）

　　與地鐵站以天橋相連的鷺梁津水產市場，開市於 1972 年，原本聚集於西大門到首爾車站的義州路，前身為京城水產市場，後遷至現址。拍賣場面積將近 7,000 平方公尺，零售場面積約 8,500 平方公尺，如今發展成韓國內陸最大的水產批發市場，漁貨量占首都地區的一半！

　　漁貨每天不同，有興趣的人可以凌晨時前往參觀活魚拍賣。至於只想嚐鮮的人，可以在市場內購買水產後，前往市場 2 樓或旁邊的餐廳，交由店家代為料理，只要支付醬料費和工本費就可以嚐鮮，非常划算。要不直接前往餐廳用餐也可以。

Data

地址 서울특별시 동작구 노들로 674

電話 02-2254-8000~1

時間 全年無休 24 小時開放，各店家營業時間因商家而異。

交通 首爾地鐵 1、9 號線鷺梁津站 9 號出口，出站後步行約 5 分鐘。

釜山 扎嘎其市場
자갈치시장（ja-gal-chi-si-jang）

已經有 100 多年歷史的札嘎其市場，全韓國的魚獲約 3 至 4 成都是由這裡開始流通至韓國各地，可以細分為室外傘下的傳統魚市場攤販，以及建築物內的室內**新東亞水產綜合市場**（ 신동아수산물종합시장，sin-dong-a-su-san-mul-jong-hap-ssi-jang ）。

傳統魚市場洋溢著熱鬧的日常氣息，各種整齊排列的海產一攤接著一攤，看起來非常壯觀，還能看見想從水盆中「偷跑」的活章魚，被阿珠瑪一把抓回來的有趣場面。市場旁林立著販售烤魚和海鮮餐廳，可以就近嚐鮮。

新東亞水產綜合市場一樓是海鮮市場，地下一樓則是美食街，店家都有提供附價格的菜單，可稍微比價之後選一間順眼的用餐。二樓為全韓最大的乾貨市場，三樓則是空間很大的生鮮餐廳，提供無菜單料理，以人頭計價。

Data

地址 부산광역시 중구 자갈치해안로 52
電話 051-245-2594
時間 傳統漁市場 5:00~22:00、每月第 1、3 個週二公休。新東亞水產綜合市場 6:00~22:00。每月第 2、4 個週二公休
交通 釜山地鐵 1 號線札嘎其站 10 號出口，出站後步行約 5 分鐘。

釜山 機張市場
기장시장（gi-jang-si-jang）

大大小小的攤販將整個市場擠得水泄不通，看似雜亂卻又井然有序的排列著，1985 年時為了因應市場現代化計畫，臨時攤販搖身一變成為常設市場。海帶、鯷魚、白帶魚等當地知名水產，依季節輪番供應，由於價格比札嘎其市場便宜，因此吸引許多釜山人前來採買。

至於外國遊客則喜歡來這裡吃螃蟹，市場裡有許多專賣螃蟹的店家，無論是雪蟹、帝王蟹或松葉蟹，價格同樣比市區便宜許多，不過還是要記得多方比價！

Data

地址 부산 기장군 기장읍 읍내로 104 번길 16
電話 051-721-3963
時間 6:00 ~ 21:00，各店家營業時間因商家而異。
交通 釜山地鐵東海線機張站 1 號出口，出站後步行約 6 分鐘。

你沒看過的韓國水產市場「特產」

斑鰩
홍어(hong-o)

斑鰩在韓文中的漢字是「洪魚」，也就是我們說的魟魚或魔鬼魚。這種體型扁平、彷彿圓盤狀的魚，白色的

腹部有著類似人臉的五官，性情溫和的牠，皮膚含有尿素，一旦被捕抓就會釋放出氨氣的刺鼻氣味。

全羅南道海岸是斑鰩漁獲量最高的地方，當地人喜歡把它做成生魚片來吃，生魚片有新鮮吃的，也有發酵後才食用。由於過往冷凍設備並不發達，為避免敗壞，漁民通常將捕獲的斑鰩洗淨、處理後，放置於罐中室溫發酵，之後再切來吃。

過往是將發酵過的斑鰩生魚片，直接沾粗鹽搭配馬格利一起吃，後來發明出結合辛奇和豬肉片一起吃的**斑鰩三合（홍어삼합，hong-o-sam-hap）**，加上辣椒，大蒜和生菜等配料，讓口味與口感都更加提升。

不過，擁有豐富鈣質、蛋白質等營養素的斑鰩，實在是氣味太獨特，越嚼越飄散出阿摩尼亞味，讓許多韓國人也難以接受，成為韓國知名的黑暗料理，甚至曾被韓國節目選為「全世界最臭的食物」！

展現物產風貌的韓式料理

堪稱韓版鹽醃鯡魚的秋刀魚乾

과메기 (gwa-me-gi)

和斑鰩不相上下，韓國另一個以異味聞名的海鮮是秋刀魚乾。

秋刀魚乾是慶尚北道的特產，當地利用冬天的低溫，將秋刀魚掛起來風乾，藉由天候變化讓牠不斷結凍又解凍，直到風味變得更加濃郁，散發出一種強烈的發酵味道！吃的時候，把這種黑黑的魚乾切細，搭配海苔、生菜、蒜、蔥和醋醬等，是冬天才吃得到的限定食物，但就看每個人對氣味的接受度。

海鞘
멍게（mong-ge）

　　海鞘是種表面覆蓋著一層植物性纖維囊胞的背囊動物，擁有許多類型，但通常都呈壺形或囊型。

　　海菠蘿是韓國最常見的其中一種食用海鞘，因為外型長得像鳳梨而得名，韓國人通常把它當成下酒菜。去除堅硬的外皮和清乾淨內臟後，將黃色的肉切片，搭配燒酒一同食用，味道會更加甘甜。有些人還會物盡其用，把牠的殼拿來當成酒杯呢！

　　除此之外，也有人把海鞘做成拌飯，將海鞘切塊後，加入碎紫菜、芝麻和香油等配料，充分混合後就能大快朵頤一番。慶尚南道有許多海鞘養殖場，韓國超過70%的海鞘都是來自統營，也因此**海鞘拌飯（멍게비빔밥，mong-ge-bi-bim-ppap）**成為統營的必嚐美食之一。

海腸
개불（gae-bul）

　　還記得韓劇中《來自星星的你》千頌伊超愛的海腸嗎？看到海腸本尊和知道韓文本名後，可能會讓你感覺很害羞！

　　海腸的名稱來自於「개의 불알」，也就是「狗的生殖器」。雖然呈條狀的圓胖外形很容易讓人歪樓，不過海腸其實是一種海生蟎蟲，正式名稱為單環刺，生長於中國、日本和韓國的海邊潮間帶或珊瑚礁區。

　　海腸通常生吃，裡頭是中空的，因此餐廳會把頭尾剪開，清除血水和內臟後，將「外皮」洗乾淨切成小塊，直接沾辣椒醬或香油吃，有著脆嫩的口感，因此又被稱為「裸體的海參」。

不小心就被「套牢」的活章魚

산낙지（san-nak-jji）

　　將長腕小章魚做成生魚片的活章魚，是韓國特殊的傳統料理，不只生吃、還活吃。章魚在活著的時候宰殺、切成小段後直接上桌，然而這種擁有高度複雜神經系統的海中生物，即使被分解後仍有一段時間存著反射行為，所以吸盤依舊活躍。因此吃的時候要特別小心，記得沾上鹽和香油做成的沾醬，不只為了增添風味，更有潤滑的作用，而且記得多嚼幾下，以免黏在食道上產生致命危險！

水產市場相關單字

展現物產風貌的韓式料理

貝類
조개（jo-gae）

血蛤／泥蚶
꼬막（kko-mak）

文蛤
문합（mun-hap）

花蛤
바지락（ba-ji-rak）

大蛤
대합（dae-hap）

扇貝
가리비（ga-ri-bi）

牛角蛤
키조개（ki-jo-gae）

蟶蟶
가리맛조개（ga-ri-mat-jjo-gae）

紅蛤／貽貝／孔雀蛤
홍합（hong-hap）

海螺
소라（so-ra）

133

蚵／生蠔／牡蠣
굴（gul）

鮑魚
전복（jon-bok）

螃蟹
게（ge）

帝王蟹
킹크랩（king-keu-raep）

竹蟹
대게（dae-ge）

大蟹
대케（dae-ke）。

花蟹
꽃게（kkot-kke）

紅蟹
붉은대게（bul-geun-dae-ge）

蝦子
새우（sae-u）

大蝦
대하（dae-ha）

龍蝦
랍스터（rap-sseu-to）

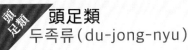

頭足類
頭足類
두족류（du-jong-nyu）

透抽／中卷
한치（han-chi）

花枝／墨魚／烏賊
갑오징어（gab-o-jing-o）

軟絲
무늬오징어（mu-ni-o-jing-o）

魷魚
오징어（o-jing-o）

小魷魚／小卷
꼴뚜기（kkol-ttu-gi）

白魷魚
흰오징어（hi-no-jing-o）

小章魚
쭈꾸미（jju-kku-mi）

長腕小章魚
낙지（nak-jji）

章魚
문어（mu-no）

魚類

鮪魚
참치(cham-chi)

鮭魚
연어(yo-no)

鱈魚
대구(dae-gu)

鯛魚
도미(do-mi)

鱸魚
농어(non-go)

鱒魚
송어(song-o)

烏魚
숭어(sung-o)

鯖魚／青花魚
고등어(go-deung-o)

白帶魚／刀魚
갈치(gal-chi)

明太魚
명태(myong-tae)

秋刀魚
꽁치(kkong-chi)

比目魚
광어(gwan-go)／넙치(nop-chi)

魴魚／多利魚
방어(ban-go)

石斑魚
우럭(u-rok)

窩斑鰶
전어(jon-o)

斑鰩
홍어(hong-o)

劍魚
황새 치(hwang-sae chi)

鰻魚
장어(jang-o)

盲鰻
꼼장어(kkom-jang-o)

鮟鱇**魚**
아구(a-gu)

其他 **海腸**
개불(gae-bul)

海鞘
멍게(mong-ge)

海蔘
해삼(hae-sam)

海膽
성게(song-ge)

辣燉鮟鱇魚

아구찜（a-gu-jjim）

因為其貌不揚，過去漁夫捕到鮟鱇魚時總是將牠丟掉，直到馬山（마산）一位老奶奶把牠拿來燉煮，沒想到漁夫們吃過後反應不錯，後來又發現鮟鱇魚擁有極高的營養價值，於是一家家餐廳如雨後春筍般出現，在馬山形成一條街。

被切成適合入口的大小，以辣椒粉、蒜末等醬料，加上黃豆芽、水芹等蔬菜一同燉煮，直到湯汁幾乎都被鎖入食材中，最後以辣椒粉再炒過，就完成這道紅通通的美食。

烤盲鰻

곰장어구이（gom-jang-o-gu-i）

沒有明顯的骨骼和頭部，就連眼睛也因為退化被皮層包覆，盲鰻最初並不常出現在釜山人的餐桌。不過因為受到戰爭，人們為了充飢，近海容易捕撈的盲鰻，就成了蛋白質的來源。盲鰻常見的料理方式是鹽烤，或是加入醬料烹炒成辣味，最後鍋底的醬汁還能拿來炒飯，海雲臺市場（해운대시장）就聚集著好幾家專賣盲鰻的餐廳。

代客料理服務相關單字

蒸／燉
찜 (jjim)

煮（煮後保留水）
삶음 (sal-meum)

煮（煮後倒掉水）
끓임 (kkeu-rim)

炒
볶음 (bo-kkeum)

辣的
맵게 (maep-kke)

煎
부침 (bu-chim)

不辣的
안 맵게 (an maep-kke)

炸
튀김 (twi-gim)

大份
큰 것 (keun got)

燉
조림 (jo-rim)

小份
작은 것 (ja-geun got)

汆燙
데침 (de-chim)

白飯
공기밥 (gong-gi-ppap)

烤
구이 (gu-i)

炒飯
볶음밥 (bo-kkeum-bap)

原味鹽烤
소금구이 (so-geum-gu-i)

粥
죽 (juk)

調味醬烤
양념구이 (yang-nyom-gu-i)

湯
탕 (tang)

生食／生魚片
회 (hwe)

鍋
찌개 (jji-gae)

吃法大不同的韓式生魚片

臨海的韓國盛產大量海鮮，其中當然不乏各式各樣的魚類，除了拿來燒烤、燉煮之外，當然也會做成生魚片。據說，韓國原本只有靠海人家，會將生魚切片加入味噌一同食用，後來因為日本殖民，帶來了當地的生魚片文化而流行至內陸。不過隨著日本人離開，韓國發展出屬於自己獨特的品嚐方式⋯⋯

韓式生魚片

생선회（saeng-son-hwe）

韓式生魚片的名稱由「生鮮」（생선）和「膾」（회）兩個漢字詞組成，「生鮮」指的是魚（肉），「膾」則是生吃的肉，和直接由日文音譯而成的**日式生魚片（사시미，sa-si-mi）**說法不同。

韓式生魚片多以白魚為主，常見的有**比目魚（광어，gwan-go）**、**魴魚（방어，ban-go）**和**石斑魚（우럭，u-rok）**，紅魚則有**鮭魚（연어，yo-no）**和**鮪魚（참치，cham-chi）**等。

點餐時通常以「盤」或「尾」計量，因此份量相對較大，以小盤來說，大約是 2 人左右的份量。除單品外，生魚片店也提供**拼盤（모둠，mo-dum）**，可以多吃幾種不同的美味。

韓式生魚片怎麼吃？

韓式生魚片一樣切成薄片，有時切成細條狀，整齊鋪排在盤子上，非常具有視覺效果。切完的魚頭和魚骨，店家會拿去燉辣魚湯。

通常店家會提供兩種醬料：除常見的芥末醬油外，還有混合食用醋和辣椒醬的**醋醬（초장，cho-jang）**。和吃烤肉一樣，韓國人不只直接沾醬吃，還會包上生菜和紫蘇葉，加上蒜片或辣椒一口咬下，感受瀰漫在嘴裡的大海新鮮滋味。

消暑聖品水拌生魚片

물회 (mul-hwe)

除「乾式」生魚片外，韓國還有一種水拌生魚片，做法是將切好的新鮮生魚片和海鮮，淋上加入碎冰攪拌而成的酸辣醬汁，並且放入生菜、辣椒和洋蔥等蔬菜。海鮮的嚼勁和蔬菜的清脆帶來豐富的口感，是一到夏天特別受歡迎且開胃的美食。

香辣清爽的辣魚湯

매운탕 (mae-un-tang)

前面提到，生魚片店家通常將於處理完的魚頭和魚骨頭拿去做成辣魚湯，招待客人享用。裡頭會放上蘿蔔、豆腐，豆芽等配料，煮成一鍋雖然辣但很香、而且非常下飯的湯，喝下肚後感覺非常清爽，一定得試試！

生魚片相關單字

韓式生魚片
생선회 (saeng-son-hwe)

生魚片拼盤
모둠회 (mo-dum -hwe)

水拌生魚片
물회 (mul-hwe)

比目魚
광어(gwan-go)/ 넙치(nop-chi)

魴魚／多利魚
방어(ban-go)

石斑魚
우럭(u-rok)

窩斑鰶
전어(jon-o)

鯛魚
도미(do-mi)

烏魚
숭어(sung-o)

鮪魚
참치(cham-chi)

鮭魚
연어(yo-no)

醋醬
초장(cho-jang)

辣魚湯
매운탕(mae-un-tang)

清蒸就無比美味的螃蟹

儘管高膽固醇，同樣擁有高蛋白質的螃蟹深受人們喜愛，在全球每年消費的甲殼動物中，螃蟹就占了五分之一。國人喜愛的帝王蟹、鱈場蟹和松葉蟹，在韓國的水產市場都能發現他們的蹤跡，市場一帶還有許多專賣螃蟹的餐廳，無論肉質或價格都比台灣優，很推薦饕客嚐鮮。

螃蟹分類和特徵

　　長相非常相似的油蟹和鱈場蟹，在韓國都稱為**帝王蟹（킹크랩，king-keu-raep）**，不過兩者的價格有不少落差，較平價的油蟹和帝王蟹中最高檔的鱈場蟹，外觀差別可從背殼中央的棘刺分辨，油蟹只有 4 個、鱈場蟹有 6 個。

　　另外有著細細長長腳的雪蟹，無論是日本的松葉蟹、加拿大的皇后蟹，還是韓國的**竹蟹（대게，dae-ge）**，都稱為**大蟹（대케，dae-ke）**。竹蟹的大小和松葉蟹差不多，不過價格比較便宜，位於慶尚北道的盈德郡就以這種螃蟹為特產，每年 3、4 月當地都會舉辦盛大的**盈德竹蟹慶典（영덕대게축제，yong-dok-ttae-ge-chuk-jje）**。

　　其他常見的螃蟹還有**花蟹（꽃게，kkot-kke）**和**紅蟹（붉은대게，bul-geun-dae-ge）**，這兩種螃蟹體積比較小，因此一般不會用來蒸食，而是生醃成醬蟹，或是拿來當成湯底或煮泡麵。

名不虛傳的偷飯賊——醬蟹

간장게장 (gan-jang-ge-jang)

以醬油醃製生螃蟹可說是韓國人的心頭好，也是一道相當下飯的海鮮料理。

將花蟹帶殼放入煮好的漢方醬油中醃製 7～10 天，雖然經過醬油醃泡，人不失蟹肉本身鮮甜，蟹黃尤其美味，醃漬入味的生蟹肉口感 Q 嫩，不腥不膩。

如何挑選螃蟹？

　　海鮮最重新鮮，螃蟹也一樣。你可以根據個人喜好選擇帝王蟹或大蟹，或者也可以請店家推薦當日品質較好的螃蟹。不過在此之前記得先貨比三家，詢問看看不同店家的價格，拿出你的殺價本領，當然也不能亂開價！

　　至於有哪些檢查重點呢？看看拿出水箱時的螃蟹活動力如何？蟹腳是否完整？（通常斷腳的都好殺價），也可以輕輕壓壓看蟹腳，感受一下肉是否飽滿。挑完後也要在一旁看店家處理，直到目送牠送進蒸籠為止才算大功告成。

螃蟹相關單字

帝王蟹
킹크랩 (king-keu-raep)

竹蟹
대게 (dae-ge)

大蟹
대케 (dae-ke)

花蟹
꽃게 (kkot-kke)

紅蟹
붉은대게 (bul-geun-dae-ge)

醬蟹
간장게장 (gan-jang-ge-jang)

蒸蟹
게찜 (ge-jjim)

龍蝦
랍스터 (rap-sseu-to)

水產市場的專賣螃蟹餐廳

水產市場通常都有專賣螃蟹或可代為料理的餐廳，店家除處理食材外，還會提供小菜和醬料。費用包括螃蟹清蒸費（每公斤約 8,000 韓元），以及以人頭計算的開桌費（每人約 4,000 韓元）！

展現物產風貌的韓式料理

你喝的是湯還是鍋?

讓人傻傻分不清的湯和鍋

湯 是韓國人餐桌上不可或缺的食物。韓國人倒底有多愛喝湯，可以從各式各樣的湯鍋料理瞧出端倪。不過像海帶湯和蔘雞湯，在中文裡一樣稱為「湯」，在韓文裡使用的卻是不同的字！除此之外，還有五花八門的鍋，讓人眼花撩亂。你知道湯和鍋到底有什麼不同？

此湯非彼湯

在韓文中，**湯**有兩種說法，分別為**「국」**（guk）和**「탕」**（tang）。這兩者有什麼差別？

簡單的說，把肉、海鮮或蔬菜等加入大量水煮，調鹹淡後做成的叫做「국」，通常不需要花太多時間製作，像是**海帶湯（미역국，mi-yok-kkuk）、黃豆芽湯（콩나물국，kong-na-mul-kkuk）、年糕湯（떡국，ttok-kkuk）**等。

至於比例上料比湯多的叫做「탕」，大多需要花上比較長時間燉煮，食材通常也比較高級，例如**蔘雞湯（삼계탕，sam-gye-tang）、牛排骨湯（갈비탕，gal-bi-tang）和辣魚湯（매운탕，mae-un-tang）**等。

「국」是怎麼變成「탕」的？

據說，1970 年代韓國經濟快速發展後，原本只是餐桌上配飯吃的「국」，逐漸演變成一道道特色料理的「탕」，以**海鮮湯（해물탕，hae-mul-tang）和鱈魚湯（대구탕，dae-gu-tang）**為例，人們通常先喝湯、吃料，才把飯拌入湯汁中食用，也因此湯不再只是配角，反而和飯身份互換，成了主角！

此鍋也非彼鍋

　　鍋在韓文中稱為「찌개」（jji-gae），指的是在砂鍋或小鍋中，放入肉類、海鮮、豆腐、蔬菜等食材，加

入大醬、辣椒醬或醬油等調味料後，熬煮成較為濃稠的湯類料理。它的味道比「국」還要重，料和湯也比「국」還要多，最常見的有**嫩豆腐鍋（순두부찌개，sun-du-bu-jji-gae）**、**辛奇鍋（김치찌개，gim-chi-jji-gae）**和**大醬湯*（된장찌개，dwen-jang-jji-gae）**因為口味比較鹹，所以會搭配飯來吃。

　　其他還有**部隊鍋（부대찌개，bu-dae-jji-gae）**，不過部隊鍋不算傳統韓國料理，是韓戰後才出現的食物，雖然以「찌개」命名，但其實更像**火鍋（전골，jon-gol）**，並且搭配泡麵食用。火鍋在吃的時候會一直用火加熱，例如**海鮮火鍋（해물전골，hae-mul-jon-gol）**和**辛奇火鍋（김치전골，gim-chi-jon-gol）**。

*按照原文應該翻譯為「大醬鍋」，不過中文普遍翻譯為大醬湯。

宮廷料理——神仙爐

신선로（sin-non-no）

看過韓國宮廷劇的人或許會發現，朝鮮國王用餐時，經常會出現一種很像我們吃酸白菜鍋時，中間有著煙囪的迷你版炭燒銅鍋，這就是神仙爐。

關於神仙爐的名稱來源，有兩個說法：一是因為加熱的炭火會從煙囪冒出縷縷白煙，讓人聯想起神仙般騰雲駕霧。另一說和朝鮮王朝燕山君統治時被流放的宮廷學者鄭希良（정희량）有關，據說他隱居山中，用一個小火盆做飯，後來他消失無蹤，人們因此傳說他化為神仙，這個爐子也被稱為神仙爐。

神仙爐其實就是火鍋，可以指這道料理，也可以指這個食器。以清湯為底，加入鹽、麻油、韓式醬油提味，盡可能保留食材的原味。最初這道料理只有蔬菜，後來加入肉類和海鮮，最多可多達25種原料，包括牛肉、海鮮、肉丸、核桃、蘑菇、蘿蔔、銀杏、紅椒……五顏六色的模樣不只配合五行，也讓人食指大動！

湯鍋料理的份量

前往餐廳用餐，除了一人份的湯鍋之外，有些湯鍋還有大小之分，通常**小份（소짜로，so-jja-ro）**為**2~3人**、**中份（중짜로，jung-jja-ro）**為**3~4人**、**大份（대짜로，dae-jja-ro）**為**5~6人**食用。此外，也有**一般份量（보통，bo-tong）**和**加大份量（특，teuk）**兩種說法。

湯鍋相關單字

（湯較多的）湯
국（guk）

（料較多的）湯
탕（tang）

鍋
찌개（jji-gae）

火鍋
전골（jon-gol）

神仙爐
신선로（sin-non-no）

小份
소짜로（so-jja-ro）

中份
중짜로（jung-jja-ro）

大份
대짜로（dae-jja-ro）

一般份量
보통（bo-tong）

加大份量
특（teuk）

韓國三大必喝名湯

面對各式各樣的湯，讓人很難抉擇？如果拿不定主意，不妨先從下面這三種湯開始嚐起，分別以豬、雞、牛熬煮而成的馬鈴薯排骨湯、蔘雞湯和雪濃湯，可以喝到各種肉類不同的精髓，不但美味且滋補身體，濃郁的湯口更是讓人忍不住一口接一口。

馬鈴薯排骨湯

감자탕（gam-ja-tang）

馬鈴薯排骨湯的韓文名稱其實只有「馬鈴薯湯」的意思，不過這道湯的主角不是馬鈴薯，而是長時間熬煮的豬脊髓骨！有一說是因為以前韓文的脊髓叫做「감자」，和馬鈴薯「撞名」，因此這裡的「감자」其實指的是豬骨，而不是馬鈴薯。

據說這道料理源自於三國時代，在全羅南道地方因為牛隻需要工作，所以用豬骨代替牛骨熬湯，之後發展出加入馬鈴薯，以及紫蘇、茼蒿、金針菇、辛奇、冬粉等配料。豬骨連同蔥、薑、蒜等調味料，以及切成大塊的馬鈴薯、醃過的白菜一同放入鍋中

長時間燉煮，直到豬肉和馬鈴薯都變得軟嫩且收汁，清爽的辣味湯底讓人一吃難忘。

什麼是馬鈴薯骨？

감자뼈（gam-ja-ppyo）

韓國的市場和豬肉店，有時會看到馬鈴薯骨這幾個字。馬鈴薯骨並不是豬身上真正存在的部位，而是指用來煮馬鈴薯排骨湯的豬脊髓骨！

蔘雞湯

삼계탕（sam-gye-tang）

韓國人燉雞的歷史由來已久，不過蔘雞湯的出現一直要到 1960~1970 年代，這點和韓國首任總統李承晚（이승만，1875 年～1965 年）禁吃狗肉有關。

和我們冬日進補不同，韓國人在夏天、特別是三伏天時進補，過去人們會在伏日吃狗肉湯，不過自從政府開始取締後，狗肉湯只能轉為地下化，漸漸消聲匿跡……作為取代，蔘雞湯就在這樣的背景下逐漸盛行！

雖然稱為蔘雞湯，不過除了人蔘以外，還有紅棗、糯米、大蒜、桂皮等食材，一同塞進出生 20 幾天的童子雞體內。放進陶鍋中熬煮，經過長時間悶燉，骨頭和藥材的食材的精華全融入湯汁裡，雞肉卻依舊維持軟嫩口感，用筷子輕輕一劃就可以輕鬆分解食用。

雞肉無論是享受原味或沾胡椒鹽吃，都非常美味。此外，有些店家還會隨餐送上一杯**人蔘酒（인삼주，in-sam-ju）**，你可以直接喝，或是把它加入湯中，調成自己喜歡的味道。

為什麼夏天要吃蔘雞湯？

韓國雖然緯度比較高，但夏天同樣炎熱，卻還有一堆人去吃蔘雞湯，特別是一年中最熱的三伏天！？三伏指的是初伏、中伏和末伏，大約是在 7 月中到 8 月中，這三天是最適合溫補陽氣、驅散寒邪的日子。

站在韓醫（中醫也一樣）的觀點，養生是順應自然規律，夏天是人體陽氣最重的時候，不應該尋求冰涼的食物解暑，反倒應該讓體內和體外維持一樣的溫度，也就是人體內的小環境要順應自然的大環境，這就是所謂的「以熱治熱」（이열치열，i-yol-chi-yol）。因為大量排汗，夏天很容易流失營養和能量，這時吃蔘雞湯就能為為身體帶來滋補。

雪濃湯

설렁탕（sol-rong-tang）

在農業社會裡，牛是重要的家畜，很少成為餐桌上的食物，也因以牛肉和牛骨做成的雪濃湯，在過去的韓國可是非常珍貴的料理。由於擁有非常高的營養價值，對身體虛弱的人來說分外滋補。

雪濃湯早期稱為「先農湯」，原本是祭祀食物的它，據說歷史回溯到朝鮮時代的世宗大王。某次世宗大王為祈求豐收，在先農壇（선농단）祭拜農神神農氏和后稷氏，當他親自下田耕作時，突然興起狂風暴雨。最後為了解飢和慰勞大家，他把牛殺了放進大鍋裡以清水烹煮，就成了今日雪濃湯的前身。

以牛肉和牛骨熬煮十幾個小時到一天，不斷去蕪存菁才完成的雪濃湯，口感香、湯溫醇爽口，營養成分豐富，最適合在喝完烈酒後來一碗墊胃補身。呈乳白色的雪濃湯沒有經過調味，端上桌後才由顧客酌量添加鹽、胡椒粉和蔥，喝完會有回甘的感覺。

清爽版的雪濃湯

牛骨湯

곰탕（gom-tang）

和雪濃湯一樣使用牛腩和牛腱等部位的牛肉，牛骨湯還會加入牛腸和牛皺胃等內臟，沒有瑣碎的步驟，就將這些食材熬煮十幾個小時，直到味道和營養都融入湯中，最後再以醬油調味，也因此牛骨湯呈現清澈的褐色，和雪濃湯的白色不同。

牛骨湯吃的是牛肉純正的風味，品嚐時可以依個人喜好自行加入鹽和胡椒，韓國不少地方都有自己的牛骨湯，其中又以**羅州（나주）**特別有名，是當地的傳統美食，首爾也有不少打著羅州牛骨湯名號的餐廳。

其他湯代表

海帶湯
미역국（mi-yok-kkuk）

　　海帶湯是韓國餐桌上最常見的湯之一，主要材料就是牛肉和海帶，牛肉必須先以香油炒過，然後加入醬油、和泡好的海帶稍微翻炒，接著加水煮開，最後以魚露調味，就完成這道韓國人祭祀、婚宴、生日都會出現的湯。

　　至於為什麼生日要喝海帶湯？其實是為了紀念和感謝媽媽的辛勞。過去，由於物資相對較貧乏，韓國女性生產完，會以價格平民，但富含碘、鈣、蛋白質等營養成分的海帶來調養身體，而且一喝就是最少一個月。因為海帶湯不但容易吸收，還能幫助子宮收縮、排除污血，同時也能促進乳汁分泌。久而久之，便形成生日要喝海帶湯的傳統。

　　除了牛肉口味的海帶湯之外，韓國也有一些海帶湯專門店，提供更多

種選擇的海帶湯，像是**比目魚（광어，gwan-go）**、**鮑魚蛤蜊（전복조개，jon-bok－jo-gae）**等，也很受到歡迎。

那些不能喝海帶湯的日子

有一定要喝海帶湯的日子，在韓國也有不能喝海帶湯的日子。

雖然海帶湯經常出現在日常生活中，但是遇到兩種日子可是千萬碰不得，一是面試當天，再來就是考試的日子。因為海帶本身質感滑溜，面試者或考生擔心會就這樣溜下榜，所以避之唯恐不及。

那麼他們會吃什麼食物「助攻」呢？最常見的是**年糕（떡，ttok）**或**麥芽糖（엿，yot）**，希望能牢牢地黏在榜單上，就像我們會吃粽子，取「包中」的吉祥寓意一樣。

醒酒湯

해장국（hae-jang-kkuk）

醒酒湯可能以牛骨、牛血、豬排骨或明太魚，加入豆芽，蘿蔔或大白菜乾煮成，做法也因各地而異。

「해장」這兩個字來自於漢字的「解酲」，「酲」在中文的意思是「飲酒後身體不適、或酒後神智不清的樣子」。據說醒酒湯的出現和19世紀末仁川開港有關，當時港口有許多苦力，因此店家會將不用的內臟、碎肉、骨頭等拿來熬湯，提供給這些喝過酒的勞動者隔天吃，以解除宿醉。

至於常見的解酒湯有以豬排骨加辣椒粉熬成的**豬骨醒酒湯（뼈 해장국，ppyo hae-jang-kkuk）**，黃豆芽、蝦醬、湯醬油和高湯煮成的**豆芽醒酒湯（콩나물 해장국，kong-na-mul hae-jang-kkuk）**，適合腸胃敏感者、以明太魚乾家豆芽做成的**明太魚醒酒湯（황태 해장국，hwang-tae hae-jang-kkuk）**，以及以牛血和牛腿骨為湯底的**牛血醒酒湯（선지 해장국，son-ji hae-jang-kkuk）**等。

此外，前面提到的鱈魚湯、雪濃湯和牛骨湯等，也都是很好的醒酒湯喔！

「闇黑版」牛肉湯

辣牛肉湯

육개장（yuk-kkae-jang）

無論是雪濃湯或牛骨湯，都是不辣的且幾乎沒有調味，呈現牛肉原汁原味的精華。辣牛肉湯可說是「闇黑版」的牛肉湯，紅通通的湯汁說明它的辣度。以切碎的牛肉和蔥、豆芽、洋蔥等蔬菜，加入冬粉長時間燉煮，鹹香辛辣的滋味讓人上癮。值得一提的還有，辣牛肉湯的韓文名稱其實是由「肉」（육）和「醬」（장）組成，意思是「放入牛肉的醬」。

湯類料理相關單字和常見菜單

（湯較多的）湯
국（guk）

（料較多的）湯
탕（tang）

 海帶湯
미역국（mi-yok-kkuk）

比目魚海帶湯
광어 미역국
（gwan-go mi-yok-kkuk）

鮑魚蛤蜊海帶湯
전복조개 미역국
（jon-bok - jo-gae mi-yok-kkuk）

醒酒湯
해장국（hae-jang-kkuk）

豬骨醒酒湯
뼈 해장국
（ppyo hae-jang-kkuk），

豆芽醒酒湯
콩나물 해장국
（kong-na-mul hae-jang-kkuk）

明太魚醒酒湯
황태 해장국
（hwang-tae hae-jang-kkuk）

牛血醒酒湯
선지 해장국
（son-ji hae-jang-kkuk）

雪濃湯
설렁탕（sol-rong-tang）

韓方雪濃湯
한방 설렁탕
（han-bang sol-rong-tang）

年糕雪濃湯
떡 설렁탕（ttokssol-rong-tang）

餃子雪濃湯
만두 설렁
（man-du sol-rong-tang）

年糕餃子雪濃湯
떡만두 설렁탕
（ttong-mandu sol-rong-tang）

排骨雪濃湯
갈비 설렁탕
（gal-bi sol-rong-tang）

牛排骨湯
갈비탕（gal-bi-tang）

鮑魚牛排骨湯
전복 갈비탕
（jon-bok gal-bi-tang）

章魚牛排骨湯
낙지 갈비탕
（nak-jji gal-bi-tang）

 **牛骨湯**
곰탕（gom-tang）

牛腩湯
양지탕（yang-ji-tang）

牛尾湯
꼬리곰탕（kko-ri-gom-tang）

牛膝骨湯
도가니탕（do-ga-ni-tang）

辣牛肉湯
육개장（yuk-kkae-jang）

 **蔘雞湯**
삼계탕（sam-gye-tang）

韓方蔘雞湯
한방 삼계탕
（han-bang sam-gye-tang）

土種蔘雞湯
토종 삼계탕
（to-jong sam-gye-tang）

紅蔘蔘雞湯
홍삼삼계탕
（hong-sam-sam-gye-tang）

山蔘蔘雞湯
산삼삼계탕
（san-sam-sam-gye-tang）

鮑魚蔘雞湯
전복 삼계탕
（jon-bok sam-gye-tang）

人蔘酒
인삼주（in-sam-ju）

馬鈴薯排骨湯
감자탕（gam-ja-tang）

海鮮湯
해물탕（hae-mul-tang）

鱈魚湯
대구탕（dae-gu-tang）

辣魚湯
매운탕（mae-un-tang）

豆芽湯
콩나물국（kong-na-mul-kkuk）

年糕湯
떡국（ttok-kkuk）

韓國三大必嚐名鍋

前 面介紹完湯，喜歡吃料勝過喝湯的人，當然也不能錯過韓式鍋物料理：加入海鮮的豆腐鍋、以豬肉或魚為主要食材的辛奇鍋，還是櫛瓜和豆腐當作基本成員的大醬湯……爽辣鹹香的滋味讓人垂涎，配上一碗白飯，飽餐一頓感受大大滿足。

嫩豆腐鍋

순두부찌개（sun-du-bu-jji-gae）

製作嫩豆腐鍋前，必須先做醬料，將肉末（一般選擇豬肉）和醬油、糖、辣椒粉一起炒到收汁，最後淋上香油攪拌，就完成這道料理最重要的精華。接著在陶鍋中加入想要的食材，生蚵和蛤蜊等海鮮，或是豬肉或牛肉等肉片，加上醬料一同煮熟，最後打上一顆生雞蛋就大功告成。雖然是道簡單的料理，卻非常好吃，深受台灣人喜愛！

辛奇鍋

김치찌개（gim-chi-jji-gae）

辣中帶酸的口感是辛奇鍋的特色，因此選擇完全發酵的老辛奇，散發出的酸味更對味。

辛奇鍋製作前，用辛奇汁稍微醃製豬肉，接著以油將蒜泥和薑末一同爆香，放入辛奇、豬肉或蔥段炒到變色，加水滾沸。然後放進嫩豆腐、金針菇和洋蔥等蔬菜一同燉煮，並且以醬油、辣椒粉和糖等調味，直到滾沸燉煮入味。除了豬肉以外，常見的還有使用鮪魚罐頭的鮪魚片，部分靠海的地方也會以鯖魚取代豬肉。

大醬湯

된장찌개 (dwen-jang-jji-gae)

有人說如果要知道一家餐廳好不好吃，點上一碗大醬湯就能知道答案。

在韓國大醬湯代表媽媽的味道，是道家家都會做的家常料理。大醬類似日本味噌，但口味更鹹一些，可以與海鮮、牛肉或蔬菜燉製成湯。做法非常簡單，只要將大醬放入鍋中，加水泡香菇的水攪勻，開火後依次放入蒜泥、櫛瓜、香菇和洋蔥，最後放入豆腐，滾熟後即可上桌。如果加上肉類或海鮮，可以讓味道更有層次！

＊按照原文，大醬湯應該翻譯為「大醬鍋」，不過因為中文普遍採用「大醬湯」這個名稱，所以沿用。

「闇黑版」的大醬

清鞠醬

청국장 (chong-guk-jjang)

清鞠醬和大醬一樣都是用大豆發酵而成。不同的是大醬比較費工，需要先搗碎，加入辣椒、鹽等材料製成的醬水醃製後，撈出再密封發酵。清鞠醬則是將大豆煮熟後放入容器中，直接放在角落溫暖地方發酵即可。

兩者味道來說，可以像日本納豆一樣拉出細絲的清鞠醬，味道更加濃郁，且強烈的獨特氣味有人形容像腳臭，讓某些人不敢領教。然而擁有豐富維他命 B2，同時有增強腸胃吸收功能的清鞠醬，對身體非常有益，也常和辛奇、豆腐等一起放入陶鍋熬煮成湯。不過據說每個人做出來的**清鞠醬鍋（청국장찌개，chong-guk-jjang-jji-gae）**味道都不同，有的散發出強烈到連門外經過都能聞到的刺鼻氣息，有的卻反而比大醬湯味道還清淡！？

湯鍋料理相關單字和常見菜單

（湯）鍋
찌개（jji-gae）

嫩豆腐鍋
순두부찌개
（sun-du-bu-jji-gae）

辛奇嫩豆腐鍋
김치순두부찌개
（gim-chi-sun-du-bu-jji-gae）

海鮮嫩豆腐鍋
해물순두부찌개
（hae-mul-sun-du-bu-jji-gae）

辛奇鍋
김치찌개（gim-chi-jji-gae）

豬肉辛奇鍋
돼지고기김치찌개
（dwae-ji-go-gi-gim-chi-jji-gae）

鮪魚辛奇鍋
참치김치찌개
（cham-chi-gim-chi-jji-gae）

海鮮辛奇鍋
해물김치찌개
（hae-mul-gim-chi-jji-gae）

鯖魚辛奇鍋
고등어김치찌개
（go-deung-o-gim-chi-jji-gae）

秋刀魚辛奇鍋
꽁치김치찌개
（kkong-chi-gim-chi-jji-gae）

大醬湯
된장찌개（dwen-jang-jji-gae）

豬肉大醬湯
돼지고기된장찌개
（dwae-ji-go-gi-dwen-jang-jji-gae）

牛肉大醬湯
소고기된장찌개
（so-go-gi-dwen-jang-jji-gae）

海鮮大醬湯
해물된장찌개
（hae-mul-dwen-jang-jji-gae）

另類湯鍋——部隊鍋

해장국（hae-jang-kkuk）

是湯鍋還是火鍋？

以「찌개」來說，通常是煮熟後才端上桌，不過部隊鍋卻是上桌後才開火將食材煮熟，因此本質上來說，部隊鍋其實比較偏向火鍋（전골）。不過部隊鍋並不是傳統的韓國料理，而是在韓戰後才誕生的食物，或許這就是它命名跳脫傳統模式的原因？

部隊鍋的誕生

1948 年時，韓半島分立為朝鮮民主主義人民共和國（北韓）和大韓民國（南韓）兩個國家，在雙方都想統一對方的情況下，1950 年發生了韓戰，許多國家也分成中蘇和英美（聯合國部隊）為首的兩派，捲入這場戰爭。

戰後為了保護首爾，許多美軍部隊進駐不遠處的議政府市，當時南韓歷經長達 4 年的戰爭，陷入物資極度缺發的狀態，因此老百姓就將軍隊餐後剩餘的肉塊、火腿和香腸等食材打包，放在鍋子裡加入辣椒醬煮成一鍋湯充饑，當時這種湯被稱為**聯合國湯（UN 탕，u-n-tang）**。

1966 年時，時任美國總統的詹森拜訪韓國，韓國人對他留下深刻印象，因此又將這個湯改名為**詹森湯（Johnson 탕，jyan-seun-tang）**。至於部隊鍋這個名字，則是一直要到 1970 年代才出現……隨著時間改變，部隊鍋的材料也越來越豐富，除了火退和香腸以外，還有香菇、豆腐、培根、焗豆、辛奇、年糕、泡麵和起司片等。

一人份的部隊鍋

部隊鍋原本是多人共享的食物，不過因為越來越多的外國人前往韓國旅行，其中不乏個人遊客，因此有些餐廳也開始推出一人份的部隊鍋。

正常的部隊鍋是上桌後才點火煮熟食物，至於一人份的部隊鍋則是先煮熟，再以陶鍋或陶碗盛裝上桌，提供客人享用。因此如果你點的是一人份的部隊鍋，就無法享受加湯服務，當然也不能再續泡麵！

部隊鍋／火鍋相關單字和常見菜單

部隊鍋
부대찌개 (bu-dae-jji-gae)

牛五花肉部隊鍋
우삼겹부대찌개
(u-sam-gyop-bu-dae-jji-gae)

什錦部隊鍋
섞어부대찌개
(so-kko-gyop-bu-dae-jji-gae)

（加湯的）湯水
국물 (gung-mul)

火腿
햄 (haem)

香腸
소시지 (sso-si-ji)

午餐肉
스팸 (seu-paem)

烏龍麵
우동 (u-dong)

培根
베이컨 (bei-kon)

白飯
공기밥 (gon-ggi-ppap)

起司
치즈 (chi-jeu)

火鍋
전골 (jon-gol)

牛五花肉
우삼겹 (u-sam-gyop)

海鮮火鍋
해물전골 (hae-mul-jon-gol)

泡麵
라면 (ra-myon)

辛奇火鍋
김치전골 (gim-chi-jon-gol)

韓國四大代表性湯飯

湯飯，是韓半島三大飲食之一，顧名思義有湯也有飯，那它究竟算是湯還是飯？主角又是湯還是飯？其實在這道料理中，湯和飯缺一不可，兩者相輔相成。從韓國選擇多樣的湯飯來看，可見它普及且受歡迎的程度，其中全州、統營、釜山和大邱的代表性湯飯特別有名，下次去一定要吃吃看。

韓國各地代表湯飯

釜山 豬肉湯飯
돼지국밥（dwae-ji-guk-ppap）

關於豬肉湯飯的由來，有一說是韓戰時期，釜山的難民撿了美軍部隊裡不要的豬骨、豬頭肉、豬內臟做成雜碎湯飯，結果意外的味道可口，便流傳至今。其實豬肉湯飯並不是釜山獨有的特產，慶尚道一帶包括密陽在內，都能發現這道鄉土料理，不過各地做法略有不同、口味也有所差異。

看似做法簡單的湯飯，其實非常耗費功夫，要先將豬骨、洗淨後汆燙，並且加入蔥、薑、料酒等調味料去腥，接著煮上很長一段時間。至於釜山的豬肉湯飯為什麼特別有名？關鍵就在於當地熬成乳白色的湯汁充滿骨肉的香氣！

供應豬肉湯飯的店家，通常也有**血腸湯飯（순대국밥，sun-dae-guk-ppap）、內臟湯飯（내장국밥，nae-jang-guk-ppap）**，以及三者都有

的**混合湯飯（섞이국밥，sokki -guk-ppap）**。除單吃外，特別推薦加入韭菜和蝦醬調味，更能增加口感和味道。

分式湯飯還是牛骨湯飯？

在韓國，湯飯除了直接把飯放在湯中之外，也有另外以碗裝飯，分開上桌的分式湯飯。分式湯飯的韓文名稱是「따로국밥」，和牛骨湯飯一樣，因為牛骨湯飯的名稱正是取自於這種上菜方式。

那麼去吃湯飯時怎麼知道它到底是分式湯飯？還是牛骨湯飯？如果你看到店家菜單上同樣的湯飯有標出「국밥」和「따로국밥」兩種，表示它有「湯飯」和「分式湯飯」可以選擇，而且分式湯飯通常會比湯飯稍微貴個 500~1,000 韓元。當然如果不放心，不妨多詢問店家一聲。

展現物產風貌的韓式料理

大邱 牛骨湯飯
따로국밥（tta-ro-guk-ppap）

牛骨湯飯是大邱的代表美食之一，以牛骨長時間熬製湯底，加上新鮮的牛肉和**牛血（선지 , son-ji）**，以及蘿蔔、大蔥調味料燉煮而成，滿滿的料和濃郁的滋味，深受當地人喜愛。

如果直接翻譯牛骨湯飯的韓文名稱，應該是「分式湯飯」，因為飯沒有放在湯裡，而是分開盛裝的。據說因為以前慶尚道貴族認為把飯泡在湯裡吃的樣子不好看，所以會把湯和飯分開來吃。

在大邱當地有間被指定為韓國傳統文化保存國－牛骨湯飯（국일따로국밥），歷史超過 70 年的它，在不斷改良菜色的同時，引用了上述湯、飯分開上桌的方式，從此成為大邱特有的傳統食物！

©韓國觀光公社

統營 鮮蚵湯飯
굴국밥（gul-guk-ppap）

小的叫蚵、大的叫蠔、帶殼的叫牡蠣，說的都是同一種東西，因此也有人翻譯為牡蠣湯飯。素有「海中的牛奶」之稱的它，雖然營養價值高熱量卻很低，是非常好的食材，而且一年四季都吃得到。慶尚南道擁有許多豐富的海產，其中統營更以蚵／蠔聞名，也因此鮮蚵湯飯成為當地的必嚐美食之一。

© 韓國觀光公社

全州 豆芽湯飯
콩나물국밥(kong-na-mul-
guk-ppap)

　　不需要土地，只有有水就能發芽
的豆芽，雖然是一種非常常見的豆類
蔬菜，不過卻擁有非常高的營養價值。
豆芽湯飯是全州知名的鄉土料理，使
用的是黃豆芽，如果以鯷魚熬煮高湯
製作，味道更加鮮美。它同時也是很
好的醒酒湯，特別是如果全州人喝了
馬格利，隔天早上常用它來解酒。

湯飯相關單字和常見菜單

湯飯
국밥（guk-ppap）

分式湯飯
따로국밥（tta-ro-guk-ppap）

肉類 豬肉湯飯
돼지국밥
（dwae-ji-guk-ppap）

血腸
순대（sun-dae）

血腸湯飯
순대국밥（sun-dae-guk-ppap）

內臟湯飯
내장국밥（nae-jang-guk-ppap）

混合湯飯
섞이국밥（sokki -guk-ppap）

白切肉／水煮肉
수육（su-yuk）

牛骨湯飯
따로국밥（tta-ro-guk-ppap）

牛血
선지（son-ji）

牛血湯飯
선지국밥（son-ji-guk-ppap）

牛肉湯飯
소고기국밥
（so-go-gi-guk-ppap）

牛頭肉湯飯
소머리 국밥
（so-mo-ri guk-ppap）

清雞湯湯飯
닭곰탕국밥
（dak-kkom-tang-guk-ppap）

辣雞湯飯
닭개장국밥
（dak-kkae-jang-guk-ppap）

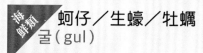
蚵仔／生蠔／牡蠣
굴（gul）

鮮蚵湯飯
굴국밥（gul-guk-ppap）

辛奇鮮蚵湯飯
김치 굴국밥
（gim-chi gul-guk-ppap）

海藻湯飯
매생이 국밥
（mae-saeng-ni guk-ppap）

海藻鮮蚵湯飯
매생이 굴국밥
（mae-saeng-ni gul-guk-ppap）

豆芽湯飯
콩나물국밥
（kong-na-mul-guk-ppap）

辛奇豆芽湯飯
김치 콩나물국밥
（gim-chi kong-na-mul-guk-ppap）

菜乾湯飯
시래기국밥
（si-rae-gi-kkuk-ppap）

河蜆湯飯
재첩국밥
（jae-chop-kkuk-ppap）

© 韓國觀光公社

香噴噴的 米食料理

韓國的三大糧倉

關於韓半島種植稻米的歷史，根據曾經出土、約 5,000 年前被火燒過的稻米，可以回溯到史前時代。

韓國境內地形多山，大約三分之二的國土面積都是山地，適合耕作的平原只占不到五分之一，主要分布在南部和西部的河流及沿海地帶。其中位於全羅北道西部、又稱為「全州平原」的湖南平原（호남평야），面積約 500 平方公里，是整個韓半島上最大的平原，開發歷史悠久的它是韓國最大的糧食產區。

位於全羅南道榮山江沿岸的沖積平原和準平原——全南平原，面積約 300 平方公里，又稱為「羅州平原」的它，在過去全羅南北道尚未劃分、通稱為全羅道時，和湖南平原一同被稱為韓國的糧倉。同樣是韓國重要糧食生產基地的，還有第三大平原金海平原，位於慶尚南道洛東江下游，這座沖積平原面積大約 220 平方公里。這些平原肥沃的土地，支撐著韓國的民生所需。

展現物產風貌的韓式料理

御用利川米

位於京畿道東南部的利川（이천），以廣闊的平原成為韓國數一數二的稻米產地，當地米質優良，朝鮮時代曾經進貢給王室，因此讓它有「御用米」的頭銜。

當時進貢的是一種名為「紫彩米」的糯米品種，這種韓半島上最早收成的第一批米，自然成為祭祀典禮上最具代表性的祭品之一。不過由於種植費事，如今紫彩米已經停產，然而利川米響叮噹的名號還是流傳下來。除了當地許多打著利川米的大型餐廳吸引遊客前往之外，每年 10 月還會舉辦利川米文化節（이천쌀문화축제），讓人感受它的美味。

韓式定食

韓國食物主要以飯和菜組成，韓式定食就是以此為基礎所發展出來的套餐，根據食材高檔與否或多樣程度，主要可分為韓定食、定食和白飯定食三種。韓定食

韓定食
한정식（han-jong-sik）

韓定食是最高檔的韓式定食，據說最初是士大夫模仿君主食用的宮廷料理，結合各地特有的飲食，衍生出的班家（貴族）料理。除主食外，桌上擺滿數十道菜，展現招待者的慷慨。在韓劇中經常可以看見企業家和政治人物出入這樣的高級餐廳。

白飯定食
백반（baek-ppan）

最平實的韓式定食，白飯定食類似定食，不過配菜少上許多，大約就是配一碗飯的程度。它的出現和韓戰有關，許多戰後失去丈夫的女性為求生存，必須外出工作，在欠缺資金和工作經驗的情況下，搬出過去家中拿手小菜開餐館賺錢，是最快的方式，因此誕生了白飯定食。過去只有飯、湯和小菜，如今白飯定食也有烤魚和烤肉等 2~3 樣主菜可以選擇。

定食
정식（han-jong-sik）

屬於中等的韓式定食，搭配主食的配菜和小菜一樣多達 20~30 種，整桌滿滿的食物讓人胃口大開，可以吃到許多出現在韓國家庭料理中的食物，像是鯖魚燉蘿蔔、炒魚板、滷杏鮑菇等。

拌飯

비빔밥（bi-bim-ppap）

提起最受歡迎的韓國食物，拌飯絕對名列其中，甚至可説是最具代表性的韓國料理。

拌飯名稱中的「비빔」是「混合」的意思，「밥」則是「飯」，顧名思義就是「把各種食材均勻混合食用的飯」。有關它的起源眾説紛紜：進貢到王室的鄉土美食、祭祀後將豐盛祭拜食物放在飯上拌著一起吃的習俗，以及因為壬辰倭亂誕生的戰爭食物……

五顏六色的拌飯挑起人們的食慾，除了主菜，通常必須包含三種顏色的當季蔬菜：綠色的菠菜、櫛瓜等，白色的綠豆芽、白蘿蔔絲等，褐色的蕨菜、香菇等，有的會打上一顆生雞蛋，或放上太陽蛋或蛋絲。形成紅、綠、黃、白、黑五行顏色。

吃的時候視個人喜好加入芝麻油和辣椒醬，大快朵頤的同時，也能同時攝取到蛋白質、脂肪、維生素和礦物質等多種營養。值得一提的還有，最適合拌飯的米和我們炒飯一樣，得粒粒皆分明。如此一來，攪拌時才能讓味道附著在米粒上。

韓國各地擁有許多具代表性的拌飯，以生牛肉為主角的**晉州拌飯（진주비빔밥，jin-ju-bi-bim-ppap）**、主菜為炒牛肉的**平壤拌飯（평양비빔밥，pyong-yang-bi-bim-ppap）**、統營代表美食的**海鞘拌飯（멍게비빔밥，mong-ge-bi-bim-ppap）**，以及在山中寺廟可以吃到的野菜拌飯**（나물비빔밥，na-mul-bi-bim-ppap）**等，然而當中最有名的還是全州拌飯！

全州拌飯
전주비빔밥（jon-ju-bi-bim-ppap）

全州拌飯的歷史回溯到17世紀時當地南部市場的豆芽拌飯。先以牛肉熬煮的高湯來煮飯，接著把黃豆芽和飯放在一起燜熟，然後鋪上櫛瓜、桔梗、蘿蔔絲、蕨菜、香菇、菠菜等汆燙或稍微清炒過的蔬菜，加入白果、紅棗、松子、栗子和核桃，搭配切成絲的生牛肉，最後打上一顆生雞蛋，由於模樣非常美麗，因此讓它贏得「**花盤**」（**화반**, hwa-ban）的美名。

全州不只是拌飯的故鄉，還是**石鍋拌飯（돌솥비빔밥**, dol-sot-ppi-bim-ppap）的發源地，由當地的一家餐廳研發於1960年代，高溫讓米飯產生鍋巴，因此上桌後不妨先等一下再攪拌，就可以吃到有著焦香氣息的鍋巴。

安東假祭祀飯

안동 헛제삿밥（an-dong hot-jje-sat-ppap）

關於安東假祭祀飯的由來，據說是朝鮮時代兩班書生想打打牙祭所想出來的！

因為當時除祭祀外，很少有機會可以吃到肉或海鮮，於是他們為假祭祀準備了相同的食物，包括以大碗盛裝的豆芽、菠菜、蘿蔔絲、海帶、白菜、蕨菜六樣小菜，以及烤魚或烤肉、水煮蛋和煎餅。

吃的時候把飯倒在菜碗中攪拌，也因此有人認為拌飯可能因此演變而來。此外，假祭祀飯以醬油而不是辣椒醬拌飯，強調天然食材且盡量不使用調味料，傳統的烹調方式著重清爽口感和健康。

飯後來碗鍋巴湯吧！

除了石鍋拌飯，韓國還有**鐵鍋拌飯（가마솥비빔밥，ga-ma-sot-bi-bim-ppap）**，鍋底同樣會產生鍋巴。鐵鍋拌飯上來時，會把拌飯的食材用一個大碗盛裝，白飯則是裝在鐵鍋中，並且附上一壺熱水。

吃的時候，把飯舀到大碗中和食材充分攪拌，但記得別把所有的飯都盛完，留點在鍋底，將熱水倒進鐵鍋中蓋上鍋蓋，之後就有爽口的鍋巴湯可以喝。同樣的料理，有些餐廳也可以選擇石鍋拌飯或鐵鍋拌飯，價格比一般拌飯多一點。另外有些定食也會提供鐵鍋飯或石鍋飯喔！

定食／拌飯相關單字和常見菜單

韓定食
한정식（han-jong-sik）

定食
정식（jong-sik）

白飯定食
백반（baek-ppan）

黃花魚乾定食
굴비정식（gul-bi-jong-sik）

泥蚶定食
꼬막정식（kko-mak-jjong-sik）

章魚定食
낙지정식（nak-jji-jjong-sik）

拌飯
비빔밥（bi-bim-ppap）

黃銅碗拌飯
놋그릇 비빔밥
（not-kkeu-reut bi-bim-ppap）

石鍋拌飯
돌솥비빔밥
（dol-sot-ppi-bim-ppap）

鐵鍋拌飯
가마솥 비빔밥
（ga-ma-sot bi-bim-ppap）

晉州拌飯
진주비빔밥
（jin-ju-bi-bim-ppap）

平壤拌飯
평양비빔밥
（pyong-yang-bi-bim-ppap）

全州拌飯
전주비빔밥
（jon-ju-bi-bim-ppap）

生拌牛肉
육회（yuk-we）

生牛肉拌飯
육회 비빔밥
（yuk-we bi-bim-ppap）

韓牛生牛肉拌飯
한우 육회 비빔밥
（ha-nu yuk-we bi-bim-ppap）

鐵鍋生牛肉拌飯
가마솥 육회 비빔밥
（ga-ma-sot yuk-we bi-bim-ppap）

咸鏡道雞肉拌飯
함경도닭비빔밥（ham-gyong-do dak-ppi-bim-ppap）

海鮮類 海鞘拌飯
멍게비빔밥
（mong-ge-bi-bim-ppap）

海膽拌飯
성게비빔밥
（song-ge-bi-bim-ppap）

鮮蚵拌飯
굴비빔밥（gul-bi-bim-ppap）

章魚拌飯
낙지 비빔밥
（nak-jji bi-bim-ppap）

鮮蝦拌飯
새우 비빔밥
（sae-u bi-bim-ppap）

鮑魚拌飯
전복 비빔밥
（jon-bok bi-bim-ppap）

鮑魚章魚拌飯
전복 낙지 비빔밥
（jon-bok nak-jji bi-bim-ppap）

鮑魚鮮蝦拌飯
전복 새우 비빔밥
（jon-bok sae-u bi-bim-ppap）

生魚片拌飯
육회 비빔밥（we bi-bim-ppap）

魚卵拌飯
알 비빔밥
（al bi-bim-ppap）

蔬菜類 蔬菜拌飯
야채 비빔밥
（ya-chae bi-bim-ppap）

野菜拌飯
나물비빔밥
（na-mul-bi-bim-ppap）

松茸石鍋拌飯
송이 돌솥비빔밥
（song-i dol-sot-ppi-bim-ppap）

粥

죽 (juk)

韓劇中，每當有人生病或身體不舒服時，就會送上粥。

粥不但米粒和食材都煮的非常軟爛容易入口，同時營養、好吸收。不過韓國的粥和我們的鹹稀飯不太一樣，我們的稀飯通常還能看見完整的米粒，韓國的粥則幾乎呈現糊狀，那是因為在以高湯或水熬煮以前，韓國人通常會先將白米碾碎，或是使用糯米粉。

值得一提的還有韓國的紅豆粥，分為不甜和甜的兩種，鹹的是**冬至紅豆粥（동지 팥죽, dong-ji pat-jjuk）**，是韓國人冬至當天必吃的食物，加了糖的**甜紅豆粥（단팥죽, dan-pat-jjuk）**，則在平日被當成點心來吃，紅豆粥裡會加入**湯圓（새알심, sae-al-sim）**一起熬煮。

另外韓國的**綠豆粥（녹두죽, nok-ttu-juk）**也是略帶鹹味，和我們的綠豆湯也不一樣。韓國的粥選擇五花八門，沒嚐過的人一定要找機會試試！

為什麼韓國冬至要吃紅豆粥？

韓國人認為象徵太陽的紅色可以避邪，在冬至這個白天最短、夜晚最長的日子，不但要吃紅豆，有些人還會在家裡的角落灑上或擺上紅豆。此外，紅豆富含維他命和鈣質等維生素、礦物質，能在寒冷的冬天為身體補充能量。

紅豆粥裡的湯圓象徵著年齡（有一說湯圓數得按照年齡來放），所以才有吃過紅豆粥，才算長了一歲的說法。

粥相關單字和常見菜單

粥
죽 (juk)

白粥
흰죽 (hin-juk)

蔬菜粥
야채죽 (ya-chae-juk)

南瓜粥
호박죽 (ho-bak-jjuk)

甜南瓜粥
단호박죽 (dan-ho-bak-jjuk)

松子粥
잣죽 (jat-jjuk)

綠豆粥
녹두죽 (nok-ttu-juk)

冬至紅豆粥
동지 팥죽 (dong-ji pat-jjuk)

甜紅豆粥
단팥죽 (dan-pat-jjuk)

湯圓
새알심 (sae-al-sim)

海鮮粥
해물죽 (hae-mul-juk)

鮮蚵粥
굴죽 (gul-juk)

香菇鮮蚵粥
버섯 굴죽 (bo-sot gul-juk)

鮑魚粥
전복죽 (jon-bok-jjuk)

蔘雞粥
삼계죽 (sam-gye-juk)

蔘雞鮑魚粥
삼계 전복죽
(sam-gye jon-bok-jjuk)

牛肉香菇粥
소고기버섯죽
(so-go-gi-bo-sot-jjuk)

牛肉蔬菜粥
소고기야채죽
(so-go-gi-ya-chae-juk)

牛肉海帶粥
쇠고기미역죽
(swe-go-gi-mi-yok-jjuk)

年糕

떡（ttok）

提起韓國的年糕，大家腦海中首先浮現的大多是以辣椒醬翻炒得紅通通的辣炒年糕，或是經常和地鐵站外帶炸雞店的炸雞一起出現的炸年糕，要不就是出現在路邊攤的小熱狗年糕串，不過年糕在韓國還是特定節日必定出現的主角之一。

關於韓國年糕出現的歷史，據說比米飯還久，一方面因為韓半島在高句麗、百濟和新羅三國鼎力的三國時代戰爭頻傳，所有鐵器都被拿去做武器，哪有多餘的鐵可以製作煮飯的鐵鍋，再來就是當時的碾米技術還不夠發達，因此直接磨成粉做成年糕，接著以蒸籠蒸熟，更適合當時以部落為單位的群體生活和共食文化。

除了當成主食之外，打從朝鮮時代開始，年糕也是婚喪喜慶、祭祀、各種重大節日或家庭慶典上不可或缺的食物。因為人們獻給神明或祖先的供品，通常會準備祖先喜歡吃的東西，而年糕長時間當成韓國人的主食，自然就成為必備供品之一。

據說韓國年糕超過 200 種，除了過年要吃的年糕湯、中秋節要吃的松片以外，在傳統市場還可以看見包著紅豆、堅果、栗子等不同配料，或沾上黃豆粉，還是以南瓜、艾草或花葉等染色的年糕。因為是以糯米或粳米做成，加上天然蔬果或堅果，具備均衡的營養價值，而且比麵包、餅乾更容易消化。

年糕湯
떡국 (ttok-kkuk)

　　韓國人也過農曆新年，初一早上都會吃一碗年糕湯。以象徵「潔淨」的白色年糕，展開新的開始，也因此年糕湯成了**春節（설날, sol-ral）**的必備食物。而且吃過年糕湯，才算長了一歲。

　　長條年糕（가래떡, ga-rae-ttok）寓意長壽，年糕湯則採用切成圓片狀的年糕，因為看起來像太陽，搭配紅色的肉、綠色的蔥、黃色的雞蛋和黑色的海苔，對應陰陽五行的顏色。另外，韓國各地也有不同口味的年糕湯喔！

©韓國觀光公社

松片／松餅
송편 (song-pyon)

©韓國觀光公社

　　松片也稱為松餅，屬於年糕的一種，是韓國人**中秋節（추석, chu-sok）**當天用來祭祖、贈送親友或食用的傳統糕點之一，歷史回溯到高麗王朝。松片裡頭包上紅豆、栗子或堅果等內餡，外皮則以艾草、梔子花、龍舌蘭等花草植物，染成綠、黃、粉紅等顏色，蒸的時候底下墊著松針，也因此帶點淡淡的松樹香氣，這也是它為什麼叫做松片的原因。

年糕相關單字和常見菜單

年糕
떡 (ttok)

辣炒年糕
떡볶이 (ttoek-ppo-kki)

小熱狗年糕串
소떡소떡 (so-ttok-so-ttek)

長條年糕
가래떡 (ga-rae-ttok)

年糕湯
떡국 (ttok-kkuk)

鮮蚵年糕湯／牡蠣年糕湯
굴떡국 (gul-ttok-kkuk)

醬油雞肉年糕湯
닭장떡국 (dak-jjang-ttok-kkuk)

松片／松餅
송편 (song-pyon)

黃豆粉年糕
인절미 (in-jol-mi)

豆沙糕
개피떡 (gae-pi-ttok)

糯米糕
찹쌀떡 (chap-ssal-ttok)

艾草糕
쑥떡 (ssuk-ttok)

變化多端的 麵類食物

冷熱各有滋味的麵條

因為氣候不適合種植小麥，對過往的韓國人來說，用價格昂貴的小麥做成的麵條，是只有在婚體等特殊場合上才吃得到的奢侈品。然而韓戰後稻米短缺，為了減少以米為主食的韓國人食用白飯，政府鼓勵人們混食**粉食**（분식，**bun-sik**，韓文中的「麵食」也是來自這兩個字），也就是麵粉製品。得益於當時美國提供價格便宜的小麥，麵粉製品終於有了發展的機會，也以多種面貌出現在韓國今日的街頭巷尾。

熱騰騰才好吃的三大麵食

刀削麵
칼국수（kal-guk-ssu）

比起小麥，無論是在高海拔地區、甚至土壤貧瘠的土地也都能生長得很好的蕎麥，常被韓國人拿來做成麵條。只不過蕎麥久放後黏性變差，延展性也不太好，因此通常揉成麵團，以刀子切成條狀，做成所謂的刀削麵。

不過如今小麥在韓國身價不再「高不可攀」，現在不只蕎麥、小麥或混合兩者做成的刀削麵也很常見。

麵疙瘩
수제비(su-je-bi)

　　稍微拉開麵團，用拇指和食指把它捏成薄片狀，掰開，放入櫛瓜、洋蔥等蔬菜，以及昆布、鯷魚等食材熬煮而成的高湯裡，直到麵疙瘩熟透，就可以上桌。韓國人很喜歡在下雨天的時候，搭配辛奇一起吃這道食物，在許多傳統市場裡，也可以看見許多賣麵疙瘩的店家。

©韓國觀光公社

喜麵／宴席麵
잔치국수(jan-chi-guk-ssu)

　　看過韓劇《驅魔麵館》嗎？姊姊麵館裡的招牌麵就是喜麵。喜麵的韓文名稱直接翻譯是「宴席麵」，因為這道料理總是出現在韓國的婚宴或壽宴（特別是 60 大壽）上。

　　以小麥做成的麵條，擁有很好的延展性，可以拉的更長更細，有著「長長久久」、「長壽」的象徵，所以無論是結婚或是慶這生日這種場合，都很合適。再加上過去小麥價格昂貴，因此喜麵可是宴會上才吃得、招待賓客的食物，地位有別於一般麵條，更有一說它原本是傳統的宮廷料理……

　　也稱為「湯麵線」的喜麵，如今不再專屬於宴席，坊間也有一些專賣喜麵的餐廳，再也不用苦苦得別人結婚才吃得到啦。不過在韓國當看到適婚年齡的男女時，還是有人會以：「什麼時候請吃麵？」來詢問對方何時要請喝喜酒！

越冷越要吃的冷麵

順應「以熱治熱、以冷治冷」的飲食觀，夏天吃蔘雞湯，冬天吃的就是**冷麵（냉면，naeng-myon）**了。冷麵的歷史非常悠久，這種「在冰涼的水中泡麵吃」的食物，最早可以回溯到高麗時期，試想在以前沒有什麼冷藏設備的年代，想取得冰塊，最有機會也就是冬天了。

到了朝鮮時代，冷麵已經成為深受大眾喜愛的食物，就連君王也不例外，據說高宗特別喜歡加了很多水梨、放滿肉片和松子的冷麵。以蘿蔔水辛奇為湯底，加入鹽、醋、醬油等調味，口感帶酸且爽口，因為麵條以蕎麥做成，還具備消除脾胃濕氣和腸胃滯氣的功效。

隨著時間演變，冷麵也出現了不同的口味變化，像是以牛肉取代豬肉、加入辣椒粉等，此外在各地也衍生出不同做法。甚至，成為韓國人的夏日消暑聖品之一！

平壤冷麵
평양냉면（pyong-yang-naeng-myon）

　　還記得 2018 年 4 月舉行的南北韓高峰會？文在寅和金正恩會後晚宴吃的其中一道食物就是平壤冷麵。平壤冷麵是北韓的驕傲，煮熟的麵條以黃銅碗盛裝，放入牛肉片、水辛奇、水梨片和水煮蛋，淋上冷牛肉牛骨湯或蘿蔔水辛奇湯，湯裡漂浮著碎冰，這 種 **水 冷 麵（ 물 냉 면 , mul-raeng-myon ）**成為韓國最具代表性的冷麵。

麥麵
밀면（mil-myon）

　　冷麵來到釜山，變成了麥麵，因為當地的麵條是以小麥做成的。

　　回到當時的時空背景，韓戰時往南逃難的人們因為想念故鄉食物，在戰時糧食缺乏的年代，找不到蕎麥或馬鈴薯，因此利用唯一能拿到的美援小麥，將麵粉做成了麵條，演變成日後釜山獨特的冷麵。

　　麥麵湯汁主要以雞、豬或牛骨頭熬成，裡頭會加點甘草、桂皮等藥材，好讓下肚的麵條更好消化。

咸興冷麵
함흥냉면（ham-heung-naeng-myon）

　　咸興是昔日朝鮮八道之一的咸鏡道（함경도）的道府，同樣位於今日的北韓。和平壤冷麵一樣，因為韓戰隨著北韓人南移，不過它和平壤的水冷麵非常不同，首先它是沒有湯汁的**（ 辣 ）拌冷麵（ 비빔냉면 , bi-bim-naeng-myon ）**，麵條主要以馬鈴薯（現在有的也使用地瓜）做成，放上生魚片，加入由辣椒粉調味的醬料一同攪拌，口感酸中帶辣又有點甜。

　　正是因為咸興冷麵的出現，餐廳

才開始附上剪刀，因為蕎麥麵沒有什麼彈性，很容易斷，馬鈴薯做成的麵條可就充滿咬勁，如果不先剪斷，可是會把自己給搞得很狼狽。

豆漿麵

콩국수（kong-guk-ssu）

除了前面提到的冷麵，韓國還有一種豆漿麵，因為也是冷冷的吃，也能算是冷麵的一種。豆漿麵的做法非常簡單，將大豆加水打磨成濃稠的豆汁，有的人還會加入一點糖或一點鹽提味，然後將它淋在煮熟且冰鎮過的麵條上就完成了。

豆漿擁有非常高的蛋白質和礦物質，是一道夏天可以幫助你體內降溫，還能為你補充營養、帶來能量的食物。

麵類相關單字和常見菜單

麵食／粉食
분식（bun-sik）

麵條
국수（guk-ssu）

刀削麵
칼국수（kal-guk-ssu）

海鮮刀削麵
해물칼국수
（hae-mul-kal-guk-ssu）

辛奇刀削麵
김치칼국수
（gim-chi-kal-guk-ssu）

紫蘇刀削麵
들깨칼국수
（deul-kkae-kal-guk-ssu）

辣味刀削麵
얼큰칼국수
（ol-keun-kal-gu-kssu）

鯷魚刀削麵
멸치칼국수
（myol-chi-kal-guk-ssu）

（辣）拌刀削麵
비빔칼국수
（bi-bim-kal-guk-ssu）

刀削冷麵
냉칼국수（naeng-kal-guk-ssu）

麵疙瘩
수제비（su-je-bi）

海鮮麵疙瘩
해물수제비（hae-mul-su-je-bi）

辛奇麵疙瘩
김치수제비（gim-chi-su-je-bi）

紫蘇麵疙瘩
들깨수제비
（deul-kkae-su-je-bi）

辣味麵疙瘩
얼큰수제비（ol-keun-su-je-bi）

刀削麵加麵疙瘩
칼제비（kal-je-bi）

喜麵／宴席麵
잔치국수（jan-chi-guk-ssu）

烏龍麵
우동（u-dong）

（辣）拌烏龍麵
비빔우동（bi-bim-u-dong）

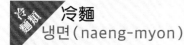 冷麵
냉면（naeng-myon）

水冷麵
물냉면（mul-raeng-myon）

（辣）拌冷麵
비빔냉면（bi-bim-naeng-myon）

平壤冷麵
평양냉면
（pyong-yang-naeng-myon）

咸興冷麵
함흥냉면
（ham-heung-naeng-myon）

蕎麥麵
메밀국수（me-mil-guk-ssu）

蕎麥冷麵
물메밀국수
（mul-me-mil-guk-ssu）

（辣）拌蕎麥麵
비빔밀국수
（bi-bim-mil-guk-ssu）

麥麵
밀면（mil-myon）

水麥麵
물밀면（mul-mil-myon）

（辣）拌麥麵
비빔밀면（bi-bim-mil-myon）

名為「拉麵」的泡麵

日本拉麵聞名於世，因此許多人初次聽到或看到韓國「拉麵」時，不免滿腦子疑惑：這不是泡麵嗎？沒錯，韓國的**泡麵（라면，ra-myon）**發音和日本拉麵相似，據說因為當時從日本引進泡麵製造技術時，直接採用了日本泡麵的名稱！

泡麵共和國的誕生

1958 年時，日清食品創辦人安藤百福發明了全世界第一個泡麵——雞絲拉麵（チキンラーメン），這個被譽為 20 世紀最偉大的發明之一，為全世界的飲食文化帶來了革命性的改變。泡麵的誕生和糧食不足有關，對以米為主食的人來說，吃麵食總覺得不夠飽足，因此安藤把麵條油炸，讓香噴噴的感覺減輕了食用時的空腹感。

當時的韓國也同樣面對缺糧問題，需要能夠迅速填飽肚子且便宜的食物，因此三養食品創辦人全仲潤赴日本取經後，在 1963 年推出了韓國第一包泡麵**三養拉麵（삼양라면，sam-yang-na-myon）**。據說，最初的泡麵是不辣的，前總統朴正熙覺得味道太淡，因此向三養提出加辣椒粉的想法。

從最初的袋裝泡麵，到後來碗裝和杯裝泡麵的出現，以及各式各樣的品牌和口味，韓國泡麵發展百家爭鳴，不僅普及，更成為韓國日常生活中不可或缺的食物。根據 2021 年的統計，

全世界消耗泡麵最多的國家是韓國，每人平均一年吃掉將近 80 碗泡麵，也難怪韓國泡麵市場如此百花齊放。

至於**日式拉麵**在韓國叫做什麼？直接以日文音譯為**「라멘」（ra-men）**，下次去韓國可別搞錯囉！

泡麵怎麼吃？

泡麵講求快速、方便，熱水一倒，等個 3 分鐘就能大快朵頤。不過韓國袋裝泡麵必須用煮的，因為麵條比較粗，光用熱水泡不開，為了加快導熱速度，韓國人會用黃銅鍋煮泡麵。然而隨著**碗麵（사발면，sa-bal-myon）**和**杯麵（컵라면，kom-na-myon）**的問世，採用了比較細的麵條，就能直接以熱水沖泡！

至於韓國人吃泡麵時會搭配什麼？煮拉麵常會放入大蔥、豆芽、海鮮、雞蛋等配料，如果是直接泡的碗麵或杯麵，會搭配辛奇或魚糕，有些人最後還會加入白飯，伴著湯汁一起吃，增加飽足感。

展現物產風貌的韓式料理

必吃六款韓國國民泡麵

辛拉麵

신라면
（sil-ra-myon）

價格便宜又好吃，韓國人心中永遠的第一名！

真拉麵

진라면
（jil-ra-myon）

和辛拉麵推出時間差不多的老牌，口碑也不錯，分辣味與原味，杯麵比較好吃！

安城湯麵

안성탕면
（an-song-tang-myon）

超市常看到的拉麵品牌，口感偏清爽版的辛拉麵。

狸拉麵

너구리(no-gu-ri)

特色是內含一大片海帶塊與魚板塊，清爽口感，很適合女生。紅色包裝為辣味，橘色包裝則為原味。

辣海鮮湯麵

불짬뽕
（bul-jjam-ppong）

由韓國名廚李連福親自調配出最棒口味的辣海鮮湯麵

辣炒雞麵

불닭볶음면(bul-dak-ppo-kkeum-myon)

人氣超旺的黑色辣雞麵擁有中毒般的辣度，讓人又愛又恨，嗜試辣之人吃過後會想念的一款拉麵！

黑款：超辣原味　　粉紅款：奶油義大利麵　　黃款：辣起司　　綠款：辣炸醬

181

不是「饅頭」是餃子！

在 韓文中，**餃子稱為「만두」（man-du）**，發音和中文的「饅頭」相似，據說來自於蠻族人的頭「蠻頭」的諧音，因為朝鮮經歷清軍入侵的丙子胡亂，所以將這種原本名為**霜花**（**쌍화, ssang-hwa**）、來自中國的食物改名，大有咀嚼敵人首級的意思……

變化多樣的包餡麵食

　　韓國人吃餃子的歷史非常悠久，有一說是 14 世紀時由元朝傳入，高麗歌謠《霜花店》（쌍화점）歌名，指的就是販售這類包餡麵食的店家。

　　以小麥或蕎麥製作外皮，裡頭包上肉、蔬菜、豆腐等剁碎而成內餡，或蒸或煮熟後享用。根據古書記載，使用魚肉和鮑魚做成餃子曾出現在宮廷菜餚中，朝鮮仁祖就非常喜歡鮑魚餃子。

　　餃子在韓國北方也被視為節日食物，他們在新年時包餃子，做成餃子湯來吃，就像韓國南方過年吃年糕湯一樣（小麥和蕎麥主要產於北方）。如今，餃子已經是韓國非常常見的麵食，也出現各種不同口味和料理方式，大邱還有自己特有的**扁餃子（납작만두, nap-jjang-man-du）**呢！

究竟是大餃子還是包子？

除了「만두」之外，還有**「왕만두」**（wang-man-du）。

「왕」來自於漢字中的「王」，有著「大」的意思，除了指**大餃子**之外，更多時候「왕만두」指的是**包子**，特別是肉包！

「두」其實是包餡麵食的統稱，包括**餃子（교자, gyo-ja）**和**包子（포자, po-ja）**，雖然一般「만두」指的是餃子，「만두」指的是包子，不過有時可能會有例外，如果不確定，不妨先跟店家確認一下。

滿足心理需求的蒸包

韓國還有一種包子稱為**「蒸包」**（**찐빵**, jjin-ppang），在過去只有紅豆餡，因此也有人直接翻譯為「豆沙包」。不過隨著時代發展，蒸包陸續

出現地瓜、南瓜、甚至蔬菜和披薩等，不只甜的、還有鹹的口味……然而如果沒有特別說明，蒸包通常還是以豆沙餡為主。

蒸包的韓文名稱來自於「찐」（蒸的）和「빵」（麵包）。有趣的是，雖然一樣是以以麵團包入內餡蒸熟的食物，蒸包卻不是以「만두」為名，而是使用「빵」，原因在於過去韓國的包子多以蕎麥製成，蒸包採用的卻是小麥！

如同前面所說，小麥在韓國是相對昂貴的原料，儘管韓戰後美國提供麵粉援助，不過對當時缺乏製作麵包器具的韓國人來說，想要吃到麵包並不容易。再加上麵包價格相對昂貴，也因此只有有錢人才吃得起，所以模樣類似麵包的蒸包提供了「代理補償」的作用，也因此出現了「蒸的麵包」的名稱。

餃子／包子常見菜單

餃子
만두（man-du）/
（교자，gyo-ja）

水餃
물만두（mul-man-du）

蒸餃
찐만두（jjin-man-du）

煎餃
군만두（gun-man-du）

餃子湯
만두국（man-du-kkuk）

年糕餃子湯
떡만둣국
（ttong man-dut--kkuk）

扁餃子
납작만두（nap-jjang-man-du）

辛奇餃子
김치만두（gim-chi-man-du）

鮮蝦餃子
새우만두（sae-u-man-du）

肉餃子
고기만두（go-gi-man-du）

排骨肉餃子
갈비만두（gal-bi -man-du）

馬鈴薯皮肉餃子
감자피고기만두
（gam-ja-pi-go-gi-man-du）

馬鈴薯皮辛奇餃子
감자피김치만두
（gam-ja-pi-gim-chi-man-du）

紫蘇葉蔬菜餃子
깻잎야채만두
（kkae-nnimn-ya-chae-man-du）

大餃子／包子
왕만두（wang-man-du）

包子
포자（po-ja）

肉包
고기왕만두
（go-gi- wang-man-du）

辛奇包子
김치왕만두
（nap-jjang-wang-man-du）

蒸包
찐빵（jjin-ppang）

異國的 家鄉滋味

中華料理的三大天王

韓國華僑的歷史回溯到 19 世紀末，當時清朝朝鮮大臣吳長慶平定了宣興大院君發動的「壬午軍亂」兵變，許多清國商人也跟著他一起來到了朝鮮。他們在濟物浦（今日的仁川）落腳，打造了一座中國城，除開設商店外也從事小吃生意，就此一家家中國餐廳如雨後春筍般出現，也誕生了日後中華料理中最熱門的三樣食物：炸醬麵、糖醋肉和炒碼麵。

顛覆傳統」的炸醬麵

黑乎乎且黏稠的醬汁淋滿整碗麵，第一次在韓國看到**炸醬麵（자장면, ja-jang-myon）**，大概很難不浮現黑人問號？因為實在和我們印象中的炸醬麵長得太不一樣了，不只如此，就連口味也大異其趣，居然還帶著甜味！

雖然稱為中華料理、確實也是由中國人發明，不過韓國的炸醬麵更確切的說是一種「混血」食物，有關它的歷史得先說到山東人的炸醬麵。早期從清朝前往濟物浦的中國人，大多是對岸山東半島的居民，山東人製作炸醬麵時，會先將煮好的麵過冷水，接著淋上加入肉末和甜麵醬炒製而成的醬料拌著吃。

然而 1948 年時，濟物浦的中華料理店「共和春」推出了一款前所未見的炸醬麵，廚師王松山把焦糖醬加入甜麵醬中，發明出更是符合韓國人喜好的甜味醬汁——春醬，並且直接淋在彈性十足且熱騰騰的麵條上，從此共和春被認定為韓國第一家推出炸醬麵的餐廳。

除了口味更適合韓國人，1960年代後因為韓國政府大力鼓勵食用麵食，加上美援麵粉讓麵食價格下降，讓原本韓國家庭只有在特殊日子才會品嚐的炸醬麵快速普及，如今成為韓國最常見的食物之一，據說韓國每年可以吃掉多達 700 萬碗！

值得一提的還有，你可能會在某些餐廳菜單上看到**乾炸醬麵（간짜장，gan-jja-jang）**，指的是麵和炸醬分開上桌的炸醬麵，等吃的時候再拌在一起。另外在仁川中國城裡的燕京大飯店，還提供一種**白炸醬麵（하얀짜장，ha-yan-jja-jang）**，是別的地方吃不到的特色炸醬麵。

展現物產風貌的韓式料理

仁川 炸醬麵博物館

身為韓國炸醬麵的發源地，原本生意做得風生水起的共和春，一度成為遊客前往仁川必定拜訪的美食餐廳和知名景點。不過 1980 年代後，韓國政府限制華僑的財產權，讓共和春大受影響，最終在 1983 年面臨倒閉……雖然餐廳已經消失，然而建築卻保存了下來，如今以**炸醬麵博物館（짜장면박물관）**之姿對外開放，重現炸醬麵在韓國一路以來的歷史。

Data

地址 인천광역시 중구 차이나타운로 56-14
電話 0 32-773-9812
時間 9:00~18:00，週一、元旦、春節、中秋節公休。
費用 成人 1,000 韓元、青少年 700 韓元
交通 首爾地鐵 1 號線在仁川站下，從 1 號出口離開後步行約 5 分鐘。

引發醬料論戰的糖醋肉

　　過去韓國經濟稍微寬裕的家庭，會在入學、畢業、生日或兒童節等特殊日子，全家一起外出用餐，中華料理正好滿足想嚐鮮的念頭。

　　既然都到餐廳吃飯，只有點麵怎麼可以，為了讓餐桌看起來更豐盛，散發濃郁香氣的**糖醋肉（탕수육，tang-su-yuk）**有著甜甜的口感，同時受到大人小孩的喜愛，也因此成為中國餐廳的熱門菜色之一！

　　和台灣的糖醋肉不同，韓國的糖醋肉不但沒有骨頭，吃起來還有著酥酥脆脆的口感。此外，做法上我們會將炸好的豬肉，與鹽、糖、番茄醬一同炒勻後再勾芡，韓國則是將醬料另外做好，接著淋在肉上一起吃，也因此醬汁比較多。

　　正因為醬料不是與肉一同烹煮，韓國前陣子還衍生出糖醋肉兩大派吃法：「倒吃」（부먹，bu-mok）和「蘸吃」（찍먹，jjing-mok），而這一切和韓國發達的外送文化有關。因為怕外送過程中倒在肉上的醬料會讓肉失去鬆脆的口感，因此店家通常會把肉和醬料分開，結果出現了蘸吃的新吃法，最後衍生出：究竟是把醬倒在肉上，還是拿肉蘸醬才是最好吃的論戰！

　　不過根據專家解釋，韓國糖醋肉的麵皮雖然酥脆，但很容易軟化，也因此將醬料直接倒在炸肉上，反而能讓它吸入更多醬汁、也更美味。不論答案為何，找到自己喜歡的吃法、吃得開心才最重要。

名稱讓人摸不著頭緒的炒碼麵

雖然打著中華料理的名號，第一次聽到「**炒碼麵**」（**짬뽕**，jjam-ppong）的華人，很多應該都不知道它到底是什麼？即使端上桌，可能還是一頭霧水，明明就是辣海鮮湯麵，哪來的「炒」和「碼」呢？

炒碼麵其實是一道源自湖南的什錦湯麵，原先是不辣的。「碼」在湖南方言中是「料」的意思，因為在加入大骨、老雞和火腿熬製的高湯煮沸之前，所有的食材比須先炒過，名稱也因此而來。

不過在成為韓國的中華料理以前，炒碼麵先去日本過了一趟鹹水：清朝末年許多商人和留學生前往日本，其中來自福建的陳平在九州長崎創立了一間中國餐廳「四海樓」，以用料豐富且美味的海鮮湯麵受到僑民和日本人的喜愛，因此打響了名號，這道食物也就是日後的「強棒麵」（ちゃんぽん）。

強棒麵不只成為九州的特產，也在日本統治韓國時期，隨著華僑從日本傳入韓半島，可說是一道同時承襲中國和日本文化的混血料理。援用日文的發音，韓文的炒碼麵同樣有著「混合」（食材）的意思。

然而為了符合韓國人的口味，最初原本是白湯的它，開始加入大量辣椒粉，味道因此變得辛辣，同時提高甜度與鹹度，今日的炒碼麵已經和強棒麵發展成兩種截然不同的食物。不過某些中華料理餐廳依舊可以吃到**白炒碼麵（하얀 짬뽕，ha-yan jjam-ppong）**，也就是不辣的炒碼麵。

中華料理相關單字和常見菜單

中華料理
중화요리 (jung-hwa-yo-ri)

炸醬麵
자장면 (ja-jang-myon)

乾炸醬麵
간짜장 (gan-jja-jang)

白炸醬麵
하얀짜장 (ha-yan-jja-jang)

辣味炸醬麵
고추짜장 (go-chu-jja-jang)

炒碼麵
짬뽕 (jjam-ppong)

托盤炸醬麵
쟁반짜장 (jaeng-ban-jja-jang)

白炒碼麵
하얀 짬뽕
(ha-yan jjam-ppong)

海鮮炸醬麵
해물짜장 (hae-mul-jja-jang)

辣味炒碼麵
고추짬뽕 (go-chu-jjam-ppong)

炸醬飯
 짜장밥 (jja-jang-bap)

乾炒碼麵
볶음짬뽕
(bo-kkeum-jjam-ppong)

醃黃蘿蔔
단무지 (dan-mu-ji)

炒碼飯
짬뽕밥 (jjam-ppong-bap)

糖醋肉
탕수육 (tang-su-yuk)

炒飯
볶음밥 (bo-kkeum-bap)

倒吃
부먹 (bu-mok)

蒸餃
찐만두 (jjin-man-du)

蘸吃
찍먹 (jjing-mok)

煎餃
군만두 (gun-man-du)

讓人選擇障礙的

麵包與甜點

五花八門 的麵包

我們所說的麵包，大多是以麵團烘烤而成，雖然形態各異，但大多有著類似的模樣。不過麵包（빵，ppang）這個字在韓文中，卻有不少跳脫我們印象的樣貌，像是之前提到的蒸包和鯽魚餅，雖然以「빵」為名，卻是包子和鯛魚燒。同樣的情形也出現在其他韓國糕點上，那是因為過去在韓國麵包屬於奢侈品，也因此只要外觀長得差不多，就可能以「麵包」來命名！

不同的麵包名稱

在韓國比較現代的麵包店或咖啡廳，可能也會看到店家直接把英文的「bread」音譯為**「브레드」**（beu-re-deu），和「빵」一樣，都是麵包的通稱。另外有時也會看到**「식빵」**（sik-ppang），由「食（用）」和「（麵）包」兩個字組成，除了泛指用餐時吃的麵包以外，通常特別指**長條麵包**，它可能有包餡，也可能是白吐司。

至於來自英文「toast」的**「토스트」**（to-seu-teu），雖然也是**吐司**，不

過大多說的是**煎吐司片**，特別是早餐店或三明治店中夾有餡料的三明治吐司。

酒釀蒸糕

술빵（sul-ppang）

在「麵包」前面加了個「酒」（술）字，酒釀蒸糕更像我們的發糕。這種將傳統米酒加入梗米麵團中、經發酵做成的韓國傳統蒸麵包，有著海綿蛋糕的鬆軟口感，裡頭通常加入松子、南瓜子、葡萄乾和紅棗等食材，不但容易消化而且熱量低，比一般烘焙的麵包更加健康！

別具代表性的地方特色麵包

除了可頌、丹麥麵包、義大利黃金麵包等常見的西式麵包以外，韓國有些城市也有當地特產的「麵包」，像是千年古都慶州的代表甜點皇南麵包，以及提起大邱就一定會想到的紅豆麵包，都是前往當地必嚐的另類美食之一。

慶州：皇南麵包

황남빵（hwang-nam-ppang）

外觀圓形小巧、外皮微軟，中間凹陷有著菊花或太陽般的花紋的皇南麵包，雖然稱為麵包，但嚴格說起來應該是包有紅豆餡的糕餅。因為1939年時誕生於皇南洞而得名，如今是慶州最有名土特產的皇南麵包，適合搭配茶、咖啡或牛奶一起享用，或是冷凍後稍微退冰再吃，特別能夠感受到紅豆的香甜滋味。

儘管如今在當地的土特產店都能發現它的蹤跡，不過如果想吃到傳承80年的原始風味，就得拜訪位於大陵苑後門附近的皇南麵包慶州總店（황남빵 경주 본점，網址：www.hwangnam.co.kr）。以百分百韓國生產的紅豆為內餡，強調不添加任何人工調味料和防腐劑，並且完全以手工製作而成，沿襲著傳統技法的美味。

後起之秀──十元麵包

십원빵（sib-won-ppang）

皇南麵包是慶州的的土特產代表，不過慶州現在最紅的是十元麵包，光是在皇禮團路上就有3~4家店，而且總是大排長龍。以韓國的十元硬幣為造型，一面是慶州知名景點佛國寺、另一面寫著大大的數字10。有點類似我們路邊賣的紅豆餅，不過內餡包的是大量起司，因此咬下去會拉出長長的絲，成為它最大的賣點！

大邱：紅豆麵包

단팥빵（dan-pat-ppang）

前往大邱，除了烤腸、燉排骨、炸雞和炸雞胗以外，紅豆麵包也是必吃在地特產。當地有不少麵包店都推出自己的紅豆麵包，不過下面這兩間可是以爆漿**鮮奶油紅豆麵包（생크림단팥빵，saeng-keu-rim-dan-pal-ppang）**紅遍韓國，許多人還把它們買回家當成伴手禮！

起 麵包匠人紅豆麵包
빵장수단팥빵（ppang-jang-su-dan-pat-ppang）

創立「麵包匠人紅豆麵包」的烘培師傅朴基泰，擁有多年烘焙經驗並獲獎無數，因為念念不忘小時候奶奶買的紅豆麵包與牛奶的味道，研發出店內的招牌鮮奶油紅豆麵包。

這項最熱門的商品吸引許多日本遊客專程前來購買，以紅豆與鮮奶油2:8 的比例填滿麵包，鮮奶油甜而不膩帶有淡淡牛奶香，紅豆顆粒帶些許脆度，復古風味令人難忘，冷藏後更好吃！

Data

地址 대구동구 율하서로 16

電話 053-961-4101

時間 8:00~22:00

網址 https://xn--6j1b12tba638a 80i0ss.kr/index.html

交通 大邱地鐵 1 號線栗下站 3 號出口，出站後步行約 4 分鐘可達。

大邱近代胡同紅豆麵包
대구근대골목단팥빵（dae-gu-geun-dae-gol-mok-ttan-pat-ppang）

「大邱近代胡同紅豆麵包」可説是「麵包匠人」帶起的鮮奶油紅豆麵包中的後起之秀，近幾年深受韓國年輕人的喜愛，竄升的名氣讓它成為大邱最具代表性的麵包店！

強調使用天然原料、天然發酵以及百分百店內自製的紅豆內餡，除了受歡迎的爆漿**紅豆麵包（단팥빵，dan-pal-ppang）**，店內的鮮奶油紅豆麵包和**抹茶鮮奶油紅豆麵包（녹차 생크림단팥 빵，nok-cha saeng-keu-rim-dan-pat-ppang）**，也是人氣商品。

Data

地址 대구 중구 남성로 7-11 층

電話 053-423-1883

時間 9:00~21:00

網址 https://www.facebook.com/ daegubbang

交通 大邱地鐵 1、2 號 線半月堂站 18 號出口，出站後後步行約 10 分鐘可達。

不能錯過的其他大邱特色麵包！

麻藥玉米麵包

통옥수수빵（tong-ok-ssu-su-ppang）

超過 60 年家傳歷史的**三松麵包（삼송빵집，sam-song-ppang-jjip）**，是大邱老字號的人氣麵包店，在韓國各地擁有多家分店，位於中央路的是本店。半開放式的烘培區讓人眼睛一亮之餘，也先被剛出爐的濃郁麵包香襲擊。

麻藥玉米麵包是它的招牌必買商品，不會很甜的菠蘿麵包奶酥表皮，包覆著玉米內餡，每一口都吃得到玉米粒，香醇濃郁而不膩，難怪人氣之高，也在 2016 年榮獲藍緞帶殊榮（Blue Ribbon Survey）。**另外菠蘿紅豆麵包（소보로팥빵，so-bo-ro-pat-ppang）**也很受到歡迎！

Data

地址 대구 동구 율하서로 16 신우빌딩
電話 053-961-4101
時間 8:00~22:00
網址 https://xn--6j1b12tba638a 80i0ss.kr/index.html
交通 大邱地鐵 1 號線栗下站 3 號出口，出站後步行約 4 分鐘可達。

蘋果麵包

능금빵（neung-geum-ppang）

美秀堂（수형당，su-hyong-dang）是大邱當地老字號麵包店，原本就有不少人氣麵包，像是**地瓜麵包（고구마빵，go-gu-ma-ppang）**和**黑芝麻菠蘿麵包（흑임자소보로빵，heun-gnim-ja-so-bo-ro-ppang）**等，日前因為推出仿真蘋果麵包而成為話題。不但整個麵包做成蘋果造型，還裝飾著蘋果梗和綠色的葉子，如果買 6 個，還會套上網袋並裝成蘋果禮盒，以假亂真且非常可愛，內餡是加上吃得到蘋果丁的蘋果醬和起司奶油。日前在東大邱站開了新門市，來到大邱記得買來嚐嚐。

Data

地址 대구 동구 동대구로 550
電話 053-716-1884
時間 6:00~22:00
網址 https://link.inpock.co.kr/ suhyeongdang
交通 大邱地鐵 1 號線東大邱站 3 號出口，出站後步行約 5 分鐘可達。

麵包相關單字和常見菜單

麵包
빵（ppang）/
브레드（beu-re-deu）

長條麵包
식빵（sik-ppang）

吐司／煎吐司片
토스트（to-seu-teu）

三明治
샌드위치（ssaen-deu-wi-chi）

餐包
모닝빵（mo-ning-ppang）

餐包三明治
모닝빵 샌드위치
（mo-ning-ppang ssaen-deu-
wi-chi）

皇南麵包
황남빵（hwang-nam-ppang）

十元麵包
십원빵（sib-won-ppang）

鹽麵包
소금빵（so-geum-ppang）

奶油麵包
크림빵（syu-keu-rim -ppang）

鮮奶油麵包
생크림빵
（saeng-keu-rim -ppang）

紅豆麵包
단팥빵（dan-pal-ppang）

鮮奶油紅豆麵包
생크림단팥빵
（saeng-keu-rim-dan-pal-
ppang）

抹茶鮮奶油紅豆麵包
녹차생꾸림단팥빵
（nok-cha saeng-keu-rim-
dan-pat-ppang）

菠蘿紅豆麵包
소보로팥빵
（so-bo-ro-pat-ppang）

黑芝麻菠蘿麵包
흑임자소보로빵
（heun-gnim-ja-so-bo-ro-ppang）

麻藥玉米麵包
통옥수수빵
（tong-ok-ssu-su-ppang）

蘋果麵包
능금빵（neung-geum-ppang）

地瓜麵包
고구마빵（go-gu-ma-ppang）

長棍麵包
바게트（ba-ge-teu）

可頌
크루아상（keu-ru-a-ssang）

扁可頌／可頌鍋吧
크룽지（keu-rung-ji）

杏仁可頌
아몬드 크루아상
（a-mon-deu keu-ru-a-ssang）

草莓奶油可頌
딸기 크림 크루아상
（ttal-gi keu-rim keu-ru-a-ssang）

雞蛋可頌
에그 크루아상
（e-geu keu-ru-a-ssang）

可頌三明治
크루아상 샌드위치
（keu-ru-a-ssang ssaen-deu-wi-chi）

髒髒包／巧克力千層可頌
더티초코（do-ti-cho-ko）

法式巧克力麵包／巧克力可頌
빵 오 쇼콜라
（ppaeng o ssyo-kol-ra）/
초코 크루아상
（cho-ko keu-ru-a-ssang）

法式火腿起司三明治
크로크무슈
（keu-ro-keu-mu-syu）

布里歐麵包
브리오쉬（beu-ri-o-swi）

丹麥麵包
데니쉬（de-ni-swi）

水果丹麥麵包
과일 데니쉬
（gwa-il de-ni-swi）

地瓜丹麥麵包
고구마 데니쉬
（go-gu-ma de-ni-swi）

義大利黃金麵包
팡도르（pang - do - reu）

巧巴達／拖鞋麵包
치아바타（chi-a-ba-ta）

義大利麵包棒
그리시니（geu-ri-si-ni）

貝果
베이글（be-i-geul）

號角麵包
소라빵（so-ra-ppang）

蛋糕相關單字和常見菜單

蛋糕
케이크 (ke-i-keu)

一（小）塊蛋糕
조각케이크 (jo-gak-ke-i-keu)

鮮奶油蛋糕
생크림 케이크
(saeng-keu-rim ke-i-keu)

水果蛋糕
과일 케이크 (gwa-il ke-i-keu)

草莓蛋糕
딸기 케이크 (ttal-gi ke-i-keu)

巧克力蛋糕
초코 케이크 (cho-ko ke-i-keu)

熔岩巧克力蛋糕
퐁당쇼콜라
(pong-dang-syo-kol-ra)

起司蛋糕
치즈케이크 (chi-jeu-ke-i-keu)

藍莓起司蛋糕
블루베리 치즈 케이크
(beul-ru-be-ri chi-jeu ke-i-keu)

紅絲絨起司蛋糕
레드벨벳 치즈 케이크
(re-deu-bel-bet chi-jeu ke-i-keu)

抹茶蛋糕
말차 케이크
(mal-cha ke-i-keu)

胡蘿蔔蛋糕
당근케이크
(dang-geun-ke-i-keu)

南瓜蛋糕
호박케이크 (ho-ba kke-i-keu)

慕斯蛋糕
무스 케이크
(mu-sseu ke-i-keu)

芒果慕斯蛋糕
망고무스 케이크
(man-go-mu-sseu ke-i-keu)

彩虹蛋糕
무지개 케이크
（mu-ji-gae ke-i-keu）

杯子蛋糕
컵케이크（kop-ke-i-keu）

瑪芬
머핀（mo-pin）

磅蛋糕
파운드 케이크
（pa-un-deu ke-i-keu）

長崎蛋糕／蜂蜜蛋糕
카스텔라（ka-seu-tel-ra）

千層蛋糕
크레이프 케이크
（keu-re-i-peu ke-i-keu）

巧克力千層蛋糕
초코 크레이프 케이크
（cho-ko keu-re-i-peu ke-i-keu）

牛奶千層蛋糕
밀크 크레이프 케이크
（mil-keu keu-re-i-peu ke-i-keu）

蛋糕捲
롤케이크（rol-ke-i-keu）

鮮奶油蛋糕捲
생크림 롤케이크
（saeng-keu-rim rol-ke-i-keu）

草莓蛋糕捲
딸기 롤케이크
（ttal-gi rol-ke-i-keu）

布朗尼
브라우니（beu-ra-u-ni）

巧克力布朗尼
초코 브라우니
（cho-ko beu-ra-u-ni）

香草冰淇淋
바닐라 아이스크림
（ba-nil-ra a-i-seu-keu-rim）

提拉米蘇
티라미수（ti-ra-mi-su）

蒙布朗／法式栗子蛋糕
몽블랑（mong-beul-rang）

甜點相關單字和常見菜單

甜點
디저트（di-jo-teu）

冰淇淋
아이스크림（a-i-seu-keu-rim）

布丁
푸딩（pu-ding）

果凍
젤리（jel-ri）

甜甜圈
도넛（do-not）

餅乾
쿠키（ku-ki）

奶油夾心餅乾
버터비스켓（bo-to-bi-seu-ket）

蝴蝶餅／椒鹽卷餅
브레첼（beu-re-chel）

蝴蝶酥
팔미에（pal-mi-e）

美式鬆餅
팬케이크（paen-ke-i-keu）

鮮奶油美式鬆餅
생크림 팬케이크
（saeng-keu-rim paen-ke-i-keu）

舒芙蕾
수플레（su-peul-re）

格子鬆餅／華夫餅
와플（wa-peul）

冰淇淋格子鬆餅／
冰淇淋華夫餅
아이스크림 와플
（a-i-seu-keu-rim wa-peul）

列日鬆餅／列日華夫餅
리에주 와플（ri-e-ju wa-peul）

可頌鬆餅
크로플（keu-ro-peul）

可麗餅
크레페（keu-re-pe）

塔
타르트(ta-reu-teu)

水果塔
과일 타르트
(gwa-il ta-reu-teu)

檸檬塔
레몬 타르트
(re-mon ta-reu-teu)

草莓塔
딸기 타르트
(ttal-gi ta-reu-teu)

蛋塔
에그타르트(e-geu-ta-reu-teu)

派
파이(pa-i)

水果派
과일 파이(gwa-il pa-i)

蘋果派
사과파이(sa-gwa-pa-i)

法式鹹派
키슈(ki-syu)

司康
스콘(seu-kon)

泡芙
프로피트롤(peu-ro-pi-teu-rol)

奶油泡芙
슈크림(syu-keu-rim)

閃電泡夫
에클레르(e-keul-re-reu)

馬卡龍
마카롱(ma-ka-rong)

吉拿棒
추로(chu-ro)

韓國超市熱門巧克力點心

巧克力派
有「LOTTE」、「情」、「海太 OH YES」巧克力派，口感各有不同。LOTTE 巧克力派的內餡是生奶油，情巧克力派在韓劇中出場率很高，是最老的品牌。正方型蛋糕內層夾上巧克力餡的海太 OH YES 巧克力派，連歌手-太妍都愛吃！

巧克力棒
韓國復古餅乾，外層酥脆餅乾與濃厚巧克力夾餡。

Binch 巧克力餅
受歡迎程度就連在地鐵自動販賣機都有賣的韓國超市必買餅乾！一半巧克力、一半餅乾的豪華巧克力餅～～

麵包甜點常見口味和相關食材單字

水果
草莓
딸기(ttal-gi)

葡萄
포도(po-do)

桃子
복숭아
(bok-ssung-a)

藍莓
블루베리
(beul-ru-be-ri)

紅葡萄
적포도(jok-po-do)

番茄
토마토(to-ma-to)

檸檬
레몬(re-mon)

綠葡萄
청포도
(chong-po-do)

哈密瓜
멜론(mel-ron)

芒果
망고(man-go)

無花果
무화과
(mu-hwa-gwa)

植物
地瓜
고구마
(go-gu-ma)

香蕉
바나나(ba-na-na)

奇異果
키위(ki-wi)

紫薯
자색 고구마
(ja-saek go-gu-ma)

蘋果
사과(sa-gwa)

南瓜
케이크(ho-ba)

洋蔥
양파(yang-pa)

紅豆
팥(palg)

蜜紅豆
단팥(dan-pal)

大豆
대두(dae-du)

栗子
밤알(ba-mal)

杏仁
아몬드(a-mon-deu)

核桃
호두(ho-du)

花生
땅콩(ttang-kong)

堅果類
견과류
（gyon-gwa-ryu）

小麥
밀(mil)

蕎麥
메밀(me-mil)

綠茶
녹차(nok-cha)

抹茶
말차(mal-cha)

伯爵茶
얼그레이
（ol-geu-re-i）

蜂蜜
（ 벌 ）꿀（(bol-)
kkul）/
허니 (ho-ni)

牛奶
우유(u-yu)

起司
치즈(chi-jeu)

奶油
크림(keu-rim)

鮮奶油
생크림
（saeng-keu-rim）

巧克力
초콜릿(cho-kol-rit)

甘納許
가나슈(ga-na-syu)

卡士達醬／蛋奶凍
커스터드
（ko-seu-to-deu）

雞蛋
계란(gye-ran)/
달걀(dal-gyal)

蛋白
흰자(hin-ja)

蛋黃
노른자(no-reun-ja)

肉類
육류(yung-nyu)

熱狗／香腸
소시지(sso-si-ji)/
소세지(so-se-ji)

培根
베이컨(be-i-kon)

海鮮類
해산물류
（hae-san-mul-ryu）

鮪魚
참치(cham-chi)

甲殼類
갑각류
（gap-kkang-nyu）

蝦子
새우(sae-u)

過敏
알레르기
（al-re-reu-gi）

煎吐司三明治和早午餐

名稱來自英文「toast」的**煎吐司片（토스트，to-seu-teu）**，是三明治和早午餐的主角。隨著外食文化的盛行，韓國街頭巷尾開始出現吐司三明治專賣店，其中特別是學校或車站附近，像是釜山大學正門就因為聚集多家吐司早餐店，而形成一條吐司巷，此外也有越來越多的咖啡廳提供**早午餐（브런치，beu-ron-chi）**。雖說是早餐店或早午餐，不過營業時間通常整天供應。麵包屬於奢侈品，也因此只要外觀長得差不多，就可能以「麵包」來命名！

煎吐司三明治專賣店

在鐵板上放上吐司片和火腿、培根等食材，煎好後夾上生菜、酸黃瓜、雞蛋和醬料，就完成美味又好吃的煎吐司三明治。在韓國想吃煎吐司三明治，除了獨立的自營店家，還有

兩大人氣連鎖專賣店可以選擇：Issac Toast 和 EGG DROP。

Issac Toast（이삭토스트，i-sak-to-seu-teu）創立於 1995 年，如今不只是韓國更在台灣等海外地區設有超過 900 間分店，被稱為「韓國美而美」的它，以平價美味的烤吐司三明治著稱，清脆的酸黃瓜和融入吐司的奶油，加上口感略酸微甜的特製醬料，是它受歡迎的原因。

EGG DROP（에그드랍，e-geu-deu-rap）主打以蛋為主的煎吐司，使用特別訂製的小型厚片吐司，吐司烤的酥脆內軟，再從中間劃開後放入熱騰騰的內餡，現點現做的香滑嫩蛋更是畫龍點睛的一大功臣，不管哪個口味都好吃的讓人豎起大拇指！

煎吐司三明治和早午餐常見單字

煎吐司片／吐司
토스트 (to-seu-teu)

法式吐司
프렌치토스트
(peu-ren-chi-to-seu-teu)

總匯三明治
클럽샌드위치
（keul-rop-ssaen-deu-wichi）

烤肉
불고기（bul-go-gi）

香腸
소시지（sso-si-ji）

培根
베이컨（bei-kon）

火腿
햄（haem）

蝦
새우（sae-u）

雞肉
치킨（chi-kin）

雞蛋
계란（gye-ran）

起司
치즈（chi-jeu）

香濃起司
딥 치즈（dip chi-jeu）

雙倍起司
더블 치즈 (do-beul chi-jeu)

三倍起司
트리플 치즈
（teu-ri-peul chi-jeu）

馬鈴薯
감자（gam-ja）

玉米（粒）
콘（kon）

酪梨
아보카도（a-bo-ka-do）

辣味
칠리（chil-ri）

大蒜
갈릭（gal-rik）

展現物產風貌的韓式料理

韓國傳統甜點
韓菓

除 了西式麵包與甜點之外，韓國也有自己的傳統甜點與點心，統稱為「**韓菓**」（**한과，han-gwa**）。韓菓是祭祖時的供品之一，也是節日時送禮的一大選擇，據說歷史回溯到韓國的三國時代，當時王室成員會在節日或國定假日享用各種類型的糕餅和甜點。由於材料珍貴且製作費時，在朝鮮時代以前，韓菓可是高級食物的代表！

韓菓的種類

以麵粉、穀物、水果、糖、豐富等原料做成，韓菓種類包括佐茶的**點心茶食（다식，da-sik）**、果片等加入蜂蜜熬製而成的**正果／蜜餞（정과，jong-gwa）**，以及以麵團和蜂蜜油炸而成**油蜜果（유밀과，yu-mil-gwa）**等，來看看常見的韓菓有哪些？

油菓
유과 (yu-gwa)

吃起來有點像台灣米荖的油菓，將糯米粉加入酒後和成麵團，捏出形狀後油炸，接著塗抹穀物糖漿或蜂蜜，再裹上芝麻或堅果仁。

麵團因油炸而變得蓬鬆，油菓內部是空心的，吃起來酥酥脆脆，百吃不膩。油果通常都是白色的，不過也有用南瓜、艾草等天然食材染成不同顏色。

飴糖
엿 (yot)

韓劇古裝片中，經常可以在市集場景看到攤販販售這種長條狀的白色糖果。飴糖將玉米、糯米、粳米、小麥等穀物和糧作，與麥芽混合、糖化，接著在鍋中長時間煮沸而成。由於非常硬，無法直接咬斷，吃的時候不妨弄成小段，將它含在嘴巴中慢慢融化……滋味相當美妙。

據說過去有一種飴糖遊戲，把它切成兩段後，看看哪一段的洞數比較多就獲勝！現在在傳統市場或是民俗村，還能找到這種充滿古早味的糖果。

梅雀果
매작과 (mae-jak-kkwa)

在麵粉中加入生薑汁和桂皮，然後將麵團擀成薄片，接著切成長條狀，在麵皮上方畫出刀口，翻轉擰成麻花狀後放入油裡炸，最後裹上蜂蜜或浸入糖漿中，就完成這種外觀漂亮且酥脆可口的甜點。

據說梅雀果的名稱來自於「梅花」和「麻雀」，因為它的模樣就像麻雀站在梅花樹上。和油菓一樣，有時麵團會加入菠菜、五味子等天然食材，將它染成繽紛的色彩。

藥菓
약과 (yak-kkwa)

有著香甜略軟口感的藥菓，屬於油蜜果的一種，通常以花的形狀出現。因為名稱，常讓人誤以為有藥材成分，其實藥菓是將小麥和芝麻油、蜂蜜揉成麵團，油炸過後再塗上一層蜂蜜做成。

在過去醫藥沒有那麼發達的年代，蜂蜜被視為有益身體健康的「補品」，具備藥物般的療效，而蜂蜜是藥菓的主要食材，才讓它因此命名。

從咖啡到燒酒等

各色飲料

非酒類飲料

常見的非酒類飲料包括汽水（사이다，sa-i-da）、果汁（주스，ju-seu）、咖啡（커피，ko-pi）和茶（차，cha），其中咖啡可說是韓國的國民飲料，經常可以看見他們人手一杯。部分咖啡廳或店家也會提供**牛奶**（우유，u-yu）、**奶昔**（셰이크，sye-i-keu）和**冰沙**（스무디，seu-mu-di），以及一種有時以英文標示名稱的「Ade」，也就是**水果氣泡飲**（에이드，e-i-deu）。將不同水果泥或果醬加入氣泡水，點綴著水果或香草，水果氣泡飲漸層的色彩非常吸睛，可說是一款不折不扣的網美飲料！

韓國國民飲料：咖啡

　　韓國人到底有多愛喝咖啡？從街頭巷尾林立的大小咖啡廳和外帶咖啡店家，就不難瞧出端倪，密度之高，大約就跟我們的手搖飲店一樣密集。撇開其他咖啡廳不論，光是星巴克在首爾當地的分店就將近 300 家，創下該連鎖咖啡品牌的世界之冠！

　　根據統計，韓國人平均每天要喝 1.76 杯的咖啡，此外他們在即溶咖啡的銷售市場，更達到年銷約 2,500 萬杯的驚人數字，也因此韓國不只是「泡麵共和國」，還是「咖啡共和國」，甚至有人打趣的說，咖啡之於韓國人就如同血液一般的存在。

咖啡在韓國的發展

韓國的氣候並不適合種植咖啡，因此幾乎所有的咖啡豆都是仰賴進口，那麼韓國又是怎麼和咖啡牽上了線？

據說朝鮮時代的高宗是第一位飲用咖啡的韓國人，1896 年時俄羅斯大使夫人 Antoinette Sontag 將這種來自異國的飲品，帶給了這位後來大韓帝國的開國皇帝。幾年後，高宗還蓋了一間以她為名的旅店當作禮物，裡頭誕生了韓國首間咖啡館，成為政商名流出沒的社交場所。當時的咖啡稱為「**가비**」(ga-bi)，雖然都是直接音譯外來語，和寫法和發音和現在略有不同。

因為對咖啡的好奇，坊間開始出現提供咖啡的**茶房／茶館 (다방 , da-bang)**，不過一直到日據時代，咖啡都只是上流階層和追求時髦的知識分子的高級飲品象徵。直到 1950 年韓戰

發生，美軍進駐韓國，他們帶來的即溶咖啡從美軍福利社流出，透過跑單幫的人轉進韓國百姓的家，連帶跟著發展的，還有在首爾大量出現的茶房。

然而咖啡真正在韓國普及化，和 1960 年代末期砂糖降價，以及 1970 年代韓國出現第一包自己生產的**即溶咖啡 (믹스커피 , mik-sseu-ko-pi)** 開始，從此以後三合一咖啡就成為韓國人生活中不可或缺的「食糧」，甚至取代了韓國人飯後來碗**鍋巴湯 (누룽지 , nu-reung-ji)** 順口的習慣。

韓國咖啡（飲料）小學堂

最受歡迎的咖啡——冰美式咖啡

雖然不同咖啡各有擁護者，不過**冰美式咖啡（아이스 아메리카노，ai-seu a-me-ri-ka-no）**可說是韓國最受歡迎的咖啡！

這點一方面和韓國的「快速文化」（'빨리빨리'문화）有關。拿起來就能喝冰美式不用等它涼，而且冷飲能帶來的爽快感，也是舒緩壓力和生活中不快的方式之一。另外冰美式咖啡微酸帶苦的口感，還能消除用餐後的油膩感，此外無糖無奶，相對熱量低還能促進新陳代謝，這些都是它在韓國咖啡界不敗的原因。

冰的比較貴！

在韓國點飲料時，你可能會發現同樣的飲料冷、熱的價錢不同？而且冰的還比較貴！

不知道你有沒有類似的經驗，買飲料時要求店家去冰，他可能會告訴你這樣味道可能會太甜或太濃。因為冰的飲料製作時，通常已經將冰塊融化後的味道計算在內，所以有時甜度或濃度都會比熱的飲料高，成本自然也會多些，當然也別忘了還有冰塊的成本。

去糖去冰行不行？

在台灣點飲料，我們很習慣跟店家說少冰、去冰、微甜、半糖……甚至點了美式咖啡，還可以跟店家要求加糖和加奶。而且許多店家很靈巧，經常都會幫忙把飲料補滿，如此一來味道也不致於過甜或過濃。

不過在韓國可就沒有這樣的服務（對於習慣冷飲的他們來說大概也很難想像我們去冰的需求），因此當你要求少冰或去冰時，店員就只是去除你所說的冰塊量，並不會把飲料補滿，所以拿到手的飲料可能只有七八分滿。

另外店家通常也沒有辦法調整甜度，再加上韓國的飲料相對偏甜，因此如果怕甜，特別是還要求去冰或少冰，最好點本身就不含糖或不甜的飲料，不然後果可能得呼喚螞蟻人救援！

咖啡廳的最低消費

韓國咖啡廳通常沒有最低消費限制，不過一個人點一杯飲料是基本常識和禮儀，千萬不要一大群人前往，結果只有點一兩杯飲料。享受店家提供空間的同時，也記得給予同樣的尊重。

想喝時就來杯即溶咖啡

韓劇中經常可以看見劇中人物休息或是遇到有人來訪時，到咖啡自動販賣機買咖啡，或是拿出即溶咖啡沖泡。從車站和路邊無所不在的咖啡自動販賣機，可以看得出韓國人對這種咖啡、奶精和砂糖混合而成的三合一咖啡的熱愛。

即溶咖啡之所以普及，也和韓國人追求快速的生活習慣有關，可以隨身攜帶的小包裝，只要有熱水，想喝時就能馬上泡來喝，實在非常方便。也因此飯後來杯即溶咖啡收尾，再自然不過，甚至還讓韓國餐廳出現免費咖啡機的文化，在櫃檯或出入口旁放置小型的三合一咖啡機，免費招待客人享用。

咖啡相關單字和常見菜單

咖啡廳
카페（kka-pe）/
커피숍（ko-pi-syop）

**咖啡**
커피（ko-pi）

即溶咖啡
믹스커피（mik-sseu-ko-pi）

美式咖啡
아메리카노（a-me-ri-ka-no）

濃縮咖啡
에스프레소
（e-sseu-peu-re-sso）

卡布奇諾
카푸치노（ka-pu-chi-no）

焦糖馬奇朵
카라멜 마끼아또
（ka-ra-mel ma-kki-a-tto）

阿法奇朵
아포가또（a-po-ga-tto）

咖啡摩卡
카페모카（kka-pe-mo-ka）

咖啡拿鐵
카페라떼（kka-pe-ra-tte）

香草拿鐵
바닐라라떼（ba-nil-ra-ra-tte）

紅茶拿鐵
홍차라떼（hong-cha-ra-tte）

綠茶拿鐵
녹차라떼(nok-cha-ra-tte)

巧克力拿鐵
초코라떼(cho-ko-ra-tte)

地瓜拿鐵
고구마라떼(go-gu-ma-ra-tte)

紫薯拿鐵
자색 고구마라떼
(ja-saek go-gu-ma-ra-tte)

豆乳拿鐵
두유라떼(du-yu-ra-tte)

冰滴咖啡
더치커피(do-chi-ko-pi)

滴漏式咖啡
드립커피(deu-rip-ko-pi)

手沖咖啡
핸드드립커피
(haen-deu-deu-rip-ko-pi)

冰搖咖啡
샤케라또(sya-ke-ra-tto)

點餐相關 冰
아이스(ai-seu)

熱
따뜻한(tta-tteu-tan) /
뜨거운(tteu-go-un) / 핫(hat)

尺寸
사이즈(ssai--jeu)

小
쇼트(syo-teu) /
작은 것(ja-geun got)

中
톨(tol) / 미디엄(mi-di-om)

大
그란데(geu-ran-de) /
큰 것(keun got)

一般
레귤러(re-gyul-ro)

冰塊
얼음(o-reum)

牛奶
우유(u-yu) / 밀크(mil-keu)

豆乳
두유(du-yu)

糖
슈거(syu-go)

糖漿
시럽(si-rop)

鮮奶油
생크림(saeng-keu-rim) /
휘핑(hwi-ping)

內用
여기(yo-gi)

外帶／打包
포장(po-jang)

去 _____ 怎麼説？

例句：請幫我去 ____
_____ 빼 주세요 .（ ____ ppae ju-se-yo）

＊請幫我去冰　　얼음 빼 주세요 .（o-reum ppae ju-se-yo）
＊請幫我去糖漿　시럽 빼 주세요 .（si-rop ppae ju-se-yo）
＊請幫我去鮮奶油　휘핑 빼 주세요 .（hwi-ping ppae ju-se-yo）

其他飲料相關單字和常見菜單

茶類

紅茶
홍차（hong-cha）/
블랙티（beul-raek-ti）

綠茶
녹차（nok-cha）/
그린티（geu-rin-ti）

奶茶
밀크티（mil-keu-ti）

檸檬茶
레몬차（re-mon-cha）

柚子茶
유자차（yu-ja-cha）

葡萄柚茶
자몽차（ja-mong-cha）

伯爵茶
얼그레이（ol-geu-rei）

薄荷茶
페퍼민트（pe-po-min-teu）

洋甘菊茶
캐모마일（kae-mo-ma-il）

茶類

果汁
주스（ju-seu）

草莓汁
딸기주스（ttal-gi-ju-sseu）

葡萄柚汁
자몽주스（ja-mong-ju-sseu）

綠葡萄汁
청포도주스
（chong-po-do-ju-sseu）

奇異果汁
키위주스（ki-wi-ju-sseu）

西瓜汁
수박주스 (su-bak-jju-sseu)

冰沙
스무디 (seu-mu-di)

草莓冰沙
딸기스무디 (ttal-gi-seu-mu-di)

藍莓冰沙
블루베리스무디
（beul-ru-be-ri-sseu-mu-di）

芒果冰沙
망고스무디
（mang-go-seu-mu-di）

柚子冰沙
유자스무디 (yu-ja-seu-mu-di)

桃子冰沙
복숭아스무디
（bok-ssung-a-seu-mu-di）

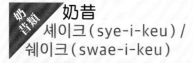奶昔
셰이크 (sye-i-keu) /
쉐이크 (swae-i-keu)

牛奶奶昔
밀크셰이크 (mil-keu-sye-i-keu)

香草奶昔
바닐라셰이크
（ba-nil-ra-sye-i-keu）

草莓奶昔
딸기셰이크 (ttal-gi-sye-i-keu)

香蕉奶昔
바나나셰이크
（ba-na-na-sye-i-keu）

巧克力奶昔
초콜셰이크 (cho-kol-sye-i-keu)

哈密瓜奶昔
멜론셰이크
（mel-ron-sye-i-keu）

牛奶
우유 (u-yu)

草莓牛奶
딸기우유 (ttal-gi-u-yu)

香蕉牛奶
바나나우유 (ba-na-na-u-yu)

巧克力牛奶
초코우유 (cho-ko-u-yu)

哈密瓜牛奶
멜론 (맛) 우유
（mel-ron-(mat)-u-yu）

紅茶牛奶
홍차우유 (hong-cha-u-yu)

抹茶牛奶
말차우유 (mal-cha-u-yu)

咖啡牛奶
커피맛우유 (ko-pi-mat-u-yu)

綠葡萄氣泡飲
청포도에이드
（chong-po-do-e-i-deu）

柳橙氣泡飲
오렌지에이드（o-renji-e-i-deu）

 汽水
사이다（sa-i-da）

七星汽水
질성 사이다（Jil-ssong sai-da）

雪碧
스프라이트（seu-peu-ra-i-teu）

可樂
콜라（kol-ra）

芬達
환타（hwan-ta）

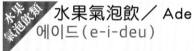 水果氣泡飲／Ade
에이드（e-i-deu）

檸檬氣泡飲
레몬에이드（re-mo-ne-i-deu）

草莓氣泡飲
딸기에이드（ttal-gi-e-i-deu）

葡萄柚氣泡飲
자몽에이드（ja-mong-e-i-deu）

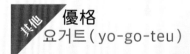 優格
요거트（yo-go-teu）

豆乳
두유（du-yu）

展現物產風貌的韓式料理

便利店裡老少閒宜的國民飲料——香蕉牛奶

香蕉牛奶是超商裡的超人氣國民飲料，另外還有草莓、哈密瓜、咖啡以及清爽版香蕉牛奶等口味，隨季節不同，還有當季限定的橘子、水蜜桃或荔枝牛奶等，下次去韓國千萬別錯過！

韓國代表傳統茶飲

　　韓國喝茶的歷史大約是從三國時期開始，茶葉從中國傳入韓半島，曾經在高麗時期獲得發展，誕生了所謂的茶禮文化。不過到了朝鮮王朝中期，飲用茶葉的人越來越少，如今茶葉茶只剩下綠茶。然而對韓國人來說，能入茶的不只有茶葉，植物的根、莖、種子、花朵、果實、葉子以及穀物等，都能當作茶的原料，它們或經過長時間發酵、或浸泡、或熬製，形成一款款既天然且對身體有益的飲品，有就是所謂的**傳統茶（전통차，jon-tong-cha）**。

　　這些傳統茶中最常見的莫過於可以補氣的**人蔘茶（인삼차，in-sam-cha）**、潤肺健胃的**柚子茶（유자차，yu-ja-cha）**、驅寒止咳的**生薑茶（생강차，saenggangcha）**，以及名目清熱的**菊花茶（국화차，guk-wa-cha）**，在超市就能買到它們的茶包或隨身包，不過如果能到傳統茶館喝杯茶，更能感受不一樣的氣氛與文化，也很推薦下面這幾款傳統茶。

水正果
수정과（su-jong-gwa）

　　由肉桂、生薑、紅棗煮成茶湯，加入糖或蜂蜜調味，接著放涼冷藏，等要喝的時候再加入柿餅、撒上松子，就完成這款養生茶。

　　水正果又稱為柿餅汁或肉桂茶，不過最初可能添加桃子、柚子、佛手柑等各種水果，直到19世紀末才普遍使用柿餅。喝起來帶著淡淡的辛香，甜中又帶點微辣，傳統上韓國人喜歡飯後飲用，不但可以清新口氣也能幫助消化。

大棗茶
대추차 (dae-chu-cha)

　　大棗是所有棗類的通稱，紅棗是新鮮棗子直接曬乾而成，黑棗則是經過燻焙。大棗茶是以紅棗長時間熬煮而成，過程中加入黑糖，有的也會加點生薑，口感香甜濃郁，具有補血、安定神經和氧氣的功效。

五味子茶
오미자차 (o-mi-ja-cha)

　　五味子是一種多年生落葉藤木，夏、秋結果，果實為成串紅色漿果，本身就是中藥材的它，因為同時具備酸、甘、辛、苦、鹹五種味道而得名。五味子茶就是以果實熬製，喝起來酸酸甜甜，不但可以解酒，也能舒緩頭痛、咳嗽、哮喘、失眠等症狀。

雙和茶
쌍화차 (ssang-hwa-cha)

　　雙和茶又稱為雙和湯，有著「調和」（和）體內氣血「陰陽」（雙）之意。以當歸、黃耆、甘草　桂皮、紅棗、生薑、白芍、熟地黃、川芎等 20 多種中藥材加水煎煮，再加入核桃、松子等堅果，可以補充氣血和增進免疫力，對貧血和感冒也有非常有效。

　　雙和茶的誕生和韓戰有關，在物資貧乏的情況下，戰後人們為了補充營養，因此流行喝這款保健茶。正統的雙和茶還最後會打上一顆蛋黃，你可以和茶攪拌後飲用，或先將生雞蛋放入口中，邊嚼邊配茶喝。不過因為新冠疫情的關係，有些店家拿掉了生雞蛋。

韓國傳統茶相關單字和常見菜單

茶類

綠茶
녹차 (nok-cha)

傳統茶
전통차 (jon-tong-cha)

人蔘茶
인삼차 (in-sam-cha)

紅蔘茶
홍삼차 (hong-sam-cha)

柚子茶
유자차 (yu-ja-cha)

桔梗柚子茶
도라지 유자차
(do-ra-ji yu-ja-cha)

生薑茶
생강차 (saenggangcha)

大棗茶
대추차 (dae-chu-cha)

五味子茶
오미자차 (o-mi-ja-cha)

梅實茶
매실차 (mae-sil-cha)

覆盆子茶
복분자차 (bok-ppun-ja-cha)

木瓜茶
모과차 (mo-gwa-cha)

雙和茶
쌍화차 (ssang-hwa-cha)

水正果
수정과 (su-jong-gwa)

花茶
꽃차 (kkot-cha)

菊花茶
국화차 (guk-wa-cha)

梅花茶
매화차 (mae-hwa-cha)

百合茶
백합차(bae-kap-cha)

葉茶
잎차(ip-cha)

荷葉茶
연잎차(yon-nip-cha)

艾草茶
쑥차(ssuk-cha)

傳統茶館點心 傳統甜點／韓菓
한과(han-gwa)
（更多內容見 P.208-209）

年糕
떡(ttok)

糯米糕
찹쌀떡(chap-ssal-ttok)

糖餅
호떡(ho-ttok)

甜南瓜蒸糕
단호박 시루떡
（dan-ho-bak si-ru-ttok）

冬至紅豆粥
동지 팥죽(dong-ji pat-jjuk)

甜紅豆粥
단팥죽(dan-pat-jjuk)

南瓜粥
호박죽(ho-bak-jjuk)

紅豆刨冰
팥빙수(pat-pping-su)

五味子刨冰
오미자빙수(o-mi-ja-pping-su)

抹茶刨冰
말차 빙수(mal-cha bing-su)

羊羹
양갱(yang-gaeng)

甜米露
식혜(si-kye)

汗蒸幕必喝解熱傳統飲料——甜米露

식혜（si-kye）

又稱「甜酒」或「甘酒」，雖然名稱中有酒字，不過甜米露其實不含酒精，連小孩子都能喝，是深受韓國人喜愛的傳統飲品！利用麥芽將煮熟的白飯發酵製成，漂浮著米粒、味道甜中帶酸的甜米露，過去原本是韓國人冬天才會喝的冷飲，特別是在特殊節日飽餐一頓後，來碗甜米露可以幫助消化、舒緩胃脹。不過現在甜米露已經跨越季節，甚至就連便利商店都能找到，因為冰鎮特別好喝，也成為汗蒸幕裡必點的解熱飲料。

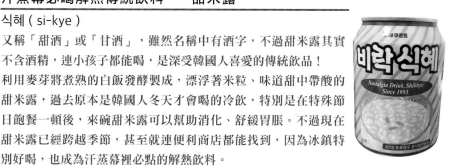

酒類飲料

韓 半島釀酒的歷史回溯到三國時期，最古老的傳統酒是馬格利。當時先進的釀酒技術甚至還傳入日本，百濟人須須保理因此還被尊為酒神，如今在京都府南部還能找到供奉他的神社。到了朝鮮時代，釀酒發展更是達到高峰，當時出現的酒超過 300 多種，大量食糧都被拿來生產燒酒。不過日治時期因為嚴格控管，許多小釀酒坊被迫關門大吉，一度讓不少獨特的釀造工藝消失。直到光復後才又針對原本的酒文化進行鑽研，讓韓國酒得以繼續發展。

今日的韓國酒主要可以分為六大類：以米釀造的**清酒（청주，chong-ju）**，原料為米或小麥、地瓜等的**燒酒（소주，so-ju）**，由米和小麥發酵而成的**馬格利（막걸리，mak-kkol-ri）**，採用水果做成的**果酒（과일주，gwa-il-ju）**，利用花朵釀製的**花酒（화주，hwa-ju）**，加入藥材或草藥等釀成的**藥酒（약주，yak-jju）**，以及 20 世紀初才從歐洲傳入韓半島的**啤酒（맥주，maek-jju）**。

© 韓國觀光公社

白酒中的明星——燒酒

　　提到韓國酒，大家最先想到的肯定是燒酒！這個在韓劇中出鏡率極高的酒，就這樣跟著韓流，在全世界打下了知名度。

　　燒酒口感清新且價格便宜，酒精濃度介於 16~21 度之間，近年來為了鼓勵年輕人消費，更將度數不斷下修，甚至為搶攻女性市場而推出水果口味，讓燒酒苦澀中多了幾分甜味與香氣。

傳統燒酒的誕生

燒酒大約是 13 世紀時在韓國出現，當時高麗王朝的高宗成為蒙古的附庸國，駐紮於開城和安東等地（這些地方後來也成為知名的傳統燒酒產地）的蒙古軍，為了禦寒帶來了高酒精度數的燒酒，也將阿拉伯發明的蒸餾技術引入了韓半島。

最初燒酒都是用米和穀物釀造，由於非常昂貴，因此只有王室和貴族才能享用，一般百姓則只能當作藥用。傳統的**蒸餾式燒酒（증류식 소주，jeung-nyu-sik so-ju）**酒精度數非常高，一般都在 30％以上。

新式燒酒的天下

事實上在 1990 年代以前，韓國的燒酒幾乎都在 25％以上！

不過現今市場上的燒酒是**稀釋式燒酒（희석식 소주，hi-sok-ssik so-ju）**，也就是多次蒸餾後得到純度很高的酒精後再加水稀釋，和傳統直接將蒸餾液收集起來的蒸餾式燒酒，不但做法大不相同，連原料也不一樣，變成地瓜、木薯甚至進口穀物，這一切和食糧不足有關，讓政府在 1965 年推行禁止使用傳統穀物蒸餾工法釀酒的《糧穀管理法》。

酒　後　不　開　車

綠蓋還是紅蓋？

選購燒酒時，你是否發現同樣廠牌的燒酒，居然有著不同顏色的瓶蓋？除了常見的綠色之外，還有紅色？其實這是為了區隔燒酒的酒精度數，紅蓋燒酒度數比較高，通常都在 20％以上（除了搭配水果顏色的水果燒酒之外），這樣的設計可以在拿取時更加一目了然。

綠色瓶身的由來

　　就像啤酒瓶是棕色，燒酒瓶也有自己的代表色——綠色。不過不像啤酒是發酵酒，得擔心日曬光照造成變質，因此選擇具備較強濾光效果的棕色玻璃瓶，綠色的燒酒瓶完全是因為商業競爭下的創意。

　　在 1990 年代以前，當時的燒酒瓶大都是透明的，1994 年時，斗山（두산）集團為了和燒酒龍頭真露（진로）一爭天下，推出一款名為 GREEN 的燒酒，打著清淨、自然等概念，採用了獨特的綠色酒瓶，沒想到在市場上掀起炫風，一舉衝高市占率。

　　後來許多燒酒公司也紛紛跟進，到了 2009 年時，七家燒酒公司決定攜手統一同為綠色酒瓶的規格，如此一來方便回收再利用，特別是燒酒在韓國酒類市場占銷售之冠（超過40%），可以想見會需要多少燒酒瓶。也多虧這樣自發性的合作，今日市面上的燒酒瓶回收率高達 85%，對環保確實很有助益。

　　近年來韓國流行懷舊（레트로），這股風潮也吹進燒酒圈，因此開始有廠商推出復古包裝，其中最具代表性的是真露透明的淺藍色瓶身——「**真露回來了**」（**진로 이즈백 , jil-ro i-jeu-baek**），以原始燒酒工法製成，但將酒精度數降到 16.5%，酒標上還大大以漢字寫上「真露」兩個字。

　　　酒　　　後　　　不　　　開　　　車

燒酒還有鋁箔包和寶特瓶！

除了玻璃瓶，燒酒還有鋁箔包和寶特瓶包裝，可以看出韓國人對燒酒的真心。

由於韓國人非常喜歡喝燒酒，就連現場看比賽時或外出踏青健行，有時也想要喝上一杯，這時玻璃瓶既重又不方便攜帶，還是鋁箔包或寶特瓶方便，此外寶特瓶還有各種容量，從 200 毫升到將近 2 公升不等，實在讓外國人開了眼界，也經常成為另類伴手禮。

各地代表燒酒品牌

　　在 20 世紀中以前，原本韓半島上有數千家燒酒釀造廠，不過因為《糧穀管理法》的實行，讓許多釀造商被迫停業。再加上 1970 年代為避免惡性競爭，推行「一道一社」（1도1사）的政策，也就是各道各保留一個燒酒釀造商，韓國政府在 1973 年時對燒酒業進行整合，施行《自道酒法》（자도주법），以「自道酒」供應當地市場，就這樣最後只剩下 10 家製造商共撐大局。

　　即使這項禁令後來在 1996 年取消，不過因為品牌認同感已深入各地民眾內心，也因此很少有新的燒酒釀造廠出現……

首爾
京畿道

真露
참이슬（cham-ni-seul）

　　市占率超過一半的真露，不只是韓國燒酒的第一品牌，同時也是海外銷售冠軍的蒸餾酒。創立於 1924 年，2012 年推出的「**清新真露**」（참이슬 fresh，cham-ni-seul pu-re-swi）和「**經典真露**」（참이슬 original，cham-ni-seul o-ri-ji-nol），同樣以專利工法經過 4 次竹炭發酵而成，讓口感更乾淨清爽，兩者差別在於酒精度數。另外還有一款紅蓋和金色蟾蜍的「**真露 25**」（진로 25，jil-ro i-si-bo），酒精度數高達 25％。

酒　後　不　開　車

真露到底是진로？還是참이슬？

如果仔細看，你會發現「真露回來了」和「真露 25」韓文名稱採用的是「진로」，「清新真露」和「經典真露」卻是「참이슬」，究竟這兩個哪個才是真露？為什麼一個公司的燒酒會有兩個名字？

這兩個名稱其實都是真露，只不過「진로」是漢字發音，也因此你會發現採用漢字發音的酒標，都會寫上漢字，主要是以原始工法釀造。至於「참이슬」則是它的純韓文發音，除了表示是以新製法做成的燒酒之外，也為了扭轉品牌形象，讓它更年輕化！

展現物產風貌的韓式料理

初飲初樂
처음처럼 (cho-eum-cho-rom)

名稱意思是「就像第一次喝一樣」，初飲初樂是韓國樂天集團樂天酒業下的燒酒品牌，強調以韓國大關嶺山麓純淨且含有對人體有益礦物質的岩石水釀造，是全世界最早的鹼性水燒酒。除原味燒酒外，還有透明瓶身的零糖燒酒「**新燒酒**」（**새로**，sae-ro），以及主打藍莓、柚子、水蜜桃、青蘋果、草莓等水果口味的「**순하리**」（**sun-ha-ri**）系列。

大田市 忠清南道 此刻我們
이제우린 (i-e-u-rin)

由 Mackies Company 生產，原本的名稱為「O2린」，為推行品牌年輕化，2008年時改為今日名稱，以專利的純氧蒸餾法製作，燒酒含氧量為其他品牌三倍，號稱即使宿醉也能很快緩解的氧氣燒酒。

大邱 慶尚北道 真燒酒
참소주 (cham-so-ju)

在大邱和慶北擁有極高市占率的真燒酒，卻很難在其他地區買到。除了味道比其他燒酒柔和，2021年推出的「**清淨早晨**」（**깨끗한 아침**，kkyae-kkeu-tan-a-chim），強化天門冬醯胺，並透過奈米技術增加清爽感，讓你快速醒酒後隔天擁有清新的早晨。

蔚山 慶尚南道 好日子
좋은데이 (jo-eun-de-i)

由總部位於昌原市的 Muhak 生產，為了吸引年輕族群，2006年時將旗艦燒酒酒精度數從20％調到16.9％，推出了「好日子」，是第一個推出酒精含量低於17%的燒酒公司。2015年開始，也和初飲初樂一樣推出包括藍莓、石榴、柚子等口味的水果燒酒。

忠清北道 涼爽的清風
시원한청풍 (si-won-han-chong-pung)

主打使用礦泉水般純淨的水源，加上添加氨基酸——天門冬醯胺，因此以味道柔和有名。

酒	後	不	開	車

大鮮
대선（dae-son）

　　歷史回溯到 1930 年，這間釜山歷史最悠久的燒酒公司之一，1996 年推出的「C1」，是韓國第一款添加天門冬醯胺、酒精度數 23％ 的燒酒，非常受到歡迎。2017 年時以公司名稱推出 16.9 度、加入天然調味劑蕃茄和蜂蜜的「大鮮」，高度的甜味和乾淨濃郁的味道瞬間席捲當地市場，成為主打商品和釜山代表燒酒。

hite 燒酒
하이트 소주（hai-teu so-ju）

　　提起 hite，一般人大概都會先想到啤酒，或許因為如此，很難打入全國市場，只有在全羅北道喝得到。hite 為了挑戰燒酒市場，所以收購了原本的在地酒廠，主打完全採用天然原料並且以竹炭製作，不過目前已併入樂天集團。

楓葉酒
잎새주
（ip-ssae-ju）

　　採用天然岩盤水、加入加拿大有機葉糖漿，並經過五道過濾程序，讓楓葉酒不只帶有淡淡的楓葉香氣，也更加純淨柔和。從最初的 19.8 度一直降低酒精含量，2022 年起只剩下 16.5 度。

展現物產風貌的韓式料理

漢拏山
한라산（hal-ra-san）

　　以聳立於濟州島中央、韓國第一高峰為名，這款燒酒以當地生產的稻米，加上經玄武岩層過濾且富含礦物質的水製成，雖然酒精含量高達 20 度，味道卻像它強調清澈的透明瓶身般非常乾淨，喝起來相當清爽。

　　　酒　後　不　開　車

1908 年韓國第一家啤酒廠在首爾開業。今日韓國最常見的兩大啤酒品牌 hite 和 CASS，分別由兩大主要啤酒廠生產，一是前身為朝鮮啤酒公司，並在 1998 年改名的**海特啤酒廠（하이트맥주，hai-teu-maek-jju）**，另一則是前身為昭和麒麟啤酒廠，並在 1995 年改名的 **OB 啤酒廠（OB 맥주，o-beu maek-jju）**，它們都成立於 1933 年。

原本，這兩個品牌在韓國市場獨占鰲頭，不過 2019 年 Terra 上市後，不但找來男神孔劉代言，並且在韓綜和韓劇中成功置入，寫下超亮眼的銷售數字，打配破前兩強瓜分天下的局勢。

CASS
카스（ka-sseu）

採用未滅菌工法，提升啤酒鮮度與爽度，除了強調新鮮原味的 CASS Fresh 之外，還有減少 33% 熱量、味道不苦澀的低卡 CASS Light，以及加入天然檸檬汁帶來清爽口感的 CASS Lemon。

酒 後 不 開 車

hite
하이트(hai-teu)

韓國銷售量最好的淡啤酒，全程在超低溫下釀造，金黃色澤帶點微甜的味道。酒精濃度為 4.3 % 的它，喝起來麥味比較淡，順口好入喉，強調沁入心脾的清爽滋味。

Terra
테라(te-ra)

Terra 是海特啤酒廠近幾年推出的新品牌，以百分百澳洲麥芽發酵而成，酒精濃度 4.6%，強調風味純淨且泡沫綿密，深受女性族群喜愛。在孔劉的強勢代言下，上市不到一年就賣出 4.56 億瓶，可說是成長率最高的韓國啤酒品牌。

Kloud
클라우드(keul-ra-u-deu)

歷經三年時間開發，2014 年由樂天集團推出的全麥啤酒，完全採用麥芽發酵原漿，加上德國優質製造技術，以比例超過 50% 的捷克、德國產啤酒花，不加水稀釋，而是以獨創的重力法混合發酵液，釀造出這款酒精濃度為 5 % 的啤酒，能夠明顯感受到啤酒花與麥芽的香氣。

MAX
맥스(maek-sseu)

MAX 也是海特啤酒廠的產品，是 2006 年時推出的首款全麥芽韓國啤酒。主打細膩如奶油般的泡沫，倒在杯中，金黃色的液體加上厚厚的泡沫，光看就非常具有吸引力。在烤肉和炸雞店，可以喝到它的生啤酒喔！

OB
오비(o-bi)

除了 CASS 之外，OB 啤酒廠另有一個以啤酒廠命名的高檔啤酒品牌。旗下有多款啤酒，包括酒精濃度為 5.2% 的皮爾森（Pilsen），以及 5 % 帶有堅果、焦糖等香氣的黑啤 Dunkel。顛覆以往清淡的韓國啤酒印象，強調麥和穀物的香氣，也因此族群主要為中年以上。

FiLite
필라이트
(pil-ra-i-teu)

鮮豔著色彩、可愛的小飛象設計，FiLite 是海特啤酒廠推出的輕量啤酒。將主要原料麥芽和大麥的比例減少為原來啤酒的三分之二，說是啤酒，但因為麥芽含量不到 10%，所以比較偏向發泡酒。被稱為啤酒界的「蜂蜜奶油洋芋片」，上市時採用低價策略，讓它在年輕世代（特別是大學生）間備受歡迎。

酒　　後　　不　　開　　車

韓國濁酒──馬格利

根據韓國史書記載，大約在三國時期就已經出現濁酒，古代許多文獻中都有馬格利製作方式的相關內容，歷史超過千年的它無疑是韓國最古老的傳統酒。

名稱由「막」（剛剛）和「걸리」（過濾）兩個詞組成，因此有一說是「剛剛過濾的酒」。喝起來酸酸甜甜的馬格利，使用米或大麥等穀物蒸熟冷卻後，添加麥芽與水混合，讓乳酸和酒精同時發酵，再經過過濾而成，酒精濃度大多在 6~8% 之間。因為顏色混濁，讓它又被稱為**濁酒（탁주，tak-jju）**，也因為農家通常在種地時飲用，所以又被稱為**農酒（농주，nong-ju）**。

©韓國觀光公社

從家釀酒到國家無形文化財

因為酵母一直在發酵，酸味不斷增加，所以馬格利過去很難配送到較遠的地方。據說在朝鮮時代，每個鄉、鎮就會有一間小型的馬格利釀酒廠，或是家家戶戶自行釀酒。家釀酒文化的盛行，讓馬格利一度蓬勃發展，形成各地獨具風味且百花齊放的盛況。

然而日治時代，先是課以繁重酒稅，後來乾脆直接禁止自家釀酒，特別是韓戰後全國缺糧，造成原本使用米釀造的馬格利得改用大麥或小麥等其他穀物，因此銷量下滑。儘管 1990年代稻米產量提高後解除禁令，適合搭配煎餅、下雨天讓韓國人特別想念的馬格利（詳見 P.31），卻不太適合烤肉等其他料理，也因此直到 2008 年海外掀起馬格利熱，才讓低酒精含量和高營養成分的它，再度紅回韓國。

酒　後　不　開　車

代表品牌與特殊口味

比起燒酒和啤酒，製作相對簡單的馬格利在各地都有許多品牌，可說是一種地方特產，其中首爾知名度最高且全韓國最熱銷的是**長壽馬格利（장**

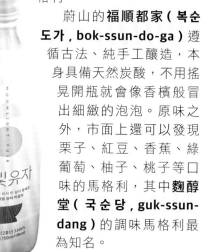

수막걸리，jang-su-ma-kkkol-ri），帶有炭酸和微甜的香氣。使用金井山岩層水和自然酒麴，據説歷史回溯到朝鮮時期肅宗（1674~1720年）任內，來自釜山的**金井山城馬格利（금정산성막걸리，geum-jong-san-song-mak-kkol-ri）**，以傳統方法釀造，成為唯一被指定為韓國民俗酒的馬格利。

蔚山的**福順都家（복순도가，bok-ssun-do-ga）**遵循古法、純手工釀造，本身具備天然炭酸，不用搖晃開瓶就會像香檳般冒出細緻的泡泡。原味之外，市面上還可以發現栗子、紅豆、香蕉、綠葡萄、柚子、桃子等口味的馬格利，其中**麴醇堂（국순당，guk-ssun-dang）**的調味馬格利最為知名。

馬格利的姐妹酒

韓國還有一種**東東酒（동동주，dong-dong-ju）**，它的作法基本和馬格利一樣，差別只在於沒有過濾，因此酒面飄浮著一顆顆的飯粒，事實上「동동」的意思就是「漂浮的小物體」，也因為這個模樣，所以東東酒還有另一個名稱「**浮蟻酒**」（**부의주，buu-i-ju）**。

另外慶州的特產**母酒（모주，mo-ju）**，原

本是當地母親為兒子釀的酒，採用的是馬格利，不過加入生薑、肉桂、大棗等藥材，酒精濃度非常低，大約只有1%，以免喝太多傷身。

吃素者在韓國

韓國人對素食的觀念

韓國吃素的人不多,儘管近年來基於環保、養生或宗教等因素,素食者逐日增加,主打素食的餐廳和咖啡廳也越來越多,有些餐廳也會另外推出素食菜單,不過仍不像台灣普及,因此在韓國吃全素或奶蛋素的人,可能會覺得不太方便。特別是在韓國人的定義裡,即使像含有洋蔥、蔥、蒜等辛香料,也可以稱為「全素」,因為他們沒有五辛素的禁忌,因此在素食餐廳,還是有可能提供加入大蒜的辛奇。

展現物產風貌的韓式料理

沒有肉就是素的?

即使不忌五辛素,沒有看到肉或海鮮,並不表示就一定是素的!

以韓國拌飯來說,像是全州拌飯就以牛肉熬煮的高湯來煮飯,許多湯麵更經常以鯷魚或海鮮、牛肉和牛骨熬湯,更別說常出現在辛奇裡的蝦醬和魚露(有些地方甚至還會放入鮑魚和鮮蚵),因此點餐之前或許先詢問清楚,或告知店員自己不能吃的東西是什麼會比較保險。

素食者的推薦食物

雖然韓國食物很容易讓素食者「踩雷」，不過還是有些料理可以推薦，但仍有些小細節需要注意！

寺院料理
사원 요리（sa-won yo-ri）

寺院料理原本主要供僧侶食用，基於健康的理由，除了寺院以外，在首爾也能找到這樣的專賣店。

豆漿麵
콩 국 수（kong-guk-ssu）

單純以大豆加水打磨成的濃稠豆汁當作湯底，冰冰涼涼的豆漿麵基本上沒有葷食顧慮，除了有些店家會以水煮蛋為配料。

豆腐料理
두부 요리（du-bu yo-ri）

以黃豆做成的豆腐美味又營養，而且料理方式多元，涼拌、香煎或是以醬油燉煮⋯⋯不過店家在做豆腐鍋時通常會加入蝦醬，因此記得先溝通。

煎餅
전（jon）/ 부침개（bu-chim-gae）

除了肉類、海鮮之外，也有單純以馬鈴薯、櫛瓜、南瓜、辣椒、紫蘇葉等蔬果做成的煎餅。不過麵糊中會加入雞蛋，因此只適合奶蛋素素食者。

橡實凍
도토리묵（do-to-ri-mung）

以橡實、蕎麥和綠豆磨成的粉末熬煮而成的涼粉，是韓國常見的小菜，切成薄片的橡實棟加上醬油、辣椒調味，有著 Q 彈微辣的口感。

紫菜飯捲
김밥（gim-ppap）

牛肉、鮪魚、起司⋯⋯紫菜飯捲雖然口味眾多，不過也有以菠菜、紅蘿蔔、牛蒡等蔬菜為主的蔬菜飯捲，只是有些店家還是可能會放入雞蛋或蟹肉棒，最好先確認一下。

便利商店裡的**即食飯**

즉석밥（jeuk-ssok-ppap）

韓國人吃泡麵時，很喜歡最後加一碗飯拌著剩下的湯汁吃，此外有些單身族或外食者，可能只需要少量的飯，因此便利商店也販售即食飯，只要簡單微波就能吃，非常方便。對素食者來說，如果本身有帶一些簡單的配菜，或許也是一項選擇。

素食相關單字與基本會話

素食餐廳
채식 식당（chae-sik sik-ttang）

素食主義者
채식주의자（chae-sik-jju-i-ja）

純素者
비건（bi-gon）

蛋素者
오보 베게타리안（o-bo be-ge-ta-ri-an）

奶素者
락토 베게타리안（rak-to be-ge-ta-ri-an）

奶蛋素
락토오보 베게타리안
（rak-to-o-bo be-ge-ta-ri-an）

我是素食主義者。
저는 채식주의자에요.
（jo-neun chae-sik-jju-i-ja-e-yo）

我是全素主義者。
저는 비건이에요.
（jo-neun bi-go-ni-e-yo）

我是 ＿＿＿＿＿ 素食主義者。
저는 ＿＿＿＿＿ 베게타리안이에요.
（jo-neun ＿＿＿＿＿ be-ge-ta-ri-a-ni-e-yo）

全素	비건	bi-gon
奶素	락토	rak-to
奶蛋素	락토오보	rak-to-o-bo

我可以吃 ＿＿＿＿＿ 。
＿＿＿＿＿도 먹을 수 있어요.
（ ＿＿＿＿＿ do mo-geul ssu i-sso-yo ）

我不能吃 ＿＿＿＿＿ 。
＿＿＿＿＿먹을 수 없어요.
（ ＿＿＿＿mo-geul ssu op-sso-yo ）

請問這道料理有放 ＿＿＿＿＿ 嗎？
혹시 이 요리에＿＿＿＿＿들어가요？
（hok-ssi i yo-ri-e ＿＿＿＿ deu-ro-ga-yo）

請幫我拿掉 ＿＿＿＿＿ 。
＿＿＿＿＿좀 빼주세요.
（ ＿＿＿＿＿ jom ppae-ju-se-yo ）

蛋	동물의 알	dong-mu-re al
蛋製品	계란 제품	gye-ran je-pum
牛奶	우유	u-yu
奶製品	유제품	yu-je-pum
肉	고기	go-gi
海鮮	해산물	hae-san-mul
蔥	파	pa
蒜	마늘	ma-neul
洋蔥	양파	yang-pa
韭菜	부추	bu-chu
薤（蕗蕎）	염교	yom-gyo

餐飲實用對話

餐廳

營業時間幾點到幾點？
영업시간은 몇 시부터 몇 시까지에요?
(yong-op-ssi-ga-neun myot si-bu-to myot si-kka-ji-e-yo)

可以預約嗎？
예약할 수 있나요?
(ye-ya-kal ssu in-na-yo)

現在有空位嗎？
지금 빈자리가 있나요?
(ji-geum bin-ja-ri-ga in-na-yo)

我們總共 ＿＿＿ 個人。
저희는 ＿＿＿ 명이에요.
(jo-hi-neun ＿＿＿ myong i-e-yo)

我們有 ＿＿＿ 位大人、＿＿＿ 位小孩。
저희는 성인 ＿＿＿ 명, 아동 ＿＿＿ 명이에요.
(jo-hi-neun song-in ＿＿＿ myong adong ＿＿＿ myong i-e-yo)

請問有 ＿＿＿＿ 的座位嗎？
＿＿＿＿ 있나요?
(＿＿＿＿ in-na-yo)

一般桌位	일반 테이블	il-ban te-i-beul
傳統座席	좌식 테이블	jwa-sik-tei-beul
包廂	룸	rum

可以換座位嗎？
좌석을 바꿀 수 있나요?
(jwa-so-geul ba-kkul ssu in-na-yo)

我們需要 ＿＿＿ 張兒童椅。
어린이용 의자가 ＿＿＿개 필요해요.
(o-ri-ni-yong ui-j-aga ＿＿＿ gae pi-ryo-hae-yo)

請問要等多久？
얼마나 기다려야 하나요?
(ol-ma-na gi-da-ryo-ya ha-na-yo)

請問可以外帶（打包）嗎？
포장 가능한가요?
(po-jang ga-neung-han-ga-yo)

236

點餐

請問有中文菜單嗎？
중국어 메뉴판 있나요?
（jung-gu-go me-nyu-pan in-na-yo）

請問有會說中文的人嗎？
중국어를 할 줄 아는 분이 있나요?
（jung-gu-go-reul hal jjul a-neun buni in-na-yo）

招牌菜是什麼？
시그니처 메뉴는 무엇인가요?
（si-geu-ni-cho me-nyu-neun mu-o-sin-ga-yo）

有推薦什麼菜？
추천 메뉴가 있나요?
（chu-chon me-nyu-ga in-na-yo）

請給我這個。
이거 주세요 .
（i-go ju-se-yo）

請給我一樣的東西。
같은 걸로 주세요 .
（ga-teun gol-ro ju-se-yo）

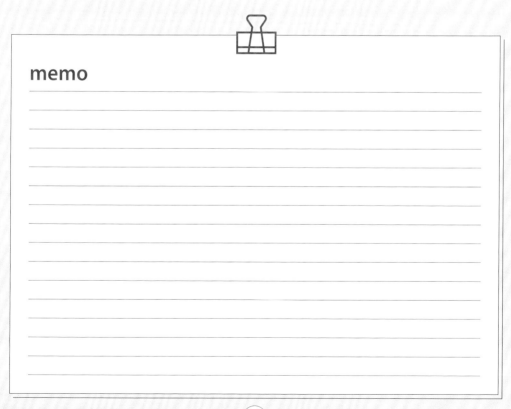

memo

調味

請做成 _____ 。
_____ 해주세요 .
(_____ hae-ju-se-yo)

不辣的	안맵게	an-mae-ge
一點辣的	약간만 맵게	yak-kkan-man
辣的	맵게	maep-ge
很辣的	아주 맵게	a-ju maep-ge
不酸的	시지 않게	si-ji an-kee
不甜的	달지 않게	dal-ji an-kee
不鹹的	짜지 않게	jja-ji am-ke
不苦的	안쓰게	an-sseu-ge

請問這食物裡面有 _____ 嗎？
이 음식면에 _____ 들어가나요?
(i eum-sing-myo-ne _____ deu-ro-ga-na-yo)

請幫我去除 _____ 。
_____ 빼 주세요 .
(_____ ppae ju-se-yo)

蒜	마늘	ma-neul
蔥	파	pa
洋蔥	양파	yang-pa
韭菜	부추	bu-chu
辣椒	고추	go-chu
紅蘿蔔	당근	dang-geun
小黃瓜	오이	o-i
芝麻葉	깻잎	kkae-nnip
花生	땅콩	ttan-gkong
牛奶	우유	u-yu

尋求服務

請給我 _____ 。
_____ 주세요 .
(_____ ju-se-yo)

菜單	메뉴	me-nyu
水	물	mul
小菜	반찬	ppan-chan
圍裙	앞치마	ap-chi-ma
筷子	젓가락	jot-kka-rak
小湯匙	숟가락	Sut-kka-rak
大湯瓢	국자	guk-jja
叉子	포크	pokeu
刀子	칼	kal
剪刀	가위	ga-wi
夾子	집게	jip-kke
小碟子	압접시	ap-jjop-ssi
碗	그릇	geu-reut
吸管	빨대	ppal-ttae
面紙	티슈	ti-syu
濕紙巾	물티슈	mul-ti-syu
啤酒杯	맥주잔	Maek-jju-jan
燒酒杯	소주잔	so-ju-jjan
牙籤	이쑤시개	i-ssu-si-gae

請幫我加 _____ 。
_____ 좀 더 주세요 .
(_____ jom do ju-se-yo)

水	물	mul
小菜	반찬	ban-chan
湯	국물	gung-mul

再來一份。
하나 더 주세요 .
（ha-na do ju-se-yo）

請幫我清理。
좀 치워주세요
（jom chi-wo-ju-se-yo）

請換一下烤盤。
불판 좀 갈아주세요
（bul-pan jom ga-ra-ju-se-
yo）

沒有火／瓦斯了。
불/가스 다 떨어졌어요 .
（bu / kka-sseu da tto-ro-jo-
sso-yo）

可以使用插座嗎？
콘센트 써도 되나요?
（kon-sen-teu sso-do dwe-
na-yo）

廁所在哪裡？
화장실이 어디예요?
（hwa-jang-si-ri o-di-e-yo）

請告訴我 Wi-Fi ／廁所密碼。
와이파이/화장실 비밀번호를 알
려주세요
（wa-i-pa-i / hwa-jang-sil bi-
mil-bon-ho-reul al-ryo-ju-
se-yo）

請幫我結帳。
계산해 주세요 .
（gye-san-hae ju-se-yo）

可以分開結帳嗎？
따로 계산해도 될까요?
（tta-ro gye-san-hae-do
dwel-kka-yo）

可以使用信用卡嗎？
카드로 할 수 있나요?
（ka-deu-ro hal ssu in-na-
yo）

請給我收據。
영수증 주세요 .
（yong-su-jeung ju-se-yo）

memo

讓人流連的「美味」

香噴噴的烤肉與海鮮，坐擁獨家風味的吮指炸雞，從燉排骨、豬腳到安東燉雞，暖身又開胃的湯鍋和湯飯料理……不能錯過的還有各種米食、麵食與甜點，哪些是你必嚐的餐廳？現在就讓我們一起拜訪去！

首爾

（燒烤）
一流
이치류
홍대본점

（交通）地鐵 2 號線合井站 3 號出口徒步約 10 分 （地址）서울 마포구 잔다리로 3 안길 44 （電話）02-3144-1312 （時間）17:00~23:00(週日 至 22:00) （價格）高 級 羊 排 一 人 份 ₩ 37,000

大家都知道韓國的烤肉多以豬肉和牛肉居多，但其實烤羊肉更是一絕，尤其是烤羊排骨！位於弘大的「一流」榮獲米其林推薦多年，是許多當地老饕的口袋名單，用餐全程有服務人員幫忙烤肉，以確保呈現最佳肉質，調味可以依照自己的喜好選擇海鹽，或是店家獨家秘制的調料。羊排肉質非常鮮美，經過燒烤後香嫩多汁，現場排隊人潮絡繹不絕。

（燒烤）
哈哈 & 金鐘國的 401 精肉食堂
하하 & 김종국의 401 정육식당

（交通）地鐵 2 號線弘大入口站 9 號出口徒步約 15 分；2、6 號線合井站 3 號出口徒步約 8 分；6 號線上水站 1 號出口徒步約 9 分 （地址）서울 마포구 잔다리로 23 （電話）02-325-0805 （時間）16:00~2:00 （價格）豬或牛肉₩ 17,000 起、肥腸₩ 17,000 起

由雷鬼歌手兼搞笑藝人的哈哈開的 401 精肉食堂，提供新鮮的豬、牛肉與肥腸，店家貼心地提供中文菜單。從店家外觀就可感受到鮮豔色彩的雷鬼風格，店內除了整面偶像明星曾造訪的簽名牆外，擁有強烈風格的嘻哈塗鴉牆，也很有哈哈的特色，是韓國綜藝節目《Running Man》忠實觀眾必訪店家，加上有眾多韓星加持，經常座無虛席，且越晚越熱鬧，説不定會遇到前來聚餐的《Running Man》成員！

讓人流連的美味餐廳

湯鍋 湯飯
洪班長
홍반장

交通 地鐵 2 號線弘大入口站 3 號出口徒步約 5 分 **地址** 서울 마포구 동교로 213 **電話** 02-304-6463 **時間** 24 小時 **價格** 血腸湯 ₩ 9,00(순대국)、大骨醒酒湯 (뼈해장국) ₩ 10,000

位在東橋洞散步步道旁的「洪班長」，因 24 小時的營業時間與美味料理受到歡迎，店內寬敞、乾淨，非用餐時間也有許多客人光顧。店內招牌血腸湯飯，是將大腸內灌進豬血及冬粉，有時會加入蔬菜等，如果擔心味道較重無法習慣血腸的味道，也可以換點馬鈴薯湯，份量分為大、中、小份。如一個人來用餐也可以點豬肉湯飯、餃子湯，或是帶點辣味的解酒湯。

煎餅
麻雀碾米房
참새방앗간

交通 地鐵 2 號線弘大出口站 8 號出口徒步約 2 分 **地址** 서울 마포구 어울마당로 129-1 **電話** 02-338-5359 **時間** 16:00~3:00 **價格** 綜合煎餅 (모듬전) ₩ 28,000、肉煎餅 (육전) ₩ 30,000

位於弘大的麻雀碾米房是眾多饕客強力推薦的煎餅名店！韓國的傳統節日家家戶戶都會做各式各樣的煎餅，煎餅根據所放的材料而有所不同，海鮮煎餅與辛奇煎餅等都是人氣必點，若是不知道怎麼選擇，店內招牌綜合煎餅應有盡有，將許多蔬菜、海鮮與肉類裹上蛋液，掌握火侯功力十足，煎餅脆度剛剛好。

湯飯
豚壽百
돈수백

交通 地鐵 2 號線弘大入口站 8 號出口徒步約 2 分 **地址** 서울 마포구 홍익로 6 길 74 **電話** 02-324-3131 **時間** 24 小時 **價格** 豬肉湯飯 (돈탕반) ₩ 8,500、綜合湯飯 (섞어탕반) ₩ 8,500 **網址** www.donsoobaek.com

誰說豬肉湯飯一定要在釜山吃，在首爾也吃的到！位於弘大的這家豬肉湯飯專賣店，提供豬肉湯飯、內臟湯飯、綜合湯飯 (豬肉＋內臟)、豬肉湯飯套餐，還有餃子等選擇。不論點哪一味，都推薦先嘗幾口原味，再加入蝦醬，如果熱愛重鹹更可以再加入辣醬、辛奇汁或辛奇，也別忘了醃韭菜。調味好之後，先將附贈的麵線加入食用，再將飯倒入湯內，爽口不油膩的湯頭、口感絕佳無腥味的豬肉，是讓人一再回味的平凡滋味。

燒烤

濟州間
제줏간

想吃濟州島黑豬肉不用跑濟州島，在弘大附近就吃得到！濟州間是一家連鎖烤肉店，主打乾式和濕式熟成的濟州黑豬肉。門口可以看見石頭爺爺，店內裝潢也充滿濟州島風情，除了裝飾大量植物外，還有海女和橘子樹。店內多種肉品中，特別推薦肉質彈牙的特級五花肉和油花分布均勻的豬頸肉，非常美味。店員會幫忙烤肉，並送上第一輪小菜和醬料，之後如果要續加，可自行前往自助吧拿取。可一人用餐，但至少必須點兩份肉。

交通 地鐵 2 號線弘大出口站 8 號出口徒步約 3 分 **地址** 서울 마포구 어울마당로 141 **電話** 02-333-4226 **時間** 11:00~2:00 **價格** 濟州特級五花肉（제주특삼겹살）₩ 17,000、濟州雪花豬頸肉（제주 꽃목살）₩ 16,900

甜點
飲料

Thanks
Nature Café
양카페（땡스네이쳐카페）

交通 地鐵 2 號線弘大入口站 9 號出口徒步約 6 分 **地址** 서울 마포구 홍익로 10 서교푸르지오상가 B1F, 121 **電話** 02-335-7470 **時間** 12:00~21:00 **價格** 咖啡₩ 3,900 起、格子鬆餅（와플）₩ 7,400 起、汽水₩ 5,900 起

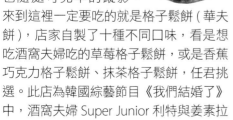

Thanks Nature Café 店內以木質與淺綠為主要色系，在店裡也隨處可見羊的蹤影。來到這裡一定要吃的就是格子鬆餅（華夫餅），店家自製了十種不同口味，看是想吃酒窩夫婦吃的草莓格子鬆餅，或是香蕉巧克力格子鬆餅、抹茶格子鬆餅，任君挑選。此店為韓國綜藝節目《我們結婚了》中，酒窩夫婦 Super Junior 利特與姜素拉第一次見面的咖啡館。

烤腸

九孔
炭烤腸
구공탄곱창

交通 地鐵 2 號線弘大入口站 9 號出口徒步約 16 分，2、6 號線合井站 6 號出口或上水站 1 號出口徒步約 6 分 **地址** 서울 마포구 양화로 6 길 77 **電話** 02-3395-9010 **時間** 16:00~23:00 **價格** 鹽味、辣味烤大腸（막창구이）、辣味烤小腸（곱창구이）₩ 13,000，加起司₩ 5,000

九孔炭烤腸主要使用國產豬大腸和小腸，另外也供應加拿大進口的豬橫隔膜（肝連）肉和盲鰻，分為鹽味和辣味，因為是兩人份起跳，建議可點鹽味烤大腸和辣味烤小腸各一份，再加點起司，這樣整盤上桌相當可觀，中間附上辣醬和酸奶醬，韭菜上灑有胡椒鹽，半邊是烤腸，另一半是煎蛋、起司和隱藏其中的年糕，切成干貝狀的年糕不過於黏膩好入口，大小腸也處理得很乾淨，入味又有嚼勁。

讓人流連的美味餐廳

興夫家
部隊鍋
部隊鍋

흥부네
부대찌개

交通 地鐵 2 號線弘大入口站 9 號出口徒步約 8 分 **地址** 서울 마포구 와우산로 29 마길 12 2F **電話** 02-336-1009 **時間** 11:30~21:00(休息時間 15:30~17:00) 休日：週六、週日 **價格** 原味 (흥부네 부대찌개) ₩ 9,500、蘑菇部隊鍋 (버섯 부대찌개) ₩ 10,500、咖哩部隊鍋 (카레 부대찌개) ₩ 10,000、海鮮部隊鍋 (해물 부대찌개) ₩ 12,000

　　在弘大開業有 40 年時間的興夫家部隊鍋，自詡為部隊鍋的專家，料好味美實在非常受到在地人的歡迎。店內使用韓屋裝潢，價格十分平價，部隊鍋類都是以兩人份起跳，鍋類口味眾多，像是咖哩、泡菜、海鮮、蘑菇等，另外還有混合鍋可以選擇，其中以混合鍋與蘑菇鍋最受歡迎，蘑菇鍋除了部隊鍋料，另加入了 3 種不同菇類使湯汁更為鮮甜。如果鍋料吃不夠，還可多加點拉麵、起司、香腸 (소시지)、餃子 (만두) 或黑輪 (어묵) 等。

古家
白飯定食

고집

交通 地鐵 2 號線弘大出口站 9 號出口徒步約 8 分 **地址** 서울 마포구 홍익로 3-11 **電話** 02-334-8774 **時間** 10:30~21:00 **價格** 炭烤豬肉白飯定食 (돼지연탄구이백반) ₩ 9,500、炭烤青花魚白飯定食 (고등어연탄구이백반) ₩ 9,500

　　白飯定食和其他韓式定食的差別，在於小菜比較少，是簡單版的韓式定食。過去白飯定食其實沒有主菜，不過近年來大多會有 3~4 樣主菜可以選擇。古家位於弘大附近，每到用餐時間就會湧入大量客人。定食價格在 1 萬韓元上下，可以吃到主菜、七樣小菜和大醬湯，實在非常划算。此外店內還有豆腐鍋、辛奇鍋和蓋飯等。

新村・梨大

신촌·이대
SINCHON · EWHA WOMANS UNIVERSITY

麵包 甜點

彼得潘 1978
피터팬 1978

交通 地鐵 2 號線新村站 3 號出口轉乘公車約 10 分　地址 서울 서대문구 증가로 10　電話 02-336-4775　時間 8:00~21:00　價格 鹽味小餐包 (시오빵) ₩ 2,500 起

「피터팬1978」一間小小的麵包店卻已有百年的歷史，近年來更因許多網紅、youtuber 和韓國當紅女團「BLACKPINK」成員 Jenny 的推薦再度爆紅。店中的鹽味小餐包是人氣商品，分成硬的與軟的兩種，可以依個人喜好做選擇，若是想要品嘗人氣鹽味小餐包建議在傍晚之前到店購買。店中其他的糕點種類多樣，水果蛋糕也是生日或是聖誕節的熱賣商品。

甜點

雪冰
설빙

交通 地鐵 2 號線新村站 2 號出口徒步約 5 分　地址 서울 서대문구 연세로 23 2 층　電話 070-7716-8970　時間 11:30~23:30　價格 黃豆粉雪冰 (인절미설빙) ₩ 8,900、黃豆粉麻糬吐司 (인절미 토스트) ₩ 4,800

　　從釜山一路紅到首爾的雪冰，以如雪般的冰品為主，尤其是舖滿黃豆粉的招牌黃豆粉雪冰，可階段性地淋上店家附加的煉乳，煉乳和黃豆粉以及底下的冰融合在一起，口感很特別。舖滿草莓的草莓粉雪冰，超誘人！也很推薦黃豆粉麻糬吐司，吐司的表面先淋上糖霜烤過，酥脆外表搭配內部麻糬的綿密口感，相當好吃。藍莓和起司塊加上煉乳，甜而不膩，是女孩會喜歡的滋味。

燒烤

Daemyung 烤肉
대명꼬기

交通 地鐵 2 號線新村站 3 號出口徒步約 15 分　地址 서울 서대문구 명물길 27-15　電話 0507-1484-1636　時間 17:00~24:00　價格 五花肉一人份 ₩ 7,000 起

　　新村是首爾的知名學區，延世大學、梨花大學與西江大學都在其周圍，所以想要體驗學生美食，來到新村准沒錯！「Daemyung烤肉」就是其中超低價的學生烤肉店，雖然隱身在巷弄之間，但依然每晚高朋滿座，不過要注意這邊的烤肉有基本的點餐份數，越多人來愈划算。

孔陵一隻雞
공릉닭설빙한마리

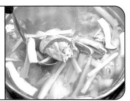

交通 地鐵 2 號線新村站 4 號出口或梨大站 1 號出口徒步約 10 分 **地址** 서울 서대문구 연세로 2 길 77 **電話** 02-393-9599 **時間** 11:00~22:00 **價格** 一隻雞 (닭한마리)₩ 24,000

隱身於新村與梨大之間巷弄裡的孔陵一隻雞,可是大家口耳相傳的知名美味。在熬煮費時的雞湯裡除了一隻雞,還有年糕、麵疙瘩等豐盛配料,軟嫩的雞肉搭配店內獨特醬汁,相當美味。不妨加點麵條會更好吃,或是將雞肉全數吃完,還剩下些湯底時,可請店員煮雞湯粥,完美的結束一餐。

春川辣炒雞排蕎麥麵
춘천집
닭갈비막국수

交通 地鐵 2 號線新村站 2 號出口徒步約 5 分 **地址** 서울 서대문구 연세로 5 가길 1 **電話** 02-325-2361 **時間** 11:00~22:30 **價格** 無骨辣炒雞排 (뼈 없 는 닭 갈비)₩ 13,000、蕎麥麵 (막국수)₩ 7,500

這家以賣春川辣炒雞排為主的餐廳,在新村一帶相當有名;主要將去骨的雞排肉切塊,以醬料醃製入味;待客人點餐後,和年糕、香腸、地瓜、白菜等配料一起端上桌,淋上店家特製辣椒醬,在平底鐵板鍋上開始拌炒,完成後先吃配料,再吃年糕和雞排,要注意食物的辣勁不容小覷,此時餐廳附上的蘿蔔泡菜、通心粉沙拉和清涼的開水,就起了作用。

元祖馬鈴薯排骨湯
원조감자탕

交通 地鐵 2 號線新村站 1 號出口徒步約 5 分 **地址** 서울 서대문구 연세로 5 다길 8 **電話** 02-332-6400 **時間** 10:00~24:00 **價格** 馬 鈴 薯 排 骨 湯 (감 자 탕) 小₩ 29,000、 排 骨 醒 酒 湯 (뼈 다 귀탕)₩ 8,000

加入芝麻葉、泡菜、金針菇、馬鈴薯等配料的馬鈴薯排骨湯,光是小份的份量就很驚人,排骨燉得軟爛,光用筷子就可以輕鬆地骨肉分離,帶辣的口味極下飯!排骨醒酒湯不一定是喝了酒的隔天才能吃,味道和馬鈴薯排骨湯些許不同,稍微辣一些,將飯加進湯裡也很好吃。

新村大叔烤貝店
지오짱 조개구이

`燒烤`

©新村大叔烤貝店

`交通` 地鐵 2 號線新村站 1、2 號出口徒步約 6 分 `地址` 서울 서대문구 연세로 5 가길 15 `電話` 02-333-2236 `時間` 17:00~23:30 `價格` 什錦拼盤（모둠구이）兩人份₩50,000、三人份₩65,000、四人份₩80,000

這家位於新村的烤貝店已有十幾年的歷史，曾接受許多媒體採訪，深受香港、日本遊客的喜愛。附中英文的菜單上，有烤扇貝、烤螺、烤帶子等各式貝類可選擇，或是直接點什錦拼盤，不僅每一種都吃的到，還有一鍋豆腐鍋可享用。

烤貝有原味、起司、蒜頭 3 種口味，貝類新鮮、口感鮮甜。

烤肉村 2 號店
구이마을 2 호점

`燒烤`

`交通` 地鐵 2 號線新村站 2 號出口徒步約 5 分 `地址` 서울 서대문구 연세로 7 안길 10 1 층 `電話` 02-334-4252 `時間` 11:30~5:05 `價格` 豬五花（삼겹살）₩8,900

烤肉村在位於新村主巷內，夜晚幾乎座無虛席，稍有厚度又有嚼勁的豬五花滋味，搭配烤辛奇，清爽不油膩，很受到韓國人的喜愛，時常看到公司在此聚餐。

金德厚牛腸庫
김덕후의 곱창조

`烤腸`

`交通` 地鐵 2 號線新村站 2 號出口徒步約 5 分 `地址` 서울 서대문구 연세로 7 안길 18 `電話` 02-336-1300 `時間` 17:00~24:00 `價格` 吃到飽（무한리필）₩26,800、綜合拼盤（덕후모듬）₩14,900

打著要創造最棒的牛腸料理，金德厚牛腸庫是韓國連鎖烤腸餐廳，「德厚」其實是音譯，有「熱愛某事物的人」之意，也就是指熱愛牛腸的金先生所創造的牛腸店，很有意思。店內採用特製醬料醃製的牛腸，提供有牛小腸（곱창）、大腸（대창）、牛百頁（양깃머리）、皺胃（막창）、牛心（염통）等，可單點也可選擇 5 種都有的綜合拼盤。另外店內的吃到飽，也是非常受歡迎的選項。

讓人流連的美味餐廳

辣炒雞排

柳家
辣炒雞排
유가네닭갈비
명동역점

交通 地鐵 4 號線明洞站 8 號出口徒步約 1 分；2 號線乙支路入口站 5、6 號出口徒步約 10 分 地址 서울 중구 명동 8 가길 19 2 층 電話 02-775-3392 時間 10:00~23:00 價格 半半辣炒雞肉 2 人份套餐 (반반닭갈비 2 인) ₩ 26,000、鐵板炒飯 ₩ 7,500 網址 www.yoogane.co.kr

　　柳家辣炒雞排是將釜山風味的無骨雞肉和蔬菜、年糕等配料放在大鐵盤上直接拌炒，甜甜辣辣的很是過癮。鐵板炒飯是店裡的另一道王牌菜色，服務生當場拌炒熟飯、配菜和辣醬，最後做成愛心形狀。有海鮮、牛肉等各種口味，再加入起司趁熱享用，濃郁的風味和拔絲口感更加叫人難忘。

牛骨湯

河東館
하동관

交通 地鐵 2 號線乙支路入口站 5 號出口徒步約 3 分；4 號線明洞站 8 號出口徒步約 6 分 地址 서울 중구 명동 9 길 12 電話 02-76-5656 時間 7:00~16:00 休日 週日 價格 牛骨湯 (곰탕) ₩ 15,000 網址 www.hadongkwan.comm

　　以牛肉湯聞名的河東館，有 70 多年歷史，堅持選用上等韓牛，提供牛肉湯和熟肉兩種選擇。店家先選擇牛胸肉、牛腱肉、內臟、牛腿等部位，與蘿蔔一起長時間熬煮，肉熟後撈出，等有人點餐時與白飯一起放入湯中端出。特級牛肉湯比一般牛肉湯多加了牛肚；熟肉拼盤裡則有牛胸及牛肚。加點蔥花、鹽或胡椒粉，湯頭更清爽。有些人還會將蘿蔔辛奇汁倒入湯中，吃起來更香辛；吃完喝杯店家附上的大麥茶可去油膩。

蔘雞湯

百濟蔘雞湯
백제삼계탕

交通 地鐵 2 號線乙支路入口站 5、6 號出口，或 4 號線明洞站 8 號出口徒步約 6 分 **地址** 서울 중구 명동8길8-10 **電話** 02-776-3267 **時間** 9:00~22:00 **價格** 蔘雞湯 (삼계탕) ₩ 19,000

百濟蔘雞湯主打美味又補身的蔘雞湯，在幼雞中塞入糯米、紅棗、人蔘一起燉煮，用餐時店家還會附贈一杯原汁原味的人蔘酒，和雞湯一起享用滋味好得不得了。雞湯香濃美味，交雜著清爽的人蔘香氣。另外，店家還有營養更加分的烏骨雞湯可選擇。

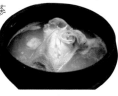

 燉雞

鳳雛燉雞
봉추찜닭

交通 地鐵 4 號線明洞站 8 號出口徒步約 3 分；2 號線乙支路入口站 5、6 號出口徒步約 6 分 **地址** 서울 중구 명동 8 나 길 47 **電話** 02-3789-9381 **時間** 11:00~21:30 **價格** 小 份 ₩ 24,000、中份₩ 37,000、大份₩ 50,000

 鳳雛燉雞是指安東地區風味的辣味燉雞，鮮嫩雞肉用安東特製的香辣醬料，加入馬鈴薯、紅蘿蔔、韓國冬粉等。鳳雛燉雞在首爾有十幾家分店，氣氛比其他連鎖餐廳要來的時尚舒適。燉雞香 Q 甜辣而不麻，受到年輕女生的喜愛。店家還推薦清涼的蘿蔔泡菜湯，清爽的酸味正好可消火清熱，此外安東的傳統美酒也是絕配。

餃子 刀削麵

明洞餃子
명동교자

交通 地鐵 4 號線明洞站 8 號出口徒步約 3 分；2 號線乙支路入口站 5、6 號出口徒步約 6 分 **地址** 서울 중구 명동 10 길 29 **電話** 0507-1366-5348 **時間** 10:30~21:00 **價格** 刀 削 麵 (갈 국 수) ₩ 11,000 **網址** www.mdkj.co.kr

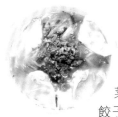 1966 年 開 業 的「明洞餃子」，在 2022 年入選首爾米其林指南，店內的菜品不多，刀削麵、餃子兩樣就美味的令人印象深刻，餃子包得像三角形的大餛飩。來此直接點碗湯頭濃郁的刀削麵，附上 4 顆餃子，餃子內餡是熟悉的餃子餡，細柔多汁、滋味極佳。料多且多汁的餃子，搭上湯頭濃郁的刀削麵，難怪店門前總是大排長龍。

讓人流連的美味餐廳

紫菜飯捲

忠武飯捲
충무김밥

交通 地鐵 4 號線明洞站 8 號出口徒步約 3 分；2 號線乙支路入口站 5、6 號出口徒步約 8 分 地址 서울 중구 명동 10 길 16 電話 02-755-8488 時間 平日 9:30~22:00、週末 9:00~22:00 價格 忠武飯捲組合 (충무김밥 1set) ₩ 11,000

忠武飯捲是家一日賣出 300 份紫菜飯捲的人氣餐廳。飯捲都是工作人員在店內現捲現賣，招牌是 10 個小小的紫菜飯捲在盤中排排站，再舀上各一匙的醃蘿蔔和辣魷魚，並附上一碗湯，吃飽又吃巧！飯捲配醃蘿蔔和辣魷魚，越吃越上癮。

 冷麵

明洞咸興冷麵
명동함흥면옥

交通 地鐵 4 號線明洞站 8 號出口徒步約 3 分；2 號線乙支路入口站 5、6 號出口徒步約 8 分 地址 서울 중구 명동 10 길 35-19 電話 02-776-8430 時間 11:00~20:00 休日 週一 價格 水冷麵 (물냉면) ₩ 12,000

這家冷麵老店是沿襲老闆娘的母親從北朝鮮帶來的料理方式，在明洞已有 20 多年歷史，以傳統方式和麵，再以機器製成麵條，相當有咀嚼感，種類分為水冷麵 (믈냉면)、肉片冷麵 (고배기냉면) 和生魚辣拌冷麵 (회냉면)，前兩者口味較清淡，後者加入生魟魚片。冷麵又辣又酸的口感，相當過癮。

國民美食

飯捲天國
김밥천국

交通 地鐵 4 號線明洞站 4 號出口徒步約 1 分 地址 서울특별시 중구 회현동 3 가 1-7 電話 02-771-9565 時間 24 小時 價格 紫菜飯捲 (김밥) ₩ 3,000 起、鐵板辛奇炒飯 ₩ 8,000

飯捲天國是韓國常見的平價連鎖餐廳，裡頭供應各種國民美食：口味選擇多樣的紫菜飯捲、泡麵、蓋飯、炒飯、餃子，包括刀削麵、豆漿麵、冷麵湯、麵疙瘩在內的各種麵食，以及辛奇鍋、豆腐鍋、大醬湯等湯鍋，當然也有辣炒年糕和魚糕等國民小吃，是韓國學生和上班族經常拜訪的店家。這間位於明洞的分店 24 小時營業，對遊客來說非常方便，任何時候想吃都可以解饞。

羅宴
La Yeon
라연

宮廷料理

獎忠洞
豬腳街
장충동
족발 골목

豬腳

交通 地鐵 3 號線東大入口站 5 號出口徒步約 9 分 **地址** 서울 중구 동호로 249 **電話** 02-2230-3367 **時間** 12:00~21:30(休息時間 1 4:30~17:30) **價格** 神仙爐 (신선로) ₩ 90,000、午餐 / 羅宴套餐 (점심 / 라연코스) ₩ 195,000 **網址** www.shilla.net/seoul/dining/viewDining.do?contId=KRN#ad-image-0

　　位在新羅酒店 23 樓的「La Yeon 羅宴」，是榮獲米其林三星的酒店餐廳，以發揚宗家與宮廷飲食文化為概念，傳承了韓國歷史悠久的傳統食譜和烹調技術，並以創新現代的料理手法演繹每道韓菜的精湛風味，並與知名韓國藝術家 La Ki-Hwan 和 Lee Ki-Jo 聯手製作的客製碗盤，為來客帶來一場濃厚韓式文化的味蕾之旅。招牌菜色「神仙爐」，是朝鮮時代國王才吃得到的料理，這裡也吃得到韓國人喜愛的生牛肉拌飯。

交通 地鐵 3 號線東大入口站 3 號出口即達 **地址** 서울 중구 장충단로 176
元祖 1 號店獎忠洞奶奶之家 **地址** 서울 중구 장충단로 174 **電話** 02-2279-9979 **時間** 10:00~22:30 **休日** 週三 **價格** 大份 ₩ 50,000、中份 ₩ 40,000、小份 ₩ 30,000

　　50 多年前，這裡原本只是一條賣綠豆煎餅的小街，一位來自北韓的老奶奶，首先在這裡開了一家小店賣起了豬腳，沒想到受到極大的歡迎打響了名號，之後陸續有許多店家跟進，迄今已超過 10 間豬腳店林立在條街上，成為首爾和全韓國最有名氣的豬腳街。
　　這裡吃豬腳時習慣沾上蝦醬、配上辛奇並包著生菜吃。元祖 1 號店獎忠洞奶奶之家（ 원조 1 호장충동할머니집 ）就是這條街的創始店，以獨家配方特製的滷汁，將豬腳滷上 2~3 小時入味後才起鍋。不同其他店附上的配菜是綠豆煎餅，這裡搭配的是大蔥煎餅。

讓人流連的美味餐廳

冷麵 **五壯洞
咸興冷麵**
오장동
함흥냉면

國民
美食 **廣藏市場**
광장시장

交通 地鐵 2、5 號線乙支路 4 街站 8 號出口，向南行至十字路口左轉，徒步約 5 分 地址 서울 중구 마른내로 108 電話 02-2267-9500 時間 11:00~20:00（休息時間 15:30~17:00）休日 週二 價格 水冷麵（물냉면）、生魚片冷麵（회냉면）、辣拌冷麵（비빔냉면）、熱湯麵（온면）皆 ₩ 15,000

交通 地鐵 1、4 號線東大門站 7 號出口徒步約 5 分；1 號線鍾路 5 街站 7、8 號出口徒步約 2 分 地址 서울 종로구 창경궁로 88 電話 02-2267-0291 時間 美食街 9:00~23:00

　　位於北朝鮮的咸境道，平常吃冷麵有一套獨特的作法，用綠末粉製成的麵條搭配拌著辣椒醬的生魟魚片，滋味與眾不同，且嚼勁十足。入選 2022 年首爾米其林指南的「五壯洞咸興冷麵」，其經營者本來生長在咸境南道的興南市，在 6.25 戰爭時來到了南方，1953 年起在東大門附近的五壯洞開設了這家以冷麵為號召的餐廳，各式口味的冷麵和水餃都很受歡迎。

　　廣藏市場內有蔬果、布料、寢具、韓服等商家，商場中央聚集了上百間攤販，熱鬧程度可比台北的士林夜市。不過最受遊客歡迎的是美食街，販賣豬腳、豬血腸、生魚片等常見的韓國小吃，其中以綠豆磨碎後加入食材，煎成薄餅的傳統綠豆煎餅，和外型碩大圓滾的餃子，為市場內必嘗的招牌美食。

綠豆煎餅 生拌牛肉

朴家綠豆煎餅

박가네 빈대떡

[地址] 서울 종로구 종로 32 길 7 [電話] 02-2264-0847 [時間] 8:00~22:00 [價格] 綠豆煎餅 (빈대떡) ₩ 5,000 起、生拌牛肉 (육회) ₩ 19,000

說到廣藏市場必嘗的美食就會想到綠豆煎餅與生拌牛肉，朴家綠豆煎餅就是當地許多旅遊書與網紅推薦的人氣名店。店前就可以看見綠豆煎餅的煎製過程，令人食指大動。店面主要以販售綠豆煎餅為主，若想節省排隊時間，可以在另外的座位區直接點生牛肉，就可以快速入座。若是喜歡生拌牛肉，也推薦嘗嘗店內的生牛肉壽司。

紫菜飯捲

母女飯捲

모녀김밥

[地址] 서울 종로구 동호로 403-23 [電話] 02-2273-8330 [時間] 9:00~21:00 [價格] 麻藥飯捲 (모녀김밥) ₩ 4,000、辣炒年糕 (떡볶이) ₩ 3,000、魚板 (어묵) ₩ 2,000

母女紫菜飯捲在廣藏市場內有兩家店，1 號店的位置比較偏，隱身於邊巷裡。2 號店很好找，就位於市場中央的主街美食區域，而且有著大大的招牌和舒適的用餐區域。店內提供生拌牛肉、綠豆煎餅、豆漿麵、辣炒年糕等食物，不過最有名的是麻藥飯捲。像手指般細細長長的麻藥飯捲，只有刷上香油、撒上芝麻的紫菜，包著飯、紅蘿蔔和醃蘿蔔，雖然簡單卻意外美味，也可以沾芥末一起吃，搭份魚板更對味。

紫菜飯捲

元祖起司裸飯捲

원조누드치즈김밥

[地址] 서울 종로구 창경궁로 88 광장시장 내 41 호 [電話] 010-4164-1145 [時間] 週一 6:00~19:00、週二至週六 5:00~19:00 [休日] 週日 [價格] 起司鮪魚飯捲 (치즈참치김밥) ₩ 3,000、起司鮪魚飯捲＋雜菜加 (잡채김밥) ₩ 4,000、起司鮪魚飯捲＋雜菜＋魚板 (세트김밥) ₩ 6,000

看起來不特別起眼的小小攤位，卻擁有非常高的人氣，因為就連韓國知名廚師白種元也特別推薦。由於位於廣場市場的支巷，從西二門進去會比較好找。所謂的裸飯捲就是開放式飯捲，把飯反過來包在紫菜外面，裡頭還有起司、蟹肉棒和醃蘿蔔等，最上面再鋪上一層鮪魚，吃起來別有一番風味。店內的雜菜也很好吃，店家還免費提供魚板湯。

讓人流連的美味餐廳

冷麵

又來屋
우래옥

交通 地鐵 2、5 號線乙支路 4 街站 4 號出口，第 1 個路口右轉，徒步約 2 分 **地址** 서울 중구 창경궁로 62-29 **電話** 02-2265-0151 **時間** 11:30~21:00 **休日** 週一 **價格** 傳統平壤式冷麵 (평양냉면) ₩ 16,000、辛奇冷麵 (김치말이냉면) ₩ 16,000、烤牛舌 (혀밑구이) ₩ 35,000

這是一間擁有 60 年歷史的餐廳，以平壤傳統口味的冷麵、烤牛舌最為著名。雖然在小巷弄之中，但是專屬的停車場每天都可看到排滿黑頭車，也經常看到打扮莊重的食客們進進出出，可見是首爾的有錢人和權貴們經常光顧的高檔餐廳。牛肉、水梨熬煮湯底的冷麵清爽可口。

一隻雞

一隻雞街

交通 地鐵 1、4 號線東大門站 8、9 號出口；1 號線鍾路 5 街站 5、6 號出口徒步約 5 分

從東大門市場到廣藏市場之間有幾條窄小的通道，路都不大，但很熱鬧；其中通路北側為販賣清煮雞湯鍋店家的一隻雞街，這裡的店家是將一整隻幼雞放入鍋裡熬煮而成，不但湯頭鮮美，雞肉彈牙有嚼勁，也讓人再三回味。通常一隻雞可供 2~3 人食用。

一隻雞

陳玉華奶奶一隻雞
진옥화할매원조닭한마리

地址 서울 종로구 종로 40 가길 18 **電話** 02-2275-9666 **時間** 10:30~1:00 **價格** 一隻雞 (닭 한 마리) ₩ 30,000、麵條 (국수사리) ₩ 2,000 **網址** www.darkhanmari.co.kr

從 1978 年開店至今，陳玉華一隻雞店是這條街上最有名的店家之一。它的雞湯是以老雞搭配中藥材熬煮而成，但食用的雞肉，同樣選擇出生僅 35 天的幼雞，吃起來肉嫩湯鮮美。雞端上桌後先在桌爐上熬煮，再把附上的年糕放入湯中一起煮個 5~10 分鐘，喜歡吃原味的人，此時就可以吃雞和年糕了。也可以煮沸後在鍋中加入蒜末、泡菜和調味醬，辣得過癮！最後可以再加入手工麵條，連同美味的湯頭一起品嘗。

鄉村飯桌 시골밥상

定食

交通 地鐵 3 號線安國站 6 號出口徒步約 5 分　**地址** 서울 종로구 인사동 16 길 6　**電話** 02-722-8883　**時間** 11:30~21:00　**休日** 週一　**價格** 韓式套餐（單人）₩ 10,000、海鮮煎餅 ₩ 20,000

想要品嘗韓國「古早味」的家庭韓式餐點，到高人氣的「鄉村飯桌」就對了！外觀看來不起眼，卻是精心還原韓國傳統農家風格菜色，招牌餐點是鄉村套餐，按照人數來點餐，通常包括 20 種左右的小菜和湯，若是覺得不夠還可以加點肉類主餐。店中的餐點都是手工製作，新鮮的味道嘗起來無負擔。

Café Onion 安國 카페 어니언 안국

麵包

咖啡

交通 地鐵 3 號線安國站 3 號出口徒步約 1 分　**地址** 서울 종로구 계동길 5　**電話** 0507-1424-2123　**時間** 7:00~22:00，週末、假日 9:00~22:00　**價格** 美式咖啡（아메리카노）₩ 5,500、麵包類 ₩ 5,500 起

聖水洞人氣咖啡店的北村分店，地點選在鄰近北屋韓屋村的安國站旁，隱藏巷弄裡的傳統韓屋，醞釀著其他地方所沒有的優雅氣氛。將古老韓屋改建成半開放式的咖啡烘焙坊，內裝保持一貫的風格，沒有經過太多裝飾和整理，來這裡的旅人可以很隨意地席地而坐，享受手沖咖啡和麵包香，開啟晨型人的一天。新鮮出爐的麵包看起來非常可口，招牌是疊出白色山頭的義大利黃金麵包。

想吃拉麵的日子 라면땡기는날

泡麵

交通 地鐵 3 號線安國站 1 號出口徒步約 6 分　**地址** 서울 종로구 율곡로 3 길 82　**電話** 02-733-3330　**時間** 9:30~19:30、週日 9:30~19:00　**休日** 每個月第二、四週日　**價格** 海鮮拉麵（짬뽕라면）和餃子年糕拉麵（떡만두라면）各 ₩ 5,500，其他拉麵都 ₩ 5,000，加起司、蛋、白飯皆 ₩ 500

想吃拉麵的日子只賣拉麵，菜單上有中文，也有會說中文的店員。起司拉麵和餃子年糕拉麵是招牌，還有激辣的海鮮拉麵，搭配店家特製的黃蘿蔔和辛奇等小菜，更是加分，只有拉麵就賣得嚇嚇叫！吃不飽的人還可加白飯。但店面空間不大，僅適合單人用餐，如果是兩人以上，會請你移步到隔壁由傳統民居改建的店面享用。用餐環境像是到別人家吃飯，別有一番風味。

讓人流連的美味餐廳

三清洞 麵疙瘩
삼청동수제비

麵疙瘩

交通 地鐵 3 號線安國站 1 號出口徒步約 18 分 **地址** 서울 종로구 삼청로 101-1 **電話** 02-735-2965 **時間** 11:00~21:00 **價格** 麵疙瘩 (수제비) ₩ 9,000

這間麵疙瘩店已開業 30 多年，深受上班族與居民喜愛。以小魚乾、蘿蔔、海鮮熬成的湯頭香濃夠味，麵疙瘩吃起來滑溜、彈牙。雖然一碗台幣要 200 多元，但生意好得不得了，還有馬鈴薯、青蔥、綠豆等口味煎餅也值得一試。

聞香齋
문향재
(차향기 듣는 집)

傳統茶

交通 地鐵 3 號線安國站 1 號出口徒步約 6 分 **地址** 서울 종로구 북촌로 5 길 29 **電話** 02-720-9691 **時間** 週一、週二、週四至週六 11:00~19:00， 週日 12:00~19:00 **休日** 週三 **價格** 五味子茶 (오미자차) 和柚子茶 (유자차) 各 ₩ 6,000

聞香齋是由佛教委員會的女性會員經營的傳統茶屋，供應五味子茶、柚子茶、梅子茶等傳統韓茶。五味子茶中飄浮著花朵形狀的水梨片，搭配茶點的年糕造型也賞心悅目。店內利用可愛又帶有禪意的擺設以及陣陣茶香，營造沉穩舒服的氣氛。店裡還有販賣獨家製作的梅茶、桑葚茶等調味茶的果醬和茶露。

首爾第二
서울서 둘째로
잘하는 집

甜點傳統茶

交通 地鐵 3 號線安國站 1 號出口，經豐文女高、德成女高，至遊客服務中心左轉，直行至路口盡頭後右轉，再至岔路靠右直行一路向前，徒步約 25 分 **地址** 서울 종로구 삼청로 122-1 **電話** 02-734-5302 **時間** 11:00~20:30 **價格** 紅豆粥 (단팥죽) ₩ 8,000、生薑大棗茶 (생강대추차) ₩ 6,000

雖號稱「首爾第二」，但在許多首爾人心中，它的紅豆粥堪稱首爾第一。這家位於三清洞尾端的甜品店，是幢改建過的韓屋，1976 年開店之初，主要賣韓方藥茶，後來又增加了獨家的紅豆粥，沒想到後者受歡迎的程度反而變成主角。紅豆粥加上白果、栗子，口味鹹中帶甜。

牛肉餅 雪木軒 눈나무집

交通 地鐵 3 號線安國站 1 號出口徒步約 20 分 **地址** 서울 종로구 삼청로 136-1 2~3 층 **電話** 02-739-6742 **時間** 11:00~21:00 **價格** 牛肉餅／年糕排骨 (떡갈비) ₩ 12,000、辛奇湯麵 (김치말이국수) ₩ 6,500、綠豆煎餅 (녹두빈대떡) ₩ 11,000、平壤餃子 (평양만두) ₩ 7,500

雪木軒是三清洞老字號餐廳，牆上張貼著國內外媒體的報導，以及名人簽名。這裡最出名的當屬牛肉餅，將調味後的牛絞肉，打成肉排煎熟，再與年糕條一起放入鐵盤，吃起來是漢堡肉，但味道又香又辣又甜，年糕則是帶著Q勁，可惜份量不多。除了肉排，這裡的辛奇湯麵、綠豆煎餅和平壤餃子也是招牌。

咖啡 咖啡磨坊 커피방앗간

交通 地鐵 3 號線安國站 1、2 號出口徒步約 15 分 **地址** 서울 종로구 북촌로 5 가길 8-11 **電話** 02-732-7656 **時間** 8:30~23:00 **價格** 咖啡₩ 6,000 起

位在三清洞巷內轉角的咖啡磨坊，由百年老屋改建而成。本想成為畫家的老闆後來開始學習咖啡，鑽研十幾年咖啡技巧後開了這間咖啡館，賣咖啡之餘還是會作畫，店內店外都能看到幾幅畫作掛在牆上，點餐時加₩ 1,000 會得到一幅畫像，老闆之後則會將這₩ 1,000 捐贈出去。咖啡磨坊充滿許多復古小物及擺飾，供應咖啡、飲品和輕食。

辣炒年糕 三清洞摩西 (吃休付走) 먹쉬돈나

交通 地鐵 3 號線安國站 1 號出口徒步 5 分 **地址** 서울 종로구 삼청로 90-1 2 층 **電話** 02-723-8089 **時間** 10:30~20:00 **價格** 辣炒年糕 (떡볶이)2 人份₩ 16,000、3 人份₩ 19,000，炒飯 (볶음밥) ₩ 3,000

三清洞摩西好吃又便宜，韓國媒體都熱烈報導，無怪乎總是大排長龍。店名「먹쉬돈나」是「吃飯、休息、付錢、走人」之意。放入鍋底和配料的年糕鍋上桌，待湯滾就可以開動。湯頭十分濃郁，不會太辛辣，吸足湯汁的年糕香Q好吃，不夠飽的話還可以加點炒飯，用鍋中剩下的湯汁拌炒的飯也是香噴噴。

讓人流連的美味餐廳

仁寺洞 · 鐘路 首爾
인사동·종로
INSADONG · JONGNO

咖啡
甜點
樂園站
낙원역

交通 地鐵 1、3、5 號線鐘路 3 街站 4 號出口徒步約 3 分 地址 서울 종로구 수표로 28 길 33-5 電話 02-763-1112 時間 11:30~22:30 價格 花生拿鐵 (땅콩라떼) ₩ 7,200、美式咖啡 (아메리카노) ₩ 5,800、蛋糕 ₩ 8,000 起

「樂園站」是位在益善洞的網美甜點店，由一棟位在巷弄裡韓屋經過翻修改造而成。店家入口處設置了火車軌道，彷彿一處小型的復古火車站，並用玻璃隔間讓每個座位都有良好的視野，店內的招牌是旋轉壽司邊的甜點台，蛋糕可口甜度適中，店內飲品種類不少任君挑選。中庭花草裝飾也是一大亮點，陽光適宜的話可以拍下人生美照。

麵包
甜點
咖啡
溫 Kafé
춘천집
카페온

交通 地鐵 1、3、5 號線鐘路 3 街站 6 號出口徒步約 3 分 地址 서울 종로구 돈화문로 11 다 길 17 電話 02-741-5733 時間 12:00~22:00 價格 咖啡 ₩ 8,500 起、竹葉蒸麵包 (대나무찜빵) ₩ 18,500、紅豆刨冰 (팥빙수) ₩ 21,500

餃子
開城餃子宮
개성만두 궁

交通 地鐵 3 號線安國站 6 號出口徒步約 8 分 地址 서울 종로구 인사동 10 길 11-3 電話 02-733-9240 時間 週日至週二 11:30~20:00、週三至週六 11:30~21:300 價格 開城水餃火鍋 (豬肉 / 辛奇)(고기 / 김치만두전골) ₩ 19,000/22,000、開城湯餃 (개성만두국) ₩ 15,000 網址 www.koong.co.kr

---

充滿復古情懷的益善洞聚集了許多充滿特色的麵包和甜點店，以韓屋改建的「溫 Kafé」，以店門口的大釜鍋為賣點，結合韓風元素創造出竹葉蒸麵包、釜燒乳酪蛋糕等別出心裁的早午餐。採納天光的寬闊中庭設計為飲料吧檯，格局相當開闊舒適，不僅味道特別，拍照打卡也格外搶眼。以自製果醬做成的果醬茶，蘊含豐富濃郁的水果甜香。麵包現點現蒸，蒸包散發著獨特的清新麵香，口感濕潤細軟。

開城在韓國向來以美味的餃子聞名，宮是一家傳承了三代的老店，百齡的老阿嬤年輕時跟著婆婆學包餃子，開設了這家餃子店，餃子內餡蔬菜特別豐富，讓人齒頰留香，配上牛骨熬製的濃醇湯頭，風味絕佳。繼承著 80 年的傳統，媳婦再傳給媳婦，此外，店裡的年糕湯餃、生菜包黑豬肉等亦頗受推崇。入選 2022 年首爾米其林的世代餃子店。

三亥家 삼해집

菜包肉 豬腳

交通 地鐵 1、3、5 號線鐘路 3 街站 15 號出口徒步約 1 分 **地址** 서울 종로구 수표로 20 길 16-15 **電話** 02-2273-0266 **時間** 10:30~2:00 **休日** 國定假日 **價格** 小份蚵仔菜包肉 (굴보쌀)₩ 27,000、中份豬腳 (족발)₩ 35,000 **網址** www.samhae1.kr

有著醒目紅黃招牌的三亥家，擁有近 40 年開業時間，是在地人最愛聚餐的地方，店內除了蚵仔生菜包肉，其他還有漢方豬腳、辣燉鮟鱇魚 (아구찜)、辣炒章魚 (낙지볶음)、章魚火鍋 (낙지전골) 等菜色。吃蚵仔菜包肉前，店家會先送上小菜、豆瓣醬以及蝦醬，蚵仔生菜菜盤中除了新鮮蚵仔、香辣辛奇、特製的甜脆蘿蔔泡菜以外，還有軟嫩的五花肉，將盤中的美味包進生菜中，再沾上包醬和鹹香的蝦醬，蚵仔的鮮味充滿在口中，令人回味再三。點蚵仔菜包肉時會附贈馬鈴薯排骨湯，店內的蘿蔔泡菜和馬鈴薯排骨湯都可無限續點；不諳韓文也沒關係，店裡有中文菜單及中文服務人員。

本粥 仁寺洞店 본죽 인사동점

粥

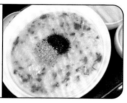

交通 地鐵 3 號線安國站 6 號出口徒步約 3 分 **地址** 서울 종로구 인사동길 51-2 **電話** 02-722-6288 **時間** 平日 9:00~20:00、週末 9:00~18:000 **價格** 粥₩ 9,500 起 **網址** www.bonif.co.kr

創立於 2002 年，本粥秉持持食療的概念，使用各種養生健康的食材熬煮成軟糯濃郁的稠粥，短短 10 年間已經開了上千家分店，受歡迎的程度不難想見。韓版《流星花園》裡金絲草在粥店裡打工，就是在本粥其中一家分店取景。粥品口味有松茸、鮑魚、章魚泡菜、蟹肉、辣味牛肉等選擇。

韓屋茶屋 한옥찻집

傳統茶

交通 地鐵 3 號線安國站 6 號出口徒步約 3 分 **地址** 서울 종로구 인사동 14 길 12 **電話** 0507-1330-0538 **時間** 12:00~21:50 **價格** 傳統茶₩ 7,000 起、韓菓 (한과)₩ 6,000、傳統紅豆刨冰 (전통 팥빙수)₩ 12,000

這間以韓屋改建而成的傳統茶屋，就位於人人廣場旁的巷子裡。茶屋圍繞著一座中庭，洋溢著古色古香的氣氛，給人遠離喧囂的感受。提供包括大棗茶、柚子茶以及雙和湯等傳統茶飲，此外也有多種咖啡，點心選擇也相當多樣藥菓、油菓、年糕、紅豆刨冰等。此外韓劇《九尾狐傳》也曾在此取景。

Balwoo Gongyang 발우공양

素食

交通 地鐵 3 號線安國站 6 號出口，1 號線鍾閣站 1、3 號出口徒步 10 分 **地址** 서울 종로구 우정국로 56 **電話** 02-733-2081 **時間** 午餐 11:30~21:30 (15:00~18:00 休息時間) **休日** 週日、韓國春節 **網址** balwoo.or.kr **備註** 如需用餐請先致電預約

誰説素菜料理沒有星級美食？融會佛學寺院飲食文化的 Balwoo Gongyang，從餐廳名稱至料理上皆傳達著禪學真理，這裡共提供四種套餐，分別為「禪食」、「愿食」、「念食」、「喜食」，每種套餐都有不同的佛學意涵。以精緻細膩的料理，將簡單的素菜提升至宛如懷石料理般的美學層次，並將「鉢盂供養」精神融會至料理，貫徹僧人的飲食文化，成為唯一一家榮獲米其林一星殊榮的素齋料理。

素食 **山村 산촌**

交通 地鐵 3 號線安國站 6 號出口，或 1、3、5 號線鐘路 3 街站 5 號出口徒步約 8 分 **地址** 서울 종로구 인사동길 30-13 **電話** 02-735-0312 **時間** 11:30~22:00 **價格** 拌飯 (비빔밥) ₩ 15,000、午餐套餐 (정식 a set menu) ₩ 29,000 **網址** www.sanchon.com

店主人金演植先生將 18 年僧侶生涯中所習得的韓國傳統素食料理，重新改良，給予韓國齋菜另一種風味。店內料理雖然為齋菜，但食材新鮮，不使用任何化學調味料，只使用味噌、胡麻油調味，可完全享受食物的原味。

雪濃湯 **里門雪濃湯 이문설농탕**

交通 地鐵 1 號線鐘閣站 3-1 號出口徒步約 5 分 **地址** 서울 종로구 우정국로 38-13 **電話** 02-733-6526 **時間** 8:00~21:00 (15:00~16:30 休息時間) **價格** 雪濃湯 (설농탕) ₩ 14,000

里門雪濃湯是間有 100 多年歷史的老字號，招牌雪濃湯以牛肉和牛骨熬煮 24 小時，濃郁回甘。牛奶色的湯汁沒有經過調味，由顧客酌量添加鹽、蔥花，湯頭爽口溫醇。韓國人習慣把白飯投入牛肉湯做成湯泡飯，而這裡的牛肉湯已經把白飯加進去了，順口的泡飯和著湯頭咕嚕吞下肚，既暖身又有飽足感。

辣牛
肉湯

怡和秀傳統辣牛肉湯
首爾武橋店
이화수전통육개장 서울무교점

交通 地鐵 1 號線鐘閣站 5 號出口徒步約 5 分 地址 서울 중구 다동길 16 지상 1층 電話 02-779-8858 時間 10:00~22:00 價格 傳統辣牛肉湯 (전통육개장) ₩ 10,000、牛胸肉辣牛肉湯 (차돌육개장) ₩ 12,000 網址 ihwasoo.com

泡麵

三淑拉麵
삼숙이라면

交通 地鐵 1 號線鐘閣站 3-1 號出口徒步約 5 分 地址 서울 종로구 종로 11 길 30 電話 07-720-9711 時間 9:00~21:00 休日 週日、假日 價格 拉麵 ₩ 7,000 起，湯飯 (탕국밥) ₩ 6,000

跟著國民主廚白種元吃道地的巷弄隱藏美食！拉麵是韓國人引以為傲的美食之一，位在仁寺洞散步街小巷內的「三淑拉麵」，更是將泡麵提升為主角，加入食材配料做成分量十足的風味泡麵。韓國人吃泡麵更是少不了白飯，吃到最後湯裡再加入店家免費提供的白飯，吃法超精華又道地！

怡和秀是一家專門提供辣牛肉湯的連鎖餐廳，在韓國擁有超過百家分店。美味的湯底秘訣來自於以肉長時間熬煮的白色湯汁，混合風味十足的韓牛牛骨湯而成，並且搭配按照紋理、用手撕開的牛肉，以及新鮮的大蔥。紅通通的模樣光看就非常誘人，鮮辣爽口的湯汁讓人忍不住搭配白飯一口接一口，特別推薦牛胸肉辣牛肉湯。除辣牛肉湯外還有菜包肉、豬腳和牛胸肉辣牛肉湯火鍋 (양지육개장전골) 等。

讓人流連的美味餐廳

景福宮 · 光化門 首爾

경복궁·광화문

GYEONGBOKGUNG · GWANGHWAMUN

交通 地鐵 3 號線景福宮站 2 號出口徒步約 10 分 地址 서울 종로구 자하문로 15길 18 電話 02-722-0911 時間 約 11:00~21:00(各店家營業時間不一) 休日 週一、週日 價格 通便當 ₩ 5,000 網址 tonginmarket.modoo.at

位在景福宮地鐵站附近的通仁市場因為韓國綜藝節目《Running Man》的加持，成為觀光客朝聖的地方。

通仁市場是從日據時代開始的公有市場，長約 200 公尺，市場內由 60~70 家商店組成，其中以熟食攤位占大多數，其次為蔬菜、水果與生鮮等商店。2011 年起通仁市場與自治團體合作，開始市場內的服務中心、「通便當 café」等顧客服務。

市場內有許多在地且傳統的小吃，例如韓式煎餅、餃子、炸物、血腸、紫菜飯捲、辣炒年糕、韓式涼拌雜菜、辛奇炒豬肉、各式涼拌小菜，以及最受歡迎、總是大排長龍的牛肉年糕卷等在地美味小吃。如果要到通仁市場用餐，建議可避開平日午餐尖峰時段 (12:00~13:00)，可以有比較好的用餐品質。

通便當 café

도시락 café 통

「通便當 café」是利用韓國的傳統銅板，換取市場內的各式小吃，只要拿著銅板到市場內合作的店家，就可用直接以銅錢換取食物，市場內也可使用現金交易。

想要換取傳統銅板和便當盒的話，前往位於客服中心二樓的「通便當 café」購買錢幣。一個通仁便當為 ₩ 5,000，可以得到 10 個韓國古代通用於市集、印有通仁市場的金色銅板，以及一個黑色塑膠便當盒，在市場中只要看到攤販擺有「통 도시락 café 가맹점」紅、藍色的牌子，即表示店家使用銅板交換食物，銅錢用完也可直接使用現金。

如已挑選好菜色，可以回到「通便當 café」(平日 11:00~16:00、週末 11:00~17:00) 用餐，這裡提供有約 15 人左右的座位區。另外如果想要吃飯或喝湯的話，也可到這裡另外購買，咖啡廳提供有嚼勁的五穀飯以及美味的大醬湯，飯和湯各約需 2 枚銅板 (也可用現金 ₩ 1,000 購得)，在這裡用餐也有提供免費辛奇，有時還有紅茶或麥茶等免費飲料。此外也提供咖啡，只要有購買便當盒在這裡用餐，即可先折抵 ₩ 500。

孝子洞 古早味辣炒年糕
효자동옛날떡볶이

辣炒年糕

地址 서울 종로구 자하문로 15 길 18 **電話**
02-735-7289 **時間** 07:00~20:30 **價格**
辣炒年糕 (고추장떡볶) ₩ 4,000、醬油
炒年糕 (간장떡볶이) ₩ 4,000

孝子洞古早味辣炒年糕是通仁市場的
排隊美食之一，這裡的辣炒年糕製作

方式與路邊小吃的
辣炒年糕不同，店
家先用辣醬粉、大
蒜、蔥等材料製作
而成的佐料與年糕
一起拌勻，再放上
煎台煎過，吃起來
多了油煎香氣。醬
油年糕先用大蒜、蔥醃製，油煎過噴
香又酥脆。除了年糕，另有販售綠豆
煎餅 (녹두빈대떡)、血腸 (순대) 以及
韓式煎餅。

孝子 麵包店
효자베이커리

麵包

交通 地鐵 3 號線景福宮站 2 號出口徒
步約 10 分 **地址** 서울 종로구 필운대로
54 **電話** 02-736-7629 **時間** 8:00~20:20
休日 週一 **價格** 玉米麵包 (콘브레
드) ₩ 7,000

位在通仁市場
旁的孝子麵包店看
起來有點像台灣傳
統麵包店，簡樸低
調的外觀，其美味
可是在地人最愛的
店家之一。店內除了供應各式麵包與
西點，也有蛋糕等，其中最受歡迎的
即是玉米麵包。這間老字號麵包店，
也是青瓦台的麵包供應商。

土俗村 蔘雞湯
토속촌 삼계탕

蔘雞湯

交通 地鐵 3 號線景福宮站 2 號出口，往
紫霞門方向徒步約 2 分 **地址** 서울 종로구 자
하 문 로 5 길 5 **電話** 02-737-7444 **時間**
10:00~22:00(L.O.21:00) **價格** 土俗村蔘雞湯
(토속촌 삼계탕) ₩ 20,000 **網址** www.
tosokchon.co.kr

在首爾很多地方都可吃到蔘雞湯，
想吃最道地的不妨試試「土俗村」。
店內的蔘雞湯是用雛雞燉成，在雛雞
的內部放入糯米、大蒜、土產梨子、
銀杏、芝麻、核桃等多達 30 餘種藥材
及材料，最重要的當然是店家特選的
4 年根人蔘，搭配胡椒鹽和辛奇，美
味加倍！雞肉可以沾著胡椒鹽吃或放
入湯中，搭配辛奇更好吃。

讓人流連的美味餐廳

定食　岳母家　처가집

交通 地鐵 1、2 號線市廳站 7 號出口徒步約 5 分　**地址** 서울 중구 세종대로 14 길 6-16　**電話** 02-778-5925　**時間** 11:00~22:00　**價格** 只有小菜的定食（진지상）

₩11,000、黃花魚定食（굴비정식）和泥蚶定食（꼬막정식）各 ₩15,000、章魚定食（낙지정식）₩17,000

這間位於市廳附近巷子裡的定食餐廳，外觀仿造傳統韓屋，室內的木頭桌子、黃色的燈光、懸掛於牆壁上的字畫與傳統結飾，給人一種時光靜止的感覺⋯⋯

開業約 40 年，就連宋仲基也曾造訪，滿滿一桌約 20 樣小菜，加上一鍋大醬湯，只要 11,000~17,000 韓元，實在非常划算。不只平價，家店家準備食物還非常用心，搭配五行、酸甜苦辣鹹五種味道。除了四種定食，岳母家還有辛奇、馬鈴薯、海鮮等多種口味的煎餅，以及辣炒豬肉和炒章魚等，不過最推薦的當然還是定食。

炸雞　孝道炸雞 光化門店　효도치킨 광화문점

交通 地鐵 3 號線景福宮站 7 號出口徒步約 10 分　**地址** 서울 종로구 사직로 8 길 21-1 1、2 層　**電話** 02-737-0628　**時間** 11:30~23:00　**價格** 炸雞 ₩24,000 起　**網址** www.hyodochicken.net

若是吃膩連鎖炸雞不妨試試小眾炸雞品牌「孝道炸雞」，可以選擇一半調味與一半原味的「半半炸雞」。孝道炸雞的特色是使用青陽辣椒讓香氣更佳，店內經典菜單炸雞為甜鹹醬汁風味，還拌上香酥小魚乾，香氣十足，別有一番風味。

豆漿麵　晉州會館　진주회관

交通 地鐵 1、2 號線市廳站 9 號出口，直行約 2 分，左手邊會看到一條上坡的岔路，就位於岔路口　**地址** 서울 중구 세종대로 11 길 26　**電話** 02-753-5388　**時間** 11:00~21:00　**休日** 週日　**價格** 豆漿麵（콩국수）₩15,000、辛奇鍋（김치찌개）₩10,000、辛奇炒飯（김치볶음밥）₩10,000

晉州是韓國慶尚南道的地名，從 1962 年開始營業的晉州會館，採用江原道地區生產的土種黃豆，將黃豆泡水、煮熟、去皮後，打成汁再冷藏，食用時才加入麵條之中。麵條則是以麵粉、馬鈴薯粉、蕎麥、花生和松子等揉製而成，麵條有勁，香濃的湯汁非常爽口，和一般冷麵風味不同，相當迷人。

特別介紹
漢江以南的精緻美食餐廳

燒烤

Bo Reum Soei
보름쇠

新式宮廷料理

Hanmiog
한미옥

交通 地鐵2號線三成站5號出口徒步10分 地址 서울 강남구 테헤란로81길 36 電話 057-1473-9968 時間 11:00~22:00(休息時間15:00~17:00) 價格 蘑菇烤生牛肉午餐(버섯 생불고기 점심)₩28,000、黑牛滋補火鍋(흑우 보양전골)₩28,000、烤黑牛定食(흑우 구이정식)₩38,000 網址 boreumsoei.modoo.at

對於熱愛吃牛肉的韓國而言,要在當地吃到韓國牛肉並不稀奇,但要吃到濟州島直送生產的黑牛可就不是隨處可見了。首爾米其林一星的燒烤餐廳 Bo Reum Soei,以新鮮高品質的燒烤黑牛聞名,從生產、養殖至運送皆不過他人之手,以一條龍生產模式,將自家牧場飼養的新鮮黑牛空運直送至餐廳,並將稀有的牛肉食材鮮切以各部位分類,配合人們不同的飲食需求,品嚐現烤現吃、最高規格的黑牛款待。除了燒烤黑牛外,餐廳也提供搭配牛肉一起吃的海鮮與沙拉類菜餚。

交通 地鐵盆唐號線狎鷗亭羅德奧站4號出口徒步約3分 地址 서울 강남구 선릉로 822 지하1층 電話 0507-1330-4622 時間 11:00~22:00(休息時間15:00~17:00) 價格 2~3人套餐(한세트)₩128,000、傳統九節坂小份(차돌구절판)₩59,000

Hanmiog 是一處將韓國傳統宮廷再升級的人氣餐廳。九節坂(구절판)是古代是韓國宮廷料理中的前菜,原先是將、蛋黃絲、紅蘿蔔絲、石耳絲、青瓜絲、豆芽、蘑菇絲等食材用薄餅包起後食用,這間餐廳改以結合鐵板韓牛烤肉將美味升級,尤其將蛋液利用噴槍加熱,更添香氣。飯後的大醬湯飯是直接放入鍋中續煮,是韓國少見的做法。

讓人流連的美味餐廳

交通 地鐵盆唐號線狎鷗亭羅德奧站 4 號出口徒步約 3 分 地址 서울 강남구 선릉로 158 길 11 電話 02-517-4654 時間 12:00~22:00(休息時間 15:00~17:30) 價格 午 餐 套 餐 (Lunch Signature) ₩ 195,000、 晚 餐 套 餐 (Dinner Signature) ₩ 290,000 網址 www.jungsik.kr 備註 如需用餐，請先致電預約

交通 地鐵水仁・盆唐線狎鷗亭羅德奧站 5 號出口徒步 7 分 地址 서울 강남구 압구정로 80 길 37 電話 02-542-6268 時間 週二、週三、週五、週六 12:00~ 22:00(休息時間 15:00~18:00)15:00， 週四 18:00~22:00 休日 週日、週一 價格 視菜色而異 網址 bwww.wonsooksoo.com 備註 如需用餐，請先致電預約 (官網有預約網頁)

　　來自現代韓菜界的龍頭「Jungsik」，早在 2014 年就曾摘下「亞洲五十最佳餐廳」，主廚 Yim Jungsik 先於 2009 年在首爾開設他首間新派韓菜餐廳 Jungsik，隨後於 2011 年在紐約開設第二間分店，馬上就在 2014 年獲得米其林二星的殊榮，而 2017 年首爾米其林第一屆評選出爐後，Jungsik 也不負眾望地獲得米其林一星的肯定，也在 2022 年獲得二星殊榮，作為新派韓菜始祖的 Jungsik，將西式菜餚的特色與韓式料理深深結合，是南韓新派韓菜界的第一把交椅，也是發揚創意料理的卓越新典範。

　　位於江南區並榮獲米其林二星的「Kwon Sook Soo」，除了承襲兩班貴族重視的小菜特色以外，更把貴族的飲食方式融入至餐廳，將傳統韓食文化發揮到極致。一碟碟精美小菜以現代化的擺盤方式盛放於木凳上，主廚以一張小木凳的獨門飲食方式，彷彿搭上了時光機重返朝鮮年代，以專注和尊敬的態度去品味美食的奧妙，讓人重新擁有好好吃一頓飯的感受，燃起對料理的熱情與喜愛。

釜山與大邱

南浦・札嘎其 釜山

남포·자갈치역
NAMPO・JAGALCHI

拌飯

豆腐家
두부가

交通 地鐵 1 號線南浦站 7 號出口徒步約 8 分 **地址** 부산 중구 광복로 55 번길 14-1 **電話** 051-248-0156 **時間** 11:10~20:30 **價格** 1 人套餐 / 豆腐拌飯 + 大醬湯 + 荷包蛋 (1 인세트 / 두부밥 + 된장지개 + 계란후라이) ₩ 11,000

隱身在南浦巷弄中的豆腐家，供應的就是豆腐拌飯，別看賣相很普通，簡單又實在的配料拌一拌，是吃到豆腐清香的家常料理，有辛奇、香菇、海鮮、辣炒豬肉、牛肉等口味，推薦點套餐，將套餐附的荷包蛋一起拌飯，搭配大醬湯或豆腐鍋的口感會更加豐富。

豬腳

富平洞 豬腳街
부평족발골목

交通 地鐵 1 號線南浦站 7 號出口徒步約 5 分 **地址** 부산 중구 부평 2 길 3 **時間** 視店家而異，約 9:00~22:00 **價格** 綜合煎餅 (모듬전) ₩ 28,000、肉煎餅 (육전) ₩ 30,000

札嘎其除了海鮮市場非常有名之外，豬腳也不惶多讓。特別是這條街上就開了四五間豬腳專門店而聞名，每到週末夜晚總是相當多在地人來此聚餐，菜單和價格彷彿說好般大同小異，除了一般的原味豬腳，較特別的是有涼拌冷盤，豬腳和蔬菜與海蜇皮做涼拌，搭配帶有一點芥末的醬汁，相當清爽獨特，可依照人數點大中小份，是在地韓國人也愛的美食之一。從札嘎其站徒步約 5 分鐘就到，也很適合先去南浦逛街後來飽餐一頓。

豬腳

五六島 豬腳
오륙도족발

地址 부산 중구 광복로 15-1 **電話** 051-241-0134 **時間** 9:00 ~ 2:00 **價格** 小份 ₩ 35,000、中份 ₩ 40,000、大份 ₩ 50,000

五六島豬腳在台灣觀光客中較不出名，但是在韓網評價很不錯，除了有原味豬腳、涼拌冷盤豬腳之外，還有海鮮豬腳拼盤以及和醬肉，都有分大中小，原味豬腳調味單純，很適合搭配滿桌的小菜和醬料一起包生菜享用。推薦一定要沾少許蝦醬，口感又鹹又鮮。還有解膩的豆芽湯或海帶湯以及清爽的麵線，大部分小菜和生菜也都可以續加。

海鮮

札嘎其市場
札嘎其新東亞市場
자갈치시장·신동아수산물종합시장

交通 地鐵 1 號線札嘎其站 10 號出口徒步約 5 分鐘 **地址** 札嘎其市場：부산 중구 자갈치해안로 52、札嘎其新東亞市場：부산 중구 자갈치로 42 **電話** 札嘎其市場：051-245-2594、札嘎其新東亞市場：051-246-7500 **時間** 札嘎其市場：5:00~22:00，每月第 1、3 個週二公休。札嘎其新東亞市場：6:00~22:00，每月第 2、4 個週二公休 **價格** 小份生章魚約 ₩ 20,000 **網址** 札嘎其市場：jagalchimarket.bisco.or.kr、札嘎其新東亞市場：shindongamarket.co.kr

國民美食

富平罐頭市場
부평깡통시장

交通 地鐵 1 號線南浦站 3 號出口徒步約 10 分 **地址** 부산 중구 부평 1 길 48 **電話** 0507-1416-1131 **時間** 19:30 ~ 24:00 **網址** www.bupyeong-market.com

　　與國際市場相連的富平罐頭市場，因韓戰後美軍進駐，水果罐頭、魚罐頭等各式各樣的商品開始走私流入，經由此地提供各類批發進口商品給韓國各大市場而得名。在這裡除了白天的傳統市場外，到了傍晚商家紛紛打烊後，就會換成夜市出來擺攤。

　　市場內最有名氣的奶奶油豆腐包 (할매유부전골)，包裹著雜菜冬粉的油豆腐包，加上鮮甜的魚高湯，再放入大蔥跟辣椒的淡味醬油更好吃！市場內也有許多隱藏美食等帶大家去挖掘，例如綠豆煎餅、水果攤、蛋糕店以及入口附近的排隊麻花捲。

　　已經有 100 多年歷史的札嘎其市場，全韓國的魚獲約 3 至 4 成都是由這裡開始流通至韓國各地，可以細分為室外傘下的傳統魚市場攤販，以及位於建築中的室內札嘎其新東亞市場。有時間的話不妨參觀在地市場，至於想品嚐海鮮的人，市場附近有不少餐廳，或是前往札嘎其新東亞市場，建築內的地下一樓是美食街，一樓是海鮮市場，店家都有提供附價格的菜單，可稍微比價之後選一間順眼的用餐。二樓為全韓最大的乾貨市場，三樓則是空間很大的生鮮餐廳，提供無菜單料理，以人頭計價有 ₩ 30,000、₩ 40,000、₩ 50,000 三種價格，也可能會根據當時物價浮動。

讓人流連的美味餐廳

湯飯 元祖本錢豬肉湯飯
원조본전돼지국밥

交通 地鐵 1 號線釜山站 10 號出口徒步約 4 分鐘 **地址** 부산광역시 동구 중앙대로 214 번길 3-8 **電話** 051-441-2946 **時間** 9:00 ～ 20:30 **價格** 豬肉湯飯 (돼지국밥) ￦ 10,000

這家店的豬肉湯飯嚐起來一點豬肉腥味也沒有，是韓國人之間的人氣名店。本錢豬肉湯飯的湯頭以豬骨熬煮而成，顏色較淡，湯飯內以瘦肉為主，吃起來軟嫩，份量也多。一開始上桌的是原味湯飯，可以根據個人口味喜好，再加入韭菜或是辣椒醬和蝦醬調味，調整成自己喜歡的口味。正統韓式吃法是會倒入白飯及加上少許蝦醬一起吃，湯頭味道會更鮮甜。

麥麵 草梁麥麵
초량밀면

交通 地鐵 1 號線釜山站 7 號出口徒步約 5 分鐘 **地址** 부산광역시 동구 중앙대로 225 **電話** 051-462-1575 **時間** 10:00 ～ 21:30 **價格** 水麥麵 (물밀면) 和 (辣) 拌麥麵 (비빔밀면) 小碗 ￦ 6,500、大碗 ￦ 7,500

位於釜山車站對面的草梁麥麵，招牌料理是利用小麥粉製成的麵條做成的冷麵，麵條Q彈爽口，以大骨、蔬菜和中藥熬成的湯底，非常鮮甜，加上碎冰與辣醬，吃起來又甜又辣，非常開胃。即使不是用餐時間一樣高朋滿座。

煎餅 馬格利 6.25 馬格利
6.25 막걸리

交通 地鐵 1 號線釜山站 7 號出口徒步約 13~15 分鐘 **地址** 부산 동구 영초윗길 21 **電話** 051-467-7887 **時間** 14:00～21:00 **價格** 各種煎餅 ￦ 8,000、馬格利 ￦ 4,000

就位於 168 階梯盡頭的對街，這間餐廳沒有明顯的招牌，只有門口放著的看板。6.25 馬格利由老奶奶經營，以馬格利和煎餅為特色，無論是辛奇煎餅或韭菜煎餅，都是滿滿的料，餅皮煎得香脆，非常好吃，搭配馬格利更是爽口。店內所有牆壁都被前來用餐的人畫滿塗鴉，洋溢著些許懷舊氣息，是品嚐樸實美味的好去處。

定食 飯桌
밥상

交通 地鐵 1、2 號線西面站 7 號出口徒步約 8 分 地址 부산 부산진구 중앙대로 673 電話 051-806-8889 時間 24 小時 價格 1 人 ₩ 12,000、2 人以上每人 ₩ 11,000

「飯桌」是一家韓式定食餐廳，進到餐廳裡不需要點餐，店員只要確定人數就會直接上菜。在這裡可以以實惠的價格，吃到滿滿一桌傳統料理，大多是一些家常菜。主菜通常為辣炒豬肉和燉魚，伴隨一鍋大醬湯，其他小菜包括雜菜、辛奇、煎餅、涼拌菠菜、芝麻醬高麗菜絲等，光看就讓人食指大動，而且吃完還可以再續，保證能吃得飽飽才離開。

國民美食 新村芝麻葉辣炒年糕
신촌깻잎떡볶이

交通 地鐵 1 號線西面站 1、2 號出口徒步約 5 分 地址 부산 부산진구 서면로 68 번길 39 1 층 電話 0507-1386-6727 時間 10:00~5:00(休息時間 14:00~15:00) 休日：週三、週四 價格 1 人份辣炒年糕 (떡볶이 1 인분) ₩ 4,500、炸物 (튀김) 每個 ₩ 1,000

位於西門市場轉角處的新村紫蘇葉辣炒年糕，無論位置或招牌都很醒目。這裡不但有辣炒年糕，還有各式各樣的炸物、魚板、血腸、紫菜飯捲，可以一次吃到多種小吃。店面不但乾淨，食物也很美味，還附設座位區，讓你可以坐下來好好用餐，因此店外經常出現人潮。

刀削麵 機張手工刀削麵
기장손칼국수

交通 地鐵 1、2 號線西面站 1 號出口徒步約 5 分 地址 부산 부산진구 서면로 56 서면시장 電話 051-806-6832 時間 9:00~21:00 價格 手工刀削麵 (손칼국수) 小碗 ₩ 6,000、大碗 ₩ 7,000

機張手工刀削麵位於西面市場內，店內只販售四種餐點，飯捲、手工刀削麵、辣味乾拌手工刀削麵、冷刀削麵。刀削麵上面有辣椒粉、蒜頭等調味料提味，讓湯頭變得鮮甜，麵條 Q 彈紮實且份量十足，就連韓國知名美食節目「白種元的三大天王」都曾來介紹。每到用餐時間，小小的店面就擠滿用餐的客人，刀削麵採現點現做。

讓人流連的美味餐廳

| 咖啡 | **田浦咖啡街** 전포동 카페거리 |

交通 地鐵 2 號線田浦站

田浦站西邊一帶巷弄中有非常多咖啡店和購物小店，咖啡街範圍不小，從田浦站 2 號出口往北一路超過 8 號出口都有，純色系、繽紛系、歐洲古典系，各種風格的咖啡店都可以在這裡遇到，建議可以從 8 號出口出站後慢慢逛。

| 甜點 咖啡 | **Day of week** 데이오브위크 |

交通 地鐵 2 號線田浦站 8 號出口徒步約 5 分 地址 부산 부산진구 서전로 58 번길 38 2 층 時間 12:00~22:00 價格 提拉米蘇 (티라미수) ₩ 9,000 網址 www.instagram.com/day_ofweek_coffee

店址在二樓很容易錯過，但他們家的甜點真的不容錯過。店內空間不大但整體非常整齊劃一，白色和木頭色的桌椅、以及一些書架等搭配都充滿文青風格。甜點中高人氣的提拉米蘇，和一般提拉米蘇不同，在本體上堆疊了一層奶油，奶油上則是根據口味不同，點綴有巧克力、藍莓、麻糬、草莓等多種口味，甜而不膩非常好吃。

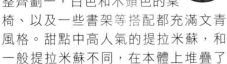

| 麵包 | **Hwa 製果** 희와제 |

交通 地鐵 2 號線田浦站 8 號出口徒步約 8 分 地址 부산 부산진구 전포대로 246 번 길 6 1 층 電話 051-911-3603 時間 7:00~19:00 休日 週二、週三 價格 司康 ₩ 2,700 起

Hwa 製果是連韓國新聞都報導的知名餅店，提供古早麵包店的風味。這裡最受歡迎的是復古口味的「紅豆奶油菠蘿」，在出爐前就有很多人在排隊。不容錯過的還有店內另一項，「招牌酥」，光是從拿在手中開始就能感受到它的真材實料，招牌酥裡頭包裹著滿滿的鮮奶油、紅豆、栗子、草莓醬，螞蟻族千萬別錯過！

甜點咖啡

Vintage 38
빈티지 38

交通 地鐵 2 號線田浦站 7 號出口徒步約 5 分 地址 부산 부산진구 전포대로 199 번길 38 時間 9:00~2:00 價格 蛋塔 (에그타르트) ₩ 4,000、美式咖啡 (아메리카노) ₩ 4,500 網址 www.instagram.com/vintage38_jeonpo

夜晚除了深夜食堂和夜生活酒吧之外，還有這間深夜咖啡店可以選擇！開到凌晨兩點的 Vintage 38 完全符合夜貓子需求，店外一台露營車超級醒目，工業風格的店面共有三層樓，挑高空間非常開闊，二樓還有耍廢的懶人沙發空間。櫃台前的麵包櫃有供應古早味蛋糕、蛋塔、達克瓦茲、肉桂南瓜派、鹽味捲等，不妨晚飯後來續攤一番。

燒烤

固定店
고정점

交通 地鐵 1、2 號線西面站 4 號出口徒步約 5 分 地址 부산 부산진구 중앙대로 680 번가길 80-5 電話 0507-1461-7831 時間 17:00~24:00 價格 烤豬頸肉 (목살불고기) ₩ 13,500、豬皮 (껍데기) ₩ 7,000

隱身在小巷內的固定店，是釜山最初開始販售調味豬頸肉的烤肉店，肉質非常柔軟，一度讓人以為是在吃牛排，而且這家店的調味醬料感覺非常合台灣人的胃口，菜單方面集中販賣單一肉品，按照人數點餐。

除了招牌豬肉外，烤豬皮也是超Q彈好吃。推薦一定要加點白飯，白飯放上一片火腿，配著店內的烤肉、烤豬皮一起吃，超級下飯！

辣炒章魚

螞蟻家
西面 2 號總店
개미집 서면 2 호본점

交通 地鐵 1、2 號線西面站 2 號出口徒步約 5 分 地址 부산 부산진구 중앙대로 680 번가길 33-7 電話 051-819-8891 時間 10:00~23:00 價格 辣炒章蝦腸 (낙곱새볶음) ₩ 11,000

螞蟻家是連鎖辣炒章魚專門店，光是西面站就有兩間。營業到深夜，如果住在西面就很適合安排當晚餐或消夜，菜單有辣炒章魚 (낙지볶음)、辣炒章魚和蝦 (낙새볶음)、辣炒章魚和小腸 (낙곱볶음)，以及辣炒章魚加蝦和小腸 (낙곱새볶음)，一整鍋上桌後店員會適時過來快炒，海鮮的鮮甜加上醬料鹹味，超級下飯，可以點一人份喔！

讓人流連的美味餐廳

燒烤

熙亞家
鐵網烤小章魚
희야네석쇠쭈꾸미

部隊鍋

金剛
部隊鍋
킹콩부대찌개

交通 地鐵 1、2 號線西面站 7 號出口徒步約 7 分鐘 **地址** 부산 부산진구 중앙대로 691 번가길 25-3 **電話** 051-818-8688 **時間** 17:00~23:00（食材賣完為止）休日：週日 **價格** 烤章魚（석쇠주꾸미）₩ 17,000、小章魚鐵板炒飯（주꾸미 철판볶음밥）₩ 8,000

熙亞家炭火小章魚是先將小章魚在鐵網上炭烤，因此吃進嘴裡會略帶炭燒味，比起鐵板，鐵網燒烤方式更能提升辣味。一起上桌的還有水煮蛋、沙拉、蒜頭等小菜，都可以自助再續。店內小章魚至少要點兩人份、約 12 隻小章魚，如果人數多怕會吃不飽的話，建議可以再點個煎餅或是小章魚鐵板炒飯一起吃。至於辣度，就算是點一般辣度（普通味），對台灣人來說可能還是蠻辣的，建議可以從最初階的爽口味開始挑戰。另外推薦生菜包小章魚後在加點沙拉美乃滋一起吃，會更美味。

交通 地鐵 1、2 號線西面站 7 號出口徒步約 5 分 **地址** 부산 부산진구 가야대로 784 번길 46-1 **電話** 051-804-8582 **時間** 10:00~22:00 **價格** 各種部隊鍋每人 ₩ 10,000 起，可 1 人用餐 **網址** www.kingkongbudae.co.kr

如果你是部隊鍋的愛好者，千萬別錯過金剛部隊鍋。店內提供以香腸為主的金剛部隊鍋、香腸外加火腿的滿滿火腿部隊鍋，以及包含牛五花、火腿和香腸的牛五花肉部隊鍋等，另外還有加上飲料和炸物、炸豬排或糖醋肉的套餐，可以好好大快朵頤一番。

不過就算不點套餐，也能吃得很飽，因為白飯和泡麵免費供應，吃完可以自行再續。值得一提的有，除了一般泡麵外，金剛部隊鍋還有自己的泡麵，共分綠藻和黑豆兩種口味，非常特別。

海雲臺
해운대
HAEUNDAE

國民美食

海雲臺市場
해운대시장

交通 地鐵 2 號線海雲臺站 3 號出口徒步約 7 分 **地址** 부산 해운대구 구남로 41 번길 22-1 **電話** 051-746-3001 **時間** 依店家而異 **網址** haundaemarket.modoo.at

想找各種小吃，到海雲臺市場準沒錯！這條鄰近海雲臺海水浴場的巷子裡，擠滿了各種美食攤位，首先登場的是好幾家盲鰻餐廳。常見的盲鰻料理方式是鹽烤，或是加入醬料烹炒成辣味，最後鍋底的醬汁還能拿來炒飯。

炸物、魚板和辣炒年糕當然也不會缺席，「是尚國」（상국이네）是市場內的名店，食物非常多樣，還有紫菜飯捲、血腸、餃子。「老洪蒸餃刀削麵」（노홍만두칼국수）以蒸餃著稱，門口疊滿一籠籠事先準備好的餃子，有蒸餃、蝦餃、辛奇餃子等口味，其他還有刀削麵和年糕餃子湯。將一隻隻炸好的雞，直接擺在窗口「攬客」的傳統炸雞店，或是在鐵板上吱吱作響煎餅攤位，也都讓人很想吃上一輪。

國民美食

海雲臺元祖奶奶湯飯
해운대원조할매국밥

交通 地鐵 2 號線海雲臺站 1 號出口徒步約 4 分 **地址** 부산 해운대구 구남로 21 번길 33 8 **電話** 051-746-0387 **時間** 4:30~3:30 **休日** 週三 **價格** 牛肉湯飯（소고기국밥）₩ 8,500、牛肉分式湯飯（소고기 따로 국밥）₩ 9,000 **網址** www.haeundae1962.com

位於海雲臺主街上的元祖奶奶湯飯從 1962 年營業至今，主要供應牛肉湯飯，店面內牆掛滿明星藝人的簽名與相片，更有韓國美食指標《白種元的三大天王》節目做過採訪。牛肉湯飯除滿滿的豆芽菜外，也吃得到燉得軟爛的菜頭，牛肉塊包含了不同部位的牛肉，超多份量讓大胃王也能吃得超滿足！

湯飯

密陽血腸豬肉湯飯
밀양순대돼지국밥해운대점

交通 地鐵 2 號線海雲臺站 5 號出口徒步約 4 分 **地址** 부산 해운대구 구남로 28 **電話** 051-731-7005 **時間** 24 小時 **價格** 豬肉湯飯（돼지국밥）₩ 10,500、血腸湯飯（순대국밥）₩ 10,500

這間湯飯專賣店高達三層，是當地知名的餐廳之一。主要販售湯飯，除豬肉湯飯外，還有血腸湯飯和內臟湯飯，也可以選擇三種都有的綜合湯飯。一就坐，店家就先送上包括洋蔥、青陽辣椒、大蒜、辣蘿蔔、辛奇的小菜盤，還有韭菜和蝦醬。湯飯可以單吃，也可以加入韭菜和蝦醬調味，全看個人喜好。如果不想吃湯飯，店家也有白切肉和馬鈴薯排骨湯。

讓人流連的美味餐廳

甜點
Café Knotted
카페 노티드

交通 地鐵 2 號線海雲臺站 3 號出口，出站後步行約 2 分鐘 **地址** 부산 해운대구 구남로 17 **電話** 070-4129-9377 **時間** 10:00~21:00 **價格** 甜甜圈₩ 3,500 起、咖啡₩ 3,500 起、其他飲料₩ 5,000 起 **網址** litt.ly/knotted

被喻為「韓國最好吃甜甜圈」，Knotted 寫下每天可在韓國賣出 3,000 個甜甜圈的紀錄！先烤過後才油炸，然後填入各種口味內餡，Knotted 的甜甜圈模樣蓬蓬鬆鬆，裝在杯子裡非常討喜。一口咬下，飽滿的鮮奶油內餡整個爆漿，在嘴巴裡產生綿密的美妙口感，濃郁卻不膩。暢銷的口味牛奶鮮奶油甜甜圈 (우유 생크림 도넛) 和經典香草甜甜圈 (클래식 바닐라 도넛)，很容易被搶購一空！

鱈魚湯
舒暢 鱈魚湯
속씨원한대구탕

交通 地鐵 2 號線海雲臺站 7 號出口徒步約 8 分 **地址** 부산 해운대구 해운대로 570 번길 11 2 층 **電話** 051-731-4222 **時間** 8:00~21:00(休息時間 15:00~16:00) **價格** 鱈魚湯 (대구탕) ₩ 14,000

　　　　鱈魚湯不只可以當作正餐，早餐吃或作為醒酒湯也很合適。鱈魚富含礦物質、蛋白質和維他命，對身體非常好。這裡的鱈魚湯魚肉大塊、湯汁鮮甜，就和店名一樣，不但美味吃起來也給人一種很舒場的感覺，讓人忍不住一口接一口。鱈魚湯上桌時是原味，店家會另外附上辣椒粉，想吃什麼口味可以自己調整。

魚糕
古來思
고래사

交通 地鐵 2 號線海雲臺站 5 號出口徒步約 2 分 **地址** 부산 해운대구 구남로 14 **電話** 1577-9820 **時間** 9:00~21:00 **價格** 魚糕 (어묵)2,000 起、烏龍麵 (어우동) ₩ 8,000、辣炒年糕 (어볶이) ₩ 8,000 **網址** www.goraesa.com

門口插著幾根超大的魚糕，讓人想忽略也難。古來思是釜山知名的魚糕專賣店，因為使用以新鮮食材製作魚糕，並且沒有添加防腐劑，雖然價格較高，但確實好吃，此外口味也非常多樣，還能看見加入整顆鮑魚或起司與年糕的魚糕！這也是為什麼儘管路邊都能發現魚糕店，這間連鎖魚糕店卻能在市場上占有一席之地的原因。

半月堂 大邱
반월당
BANWOLDANG

燉排骨
巨松 燉排骨
거송갈비찜

麵包甜點 咖啡
Pain Pan Pao
팡팡팡

交通 地鐵 1、2 號線半月堂站 18 號出口徒步約 3 分 **地址** 대구 중구 남성로 40 **電話** 053-424-3335 **時間** 11:00~21:00(休息時間 16:00~17:00) **價格** 燉牛肉排骨 (소갈비찜)1 人套餐 ₩ 26,000、燉豬肉排骨 (돼지갈비찜)1 人套餐 ₩ 19,000

巨松燉排骨可說是旅遊大邱必吃的美味店家！入座後店家會先送上一碗充滿海鮮味的蟹肉蛋花羹，跟一碗解膩的冷辛奇湯，來這裡必點的就是招牌燉排骨了，充滿蒜味的醬汁是受歡迎的關鍵，燉排骨還有加入調理健康的中藥材，排骨肉燉得能輕易與骨頭分離，超開胃的醬汁讓你狂扒兩碗飯不是問題。

排骨分為牛肉排骨 (소갈비) 和豬肉排骨 (돼지갈비) 兩種，燉排骨口味鹹度適中，店家也有提供調整辣度的服務，從不辣到超辣共分五級。店內的水、小菜、紫蘇葉、白飯採自助式，另外汽水、熱茶也是免費供應，保證吃得超滿足！其他食物還有排骨餃子 (갈비만두)、水冷麵 (물냉면) 和拌麵 (비빔면)。

交通 地鐵 1、2 號線半月堂站 13 號出口徒步約 3 分 **地址** 대구 중구 동성로 1 길 15 유니온스퀘어 2 층 **電話** 053-252-2025 **時間** 10:00 ~23:00 **價格** 咖啡 ₩ 4,800 起、茶 ₩ 5,500 起 **網址** www.instagram.com/painpanpao

以「麵包」為名，招牌下方還寫著「麵包仙境」(Bread Wonderland) 的標語，Pain Pan Pao 位於 2 樓，足足占據了一整層樓的規模！幾個櫃子展示著各式各樣的麵包，甜的鹹的都有，從夾著火腿與蔬菜的可頌、奶油巧克力麵包、各種口味的雙色馬卡龍到迷你水果泡芙，更別說還有點綴著鮮奶油的切片蛋糕和水果塔……不只如此，這裡也提供沙拉、義大利麵和歐姆蛋等食物。

讓人選擇困難的還有座位區：配備投影設備的迷你劇院階梯座位、位於露台採光充足的帳篷露營區等，甚至還有高掛紅色水晶吊燈的宴會包廂，也難怪成為當地的人氣咖啡廳。

讓人流連的美味餐廳

流暢飯店
유창반점

中華料理

交通 地鐵 1、2 號線半月堂站 19 號出口徒步約 6 分 **地址** 대구 중구 명륜로 20 **電話** 053-254-7297 **時間** 11:00~19:30 **價格** 炸醬麵 (짜장면)₩ 6,000、糖醋肉 (탕수육) 小份₩ 20,000、炒碼麵 (짬뽕)₩ 8,500

流暢飯店起始於 1977 年，是大邱知名人氣中餐廳，即使隱身在像迷宮的巷弄內，依然不減饕客們想吃美食的心。店招牌上自豪的寫著炒碼麵名店 (짬뽕맛집) 四個大字，除了老闆自行推薦的招牌炒碼麵，中華拌飯 (중화비빔밥) 也頗有人氣，獲得許多韓國部落客的大力推薦。中華拌飯裡面有大量肉絲、洋蔥、辛奇、木耳、紅蘿蔔、蝦仁，飯上還蓋有一個半熟荷包蛋，搭配上特製的辣醬，對於嗜辣的人來說會非常過癮，如無法吃辣的人，建議改點炸醬麵。

半月堂 炸雞
반월당닭강정

炸雞

交通 地鐵 1、2 號線半月堂站 14 號出口徒步約 1 分鐘 **地址** 대구 중구 달구벌대로 지하 2100 메트로센터 지하 C107 호 **電話** 053-257-0048 **時間** 10:30~22:40 **價格** 年糕、炸雞或炸雞年糕杯裝各₩ 4,000，盒裝₩ 7,000~₩ 20,000

在半月堂地下街靠近 14 號出口的地方，聚集著幾家小吃攤，半月堂炸雞也是其中之一。店內只提供兩種食物：年糕與炸雞，炸雞有多種調味，包括原味 (순항맛)、辣味 (매운맛)、醬油口味 (간장맛)、起司口味 (치즈맛)。想解解饞的人，可以點份杯裝炸雞年糕邊走邊吃，人多不妨選擇派對盒或家庭盒，吃個過癮。

泰山餃子
태산만두

餃子

交通 地鐵 1、2 號線半月堂站 13 號出口徒步約 2 分 **地址** 대구 중구 달구벌대로 2109-32 **電話** 053-424-04490 **時間** 11:00~21:00 **休日** 週一 **價格** 煎餃 (군만두)、蒸餃 (찐교스)、肉包 (고기왕만두) 各₩ 8,000，海鮮烏龍麵 (해물우동)₩ 7,000

泰山餃子是當地知名老店，打從 1972 年開始營業至今，在大邱有多家分店，這家是本店。店內餃子種類選擇眾多，最有人氣的招牌是辣醬蔬菜拌餃子 (비빔만두)，糖醋餃子 (탕수만두) 也是韓國人的心頭好，當地人會點一份餃子搭配一份辣拌麵 (쫄면)。招牌辣醬蔬菜拌餃子一份有 10 顆，煎炸過的餃子大粒飽滿，外酥內軟，搭配上辣醬蔬菜忍不住一口接一口。

麵包

butter roll pain france
뻐다롤빵프랑스

交通 地鐵 1、2 號線半月堂站 10 號出口徒步約 2 分 地址 대구 중구 동성로1길 41 電話 053-424-2025 時間 9:00～22:00 價格 咖啡₩3,000 起、茶₩2,500 起

位在半月堂東城路鬧區，店內最有人氣的麵包商品就是同時滿足視覺和味覺的爆漿草莓吐司和大蒜奶油法國麵包，另外，大邱在地人也很推薦內餡塞得滿滿的巧克力吐司。內用時店員會幫忙將麵包剪開以方便食用，如果是外帶的話會建議不要剪，不然會比較油膩，回去後稍微加熱一下吃一樣美味。

麵包

三松麵包本店
삼송빵집

交通 地鐵 1、2 號線半月堂站 14 號出口徒步約 7 分 地址 대구 중구 중앙대로 397 電話 053-254-4064 時間 1F 麵包店 8:00~22:00、2F 用餐區 9:00~21:00，售完提前結束 價格 麻藥玉米麵包 (통옥수수빵)₩2,600、菠蘿紅豆麵包 (소보로팥빵)₩2,800 網址 ssbnc.kr

　　超過 60 年家傳歷史的三松麵包，是大邱老字號的人氣麵包店，在韓國各地擁有多家分店，位於中央路這家正是它的本店。半開放式的烘培區讓人眼睛一亮之餘，也先被剛出爐的濃郁麵包香襲擊。

　　招牌必買的是麻藥玉米麵包，不會很甜的菠蘿麵包奶酥表皮，包覆著玉米內餡，每一口都吃得到玉米粒，香醇濃郁而不膩，難怪人氣之高，也在 2016 年榮獲藍緞帶殊榮 (Blue Ribbon Survey)。另外菠蘿紅豆麵包也很受到歡迎！

定食

藥廛
약전

交通 地鐵 1、2 號線半月堂站 14 號出口徒步約 8 分 地址 대구 중구 중앙대로 77 길 50-3 電話 053-252-9684 時間 12:00~14:00、17:00~21:00 價格 石鍋海鞘拌飯 (돌솥멍게비빔밥)₩15,000

　　藥廛絕對是藏在巷弄裡的在地美食！外觀相當低調，要不是有招牌實在很像一般住家。藥廛就是「藥舖」，因鄰近韓國三大中藥市場之一的藥令市而取此名。走過有醬缸的庭院進入店內，大型傳統藥櫃以及古樸的裝潢，加上店員一席韓服裝扮，彷彿穿越回韓國古代。這邊只供應一種定食——石鍋海鞘拌飯，調味後的海鞘，加上蔥末、紫菜，加入石鍋拌飯，相當鮮甜好吃。還有特別的 7 樣小菜、烤魚、熱湯，這樣一人份吃得飽足又道地。

讓人流連的美味餐廳

安吉郎 大邱
안지랑
ANJIRANG

燒烤 大發烤腸
대박곱창막창

交通 地鐵 1 號線安吉郎站 2 號出口徒步約 8 分 地址 대구 남구 대명로 36 길 63 電話 053-655-5645 時間 12:00~2:00 價格 小腸（곱창） 14,000

　　韓式烤腸是大邱十味之一，在地鐵安吉郎站附近形成一條烤腸街（곱창골목），街上店家不但招牌統一，菜單也清楚地張貼在門外，價格幾乎一致，各家店面從中午就開始營業到深夜。

　　「大發烤腸」供應小腸（곱창）、豬或牛大腸頭（막창）、五花肉等，烤腸街比較特別的是，將小腸用一個鐵盆裝滿就是一份，鐵盆小腸（곱창 한바가지）還搭配年糕，有一種老式風味。烤腸搭配的配料有洋蔥、蘿蔔、玉米粒、豆瓣醬，老闆會幫忙烤到熟了之後跟你說可以吃了，口感相當有嚼勁又入味，食量大的女生和男生可以一人吃這樣一盆的份量。

平和市場 大邱
평화시장
PYONGHWA MARKET

炸雞胗 The
大本部
더큰본부

交通 地鐵 1 號線東大邱站 3 號出口，出站後步行約 25 分鐘。或是從東大邱火車站外搭乘 401、524 等號公車，在「평화시장」站下（車程約 5 分鐘），再步行約 5 分鐘 地址 대구 동구 아양로 9 길 8 電話 053-944-7458 時間 11:00 ～ 1:00 休日 每月第二、四個週二 價格 半半雞胗（반반똥집）1 人份 ₩ 9,000、綜合雞胗（모듬똥집）₩ 17,000

　　平和市場原本以販售雞肉為主，沒想到將炸過的雞胗當作禮物送給顧客食用，而大獲好評，逐漸變成在地美食，市場附近也形成了一條雞胗街。

　　這裡所有店家賣的都是雞胗，但各家調味不同，也有搭配魷魚或蝦子的升級組合。位於平和市場炸雞胗街（평화시장닭똥집골목）入口旁的「The 大本部」，提供多種雞胗套餐，如果想雞胗吃個過癮，可以點包含油炸、辣味和醬油三種口味的綜合雞胗，另外還有搭配 10 隻炸蝦的半半雞雞胗（새우똥집），或是和蔬菜一起炒的炒雞胗（볶음똥집）等，就算一個人來也不用擔心，店家也有一人份的半半雞胗（반반똥집），讓所有人都能品嚐這項平價又美味下酒菜。

韓國旅遊資訊

簽證辦理

簽證

　　韓國開放持台灣護照者（需有 6 個月以上效期），90 日以內短期免簽優惠，因此到韓國遊玩時不需特別辦理簽證，直接持有效護照前往即可。

免簽證實施注意事項

對象：持有效台灣護照者（僅限護照上記載有身分證字號者）

赴日目的：以觀光、商務、探親等短期停留目的赴韓（如以工作之目的赴韓者則不符合免簽證規定）。

駐台北韓國代表部

地址 台北市基隆路一段 333 號 15 樓 506 室

電話 02-27588320~5

時間 9:00~12:00、14:00~16:00

網址 overseas.mofa.go.kr/tw-zh/index.do

停留期間：不超過 90 日期間

出發入境地點：無特別規定

＊更多簽證及入境相關資訊，可至駐台北韓國代表部官網查詢：www.roc-taiwan.org/kr/post/6045.html。

當地旅遊資訊

氣候

　　3~5 月為春季，會有梅花、木蘭花、迎春花、櫻花等陸續盛開，為甦醒中的市容增添色彩。

　　6~8 月是夏季也是雨季，較高溫潮濕。

　　9~11 月為秋季，典型的「秋高氣爽」，是韓國全年度最舒適的季節，加上樹葉紛紛轉紅，還有為數頗眾的銀杏樹黃葉繽紛，也是最美麗的季節。

　　12~2 月為冬季，相當寒冷，適合嚮往滑雪的遊客。

幫你換匯比一比

台幣換韓元：韓國換錢所 > 韓國機場 > 台灣銀行

美金換韓元：韓國換錢所 > 韓國機場

貨幣

　　韓圜（WON，本書皆以₩表示）共有 4 種面額的紙鈔：1,000、5,000、10,000、50,000，硬幣分為 10、50、100、500 共 4 種。

換匯

　　韓幣兌台幣匯率為 1:0.024（匯率浮動，僅供參考）。旅客可先在韓國

機場換點現金作為交通、飲食費,再至市區找當地換錢所換更多韓幣,或搭配海外消費現金回饋高的信用卡做購物使用,除非一次大量換匯,不然1~3萬台幣的小額換匯,通常匯差只有幾十塊台幣,差別不大。若非本身有美金使用需求,否則不建議台幣換美金後再換韓幣這種換匯方式。

信用卡

在韓國使用信用卡相當普遍,許多店家都可以接受信用卡消費,唯獨路邊小吃、批發或傳統市場部分店家不接受信用卡。

時差

韓國和台灣有1小時時差,韓國比台灣快1小時。

電壓

分100V(兩孔圓形插頭)以及220V(圓形三孔插頭)兩種,建議攜帶轉接頭,台灣電器需注意電壓,避免電器因電壓過高導致電器燒壞。

飲用水

韓國的水不能生飲,建議購買礦泉水飲用。

小費

在韓國消費稅多以內含,大部分餐廳用餐時不需要再另外支付小費。

郵件

韓國只有郵局(우체국)以及少部分傳統文具店才有販售郵票,販售郵票的文具店門口通常會張貼(우표/stamp)告示。建議可直接至郵局寄件由郵局人員幫忙處理,韓國郵局營業時間為平日9:00~18:00。部分高級

電信公司有這些

目前韓國SIM卡有兩大服務公司:**KT Olleh**及**SK Telecom**,行前可至網站預約SIM卡列印租借憑據,到機場後可以馬上領卡,減少等待時間。
Korea telecom:roaming.kt.com/rental/chn/main.asp
SK Telecom:www.skroaming.com/main.asp

飯店可幫忙代寄,但會收取服務費。從韓國寄明信片回台灣,郵資為₩430,郵資要貼足夠才不會寄不出去。

打電話

◎打至韓國國內

和在台灣使用方式一樣,市內電話直接撥號碼;市外長途電話:區碼+電話號碼。

◎韓國各地區碼一覽表

地區	首爾	京畿	仁川	江原
區碼	(0)2	(0)31	(0)32	(0)33
地區	忠南	大田	忠北	釜山
區碼	(0)41	(0)42	(0)43	(0)51
地區	蔚山	大邱	慶北	慶南
區碼	(0)52	(0)53	(0)54	(0)55
地區	全南	光州	全北	濟州
區碼	(0)61	(0)62	(0)63	(0)64

◎打至韓國國外

國際冠碼(001或002或008其中擇一)+受話方國碼+區碼+電話號碼。例:從韓國打回台灣的台北:001、002或008+886+2+電話號碼

1330旅遊翻譯諮詢服務

1330是由韓國觀光公社與政府提

供的全天候中、英、日、韓等語言的旅遊諮詢翻譯服務，除了原先的電話熱線之外，2021 年 3 月時更推出即時聊天服務，只要遊客在旅途中遇到景點、住宿、購物，甚至是旅遊安全各方面的問題，都可以向 1330 尋求協助。

◎ APP 即時聊天

下載「1330 Korea Travel Helpline」，點選聊天圖示後，就可以透過 LINE、Facebook messenger 或是韓國觀光公社網站的聊天工具，進行韓國旅遊線上諮詢。

◎電話熱線

家用電話、公共電話：直撥 1330(通話費用照市話計算)

手機：區碼 +1330(例如詢問首爾的相關資訊，則撥 02-1330)

WiFi 網路

在國外旅遊無論找路或是聯絡同行友人，最需要的即是網路，到韓國旅遊可以使用兩種方式上網，一網路分享器，二是網路 SIM 卡。以下幫你分析適合的方案：

網路分享器：適合多人旅遊想省錢、長輩出遊、隨身行李不重、需攜帶筆電、講求網速。

網路 sim 卡：適合想輕便旅行、節省包包空間、追求方便、背包客、獨享網路的人。

如何退稅

韓國一般購物商場甚至小型商店都會有退稅機制，只要購物滿 ₩30,000，就可以填寫退稅單，等離境時再在機場辦理退稅。在樂天超市、Olive Young、部份美妝店家購物單筆滿 ₩30,000、未滿 ₩200,000 可享現場扣除消費稅，即直接將退稅金額扣除在結帳金額中，現買現賺。

市區退稅服務

為方便遊客，在首爾和釜山市區就可以辦理退稅的服務，包括 Global Blue、GLOBAL TAX FREE、Easy Tax Refund、CubeRefund 和 eTAX FREE。只要在店裡看到其中一家，就代表購物滿 ₩30,000 可以退稅。

退稅時只要出示購買商品、退稅單、護照和信用卡，即可當場辦理退稅和領取現金，但特別提醒的是，已

稅退的單據仍然要在機場離境時交給海關 (同時帶著退稅商品備查)，或是投遞到退稅信箱，才算完成手續。

至於最近的退稅處可以在結帳時詢問店員 (如大型購物商場)。當然，如果在市區沒有退到稅，到機場一樣可以辦理，以下退稅公司都提供上述的自助電子退稅機服務，Global Blue 和 Global TAX FREE 市區退稅服務，另外還提供櫃台人工退稅。

機場自助電子退稅機

KIOSK 自 2014 年開始，在韓國大部分機場都備有自助電子退稅機 (KIOSK)，機台上除了有韓文介面，還有中文、英文、日文等 10 國語言，只要按照銀幕指示操作即可。首爾現場大都有會講中文的服務人員，你只要把單據填妥個人資料，收集好交給服務人員，他們就會直接幫你操作機器，讓你更快完成手續。

同店不同天消費也能合併

只要在 3 個月內，單店消費累積滿₩30,000，即可辦理退稅。但要注意的是，退稅是要以「店」為單位。舉例來說，今天在 A 店購買₩20,000，明天再來購買₩10,000，合起來₩30,000一樣可以退稅；但如果在 A 店購買₩20,000，再至 B 店購買₩10,000，則不能退稅。要分開累積的人可別忘了索取收據，或是詢問店員如何辦理。

買多不見得退得多

退稅是依據金額級距來計算，退稅的最低門檻為₩30,000，但其實是指滿₩30,000~49,999 以下的金額，同樣退₩1,500。也就是說，買₩30,000 和買₩49,999 所退的金額是一樣的。

多一道手續退更多

因此可以知道，並不是買得愈多退愈多。所以說，達到某個一定金額時，分開退稅也許會更划算。例如在 A 店買 2件各為₩75,000 的物品時：

一起退稅：₩75,000+₩75,000=₩150,000，可退金額為₩9,000~₩9,500

分開退稅：₩75,000 的可退金額為₩5,000+₩75,000 的可退金額為₩5,000= 總可退₩10,000

→分開退稅比一起退稅多退了₩1,000，何樂而不為？

多買一點，就是賺到

如果購物金額接近每個級距的頂點，差一點就要超過時，不妨考慮多買個小東西，以超過那個標準，例如：

原本花費₩74,000- 退稅₩3,500= 實際花費₩70,500

原本花費₩74,000+ 多買個小東西₩1,500- 退稅₩5,000= 實際花費₩70,500

→這個多買的小東西等於是免費得到！

換個地方就能退稅

有的時候，想買的品牌在門市沒有退稅標示時，如果剛好該品牌也在有退稅機制的百貨公司內設櫃，到百貨公司買就能退稅。

海外遭遇急難應對方式（如何處理旅外不便）

領事事務局 LINE 官方帳號：@boca.tw

旅外國人急難救助專線：國內免付費：0800-085-095、海外付費請撥（當地國國際碼）：+886-800-085-095、國際免付費電話：800-0885-0885

消費糾紛或其他法律糾紛

聯繫當地警方並保留證據，駐外館處人員僅可提供律師、翻譯人員名單，無法介入調解民事、商業等法律糾紛。

在國外急需財務救助

1. 出國前請銀行開通國際提款功能
2. 聯繫親友匯款或信用卡預借現金。

若無法取得上述救助，駐外館處可提供代購返國機票及提供候機期間基本生活費用之借款，但需在約定期間還款，否則外交部將依法律程序進行追償。

遺失或遭竊

護照遺失時，請先向當地警局報案掛失，取得報案證明後，聯繫駐外館處補發護照。信用卡及財物遺失則聯絡信用卡公司掛失以及保險公司確認理賠方式。

意外受傷或生病就醫

出國前確認海外保險包含海外意外傷害、突發疾病及醫療轉送等內容，若意外受傷請立即向領隊、旅館或駐外館處等單位詢問醫院資訊，並儘速送醫，聯絡親友及保險公司協助安排後續就醫及理賠相關事宜。

實用 APP

NAVER Map

由 NAVER 公司推出的地圖，在韓國當地能更準確定位位置，規劃地鐵、巴士，甚至是算出搭乘計程車的費用，APP 有提供韓、英、中、日文介面。

下載完成後進入設定（설정）的語言（언어）選項內將設定改為中文（중국어）即可。

KakaoMap

kakao 和入口網站 Daum 合作推出的電子地圖，目前雖然沒有中文版，不過不懂韓文的海外遊客，還是可以使用英文介面搜尋。

Naver Papago

同樣是 NAVER 系統開發的翻譯 APP，除了可以錄製人聲翻譯外，還透過拍攝照片幫你即時翻譯成中文，介面也非常簡單。

Subway Korea

在韓國搭地鐵，想知道怎麼轉乘最快、最方便？首班車和末班車等資訊？就不能不下載 Subway Korea。這個 APP 擁有中文介面，除首爾外，包括釜山、大邱、大田、光州地鐵都一網打盡。

Kakao T

在韓國想叫計程車，即使沒有韓國手機號碼或韓國信用卡的外國遊客，也可以使用 Kakao T。可以搭配 KakaoMap 使用，複製地名或以電話號碼定位設定位置。計程車按錶計費，可付現或刷卡，缺點是只有韓文版。

全圖解

韓國點餐超簡單

22類美食×100⁺餐廳，從點餐、數位支付、外送&代訂，不懂韓文也能在地吃喝不踩雷

作者 彭欣喬‧墨刻編輯部
責任編輯 彭欣喬
美術設計 駱如蘭(特約)‧許靜萍(特約)‧詹淑娟(特約)‧羅婕云
封面設計 羅婕云
地圖與插圖繪製 墨刻編輯部‧董嘉惠(特約)‧羅婕云

＊封面上「蘿蔔葉辛奇」、「水正果」、「魷魚米腸」三張圖片是韓國觀光公社提供

出版公司
墨刻出版股份有限公司
地址：115台北市南港區昆陽街16號7樓
電話：886-2-2500-7008／傳真：886-2-2500-7796／
E-mail：mook_service@hmg.com.tw
發行公司
英屬蓋曼群島商家庭傳媒股份有限公司城邦分公司
城邦讀書花園：www.cite.com.tw
劃撥：19863813／戶名：書虫股份有限公司
香港發行城邦(香港)出版集團有限公司
地址：香港九龍土瓜灣土瓜灣道86號順聯工業大廈6樓A室
電話：852-2508-6231／傳真：852-2578-9337／
E-mail：hkcite@biznetvigator.com
城邦(馬新)出版集團 Cite (M) Sdn Bhd
地址：41, Jalan Radin Anum, Bandar Baru Sri Petalin g, 57000 Kuala Lumpur, Malaysia.
電話：(603)90563833／傳真：(603)90576622／
E-mail：services@cite.my
製版‧印刷
漾格科技股份有限公司
ISBN 978-986-289-999-1‧978-986-289-997-7 (EPUB)
城邦書號 KX0058 **初版** 2024年4月
定價 460 元
MOOK官網 www.mook.com.tw
Facebook粉絲團
MOOK墨刻出版 www.facebook.com/travelmook
版權所有‧翻印必究

執行長 何飛鵬
PCH集團生活旅遊事業總經理暨墨刻出版社長 李淑霞

總編輯 汪雨菁
資深主編 呂宛霖
採訪編輯 趙思語
叢書編輯 唐德容‧王藝霏‧林昱霖
資深美術設計主任 羅婕云
資深美術設計 李英娟
影音企劃執行 邱茗晨

業務經理 詹顏嘉
業務副理 劉玫玟
業務專員 程麒
行銷企畫經理 呂妙君
行銷企畫主任 許立心
行政專員 呂瑜珊

印務部經理 王竟為

墨刻整合傳媒廣告團隊
提供全方位廣告、數位、影音、代編、出版、行銷等服務
為您創造最佳效益
歡迎與我們聯繫：
mook_service@mook.com.tw

國家圖書館出版品預行編目(CIP)資料

(全圖解)韓國點餐超簡單/彭欣喬, 墨刻編輯部作.
-- 初版. -- 臺北市：墨刻出版股份有限公司出版：英屬蓋曼群島商家庭傳媒股份有限公司城邦分公司發行, 2024.04
288面；16.8×23公分. -- (Theme ; 58)
ISBN 978-986-289-999-1(平裝)

1.CST: 韓語 2.CST: 會話 3.CST: 飲食風俗

803.288   113003209